绍兴市
文艺评论集

朱文斌　李向吟　　主编

新时代的镜与灯

浙江工商大学出版社
ZHEJIANG GONGSHANG UNIVERSITY PRESS
·杭州·

图书在版编目（CIP）数据

新时代的镜与灯：绍兴市文艺评论集 / 朱文斌，李
向吟主编． — 杭州：浙江工商大学出版社，2024.4
ISBN 978-7-5178-5554-5

Ⅰ.①新… Ⅱ.①朱… ②李… Ⅲ.①文艺评论－中
国－当代－文集 Ⅳ.①I206.7-53

中国国家版本馆CIP数据核字（2023）第128304号

新时代的镜与灯——绍兴市文艺评论集

XINSHIDAI DE JING YU DENG——SHAOXING SHI WENYI PINGLUN JI

朱文斌　李向吟　主编

策划编辑	任晓燕
责任编辑	金芳萍
封面设计	朱嘉怡
责任印制	包建辉
出版发行	浙江工商大学出版社
	（杭州市教工路198号　邮政编码310012）
	（E-mail：zjgsupress@163.com）
	（网址：http://www.zjgsupress.com）
	电话：0571-88904980，88831806（传真）
排　　版	杭州朝曦图文设计有限公司
印　　刷	杭州宏雅印刷有限公司
开　　本	710 mm×1000 mm　1/16
印　　张	13.25
字　　数	254千
版 印 次	2024年4月第1版　2024年4月第1次印刷
书　　号	ISBN 978-7-5178-5554-5
定　　价	68.00元

序　言

　　绍兴是名士之乡，拥有源远流长的传统文化，仅就文学这一领域来说，就出现了以鲁迅、周作人等为代表的文学大家。因为鲁迅的崇高地位，便有了以鲁迅命名的"鲁迅文学奖"。2022年，绍兴籍当代作家艾伟以中篇小说《过往》荣获第八届"鲁迅文学奖"。绍兴被称为文学之乡，当之无愧。事实上，绍兴不但有文学创作的传统，也有文学批评的传统。例如，周氏兄弟不但是彪炳史册的文学大家，同时也是功底深厚的文学批评大家。就拿鲁迅来说，仅仅从他的那篇《中国新文学大系·小说二集·导言》就可以看出他高超的文学批评能力。他能从纷繁复杂的文学现象中看出问题，评论三言两语，却直抵核心，分析细致入微，视野纵横开阔，从而使这篇导言成为现代文论的经典之作。鲁迅不但有广泛的文学批评实践，更有在批评实践中得出的文学批评理论精髓。例如，他认为文学批评家要做的是"剜烂苹果的工作"，"批评必须坏处说坏，好处说好，才于作者有益"，敢说真话、敢于批评，这样才能发挥文学批评褒优贬劣、激浊扬清的作用；同时，鲁迅认为文学批评也要具有浇灌"佳花的苗"、扶植和培育新人的作用。而周作人在这方面的能力也不逊色于鲁迅，他不但能建构批评理论，也有具体的文学批评实践。前者如那篇振聋发聩的《人的文学》，后者如他对陷入"色情文学"论争旋涡的郁达夫的《沉沦》的大胆肯定，都表明周作人是一位具有眼力的文学批评家。

　　对于绍兴先贤建立的这种文学批评传统，绍兴人应该有责任传承下去，这也呼应了习近平总书记提出的一系列关于文艺工作重要论述的精神。习近平总书记近年来在文艺工作座谈会，中国文联十大、中国作协九大开幕式，中国文联十一大、中国作协十大开幕式上发表了系列讲话。这些讲话既与毛泽东文论一脉相承，也有与时代相适应的独特内涵。在文艺观上，习近平总书记强调："人民的需要是文艺存在的根本价值所在"，文艺创作"最根本、最关键、最牢靠的办法是扎根人民、扎根生活"；"优秀文艺作品必然是思想内容和艺术表达有机统一的结果"；"揭示人类命运和民族前途是文艺工作者的追求"；等等。

绍兴市文艺评论家们认真学习了习近平总书记这些重要论述，深入贯彻习近平文艺思想，以习近平文艺思想作为指导原则来撰写各类文艺评论作品。《新时代的镜与灯——绍兴市文艺评论集》收集了部分绍兴市文艺评论家近年来创作的文艺评论文章。综观本评论集，有以下几个特色：

一、题材内容丰富，研究方法多样。本评论集收录的文章，涵盖文学艺术的多个领域，有文学评论、书画评论、戏剧影视评论；内容涉及鲁迅研究、经典作家研究、当代文学评论、艺术史研究、艺术理论研究、艺术创作研究、文艺现象研究等。从研究方法和视角来说，除传统研究方法之外，还有从作家比较、史料研究、版本研究、叙事艺术、文体改编等维度进行的微观或宏观的研究，整体上显示出绍兴市文艺评论家较为良好的文艺批评素养。

二、关注本土和兼顾其他相结合。绍兴市的文艺评论家有责任对家乡的文艺作品多加关注，所以本评论集中有刘家思对鲁迅与大禹、钱虹对鲁迅经典作品、陈蘅瑾对斯继东小说、刘孟达对徐渭花鸟画、孟坚对"绍兴师爷"、卢寻对当代越剧发展等的深入研究。同时，他们关注的范围也不局限于绍兴，而是把目光由绍兴转向世界，研究自己感兴趣的各类话题，例如朱文斌对海外华文文学、戴珏对金庸作品、任茹文对张爱玲小说、张东华对花鸟画的时代精神等不同层面的研究，都各有精彩之处，反映了绍兴市文艺评论家较为开阔的研究视野和扎实的理论功底。

三、注重培养文艺评论新人。正如鲁迅所提倡的那样，绍兴市文艺评论家也要有浇灌"佳花的苗"、扶植和培育新人的意识，也有责任发现和培育文艺评论新人，做好文艺评论人才队伍建设，做到文艺评论后继有人。因此，本评论集的第五部分特设"青年评论"专栏，收录朱芳芳、钱姿瑞、雷白雪、陈晓慧、朱宏洁等年轻人的文艺评论文章。这些文章虽然总体上还稍显稚嫩，却不乏清新和蓬勃朝气。他们这群年轻人代表着绍兴市文艺评论的新生力量。

当然，本评论集也存在不足之处，如鲁迅提到的"坏处说坏，好处说好"

"剜烂苹果"的批评原则，在本评论集中贯彻得并不彻底，"好处"说得多，"坏处"则不说或少说，文艺评论激浊扬清的作用发挥得并不充分，如鲁迅那样犀利、一针见血的批评文字并不多见。这些是我们以后要克服的问题，我们以克服这些问题作为努力提升的方向。此次编辑《新时代的镜与灯——绍兴市文艺评论集》是我们工作的第一步，之后我们还要编第二本、第三本……我们相信，我们会一步步走向成熟。

绍兴市委宣传部副部长，市文联党组书记、主席　　杨颂周

2023 年 2 月 23 日

目　录

1

第一部分 鲁迅专题

坚定的唯物史观和强烈的文化自信
——论鲁迅对大禹文化的信仰及其对大禹精神的传播

刘家思①

大禹是历史人物，对其不仅有口述的传说，还有文献记载，且已被考古学成果证实。因为有这三个历史叙述的话语系统互相印证，所以大禹作为中华民族远古历史人物的客观存在不容置疑。②随着历史的演进，大禹文化成为中华民族重要的精神文化原型，沉潜在民族主体意识和心理的深层，成为中华民族永不衰竭的内在精神，不断被传承和光大。鲁迅是现代中国的"民族脊梁"，他对大禹十分敬仰，大禹对他产生了深刻的影响，进而使他自觉地去传扬大禹文化。对此，学术界已经有所关注，但还不深入。③如果说"很长一段时间，没有关于鲁迅和大禹在精神上的传承，以及大禹对鲁迅的影响研究

---

① 刘家思，1963年生，男，浙江越秀外国语学院中国语言文化学院院长、教授，主要研究方向为中国现代文学。

② 参照夏商周断代工程首席专家李伯谦教授在"大禹文化研究开发与美丽绍兴建设高峰论坛"上的发言。夏文化的考古发现，确定了夏朝的客观存在，进而证明大禹作为历史人物存在的真实性不容置疑；而遂公盨的铭文清晰地反映了2900多年前西周广泛传扬大禹精神的历史情景，与《尚书》等历史文献的记载高度一致，进一步证明口耳相传且被神化了的大禹存在的历史真实性，反映了大禹文化精神在西周时期已经作为一种国家与民族的博大精神传承着。而良渚文化的考古发现，显示了中华民族远古时代政治统一和水利文明的发展状态，更加证明了大禹治水的历史真实性。

③ 丁兵康：《大禹和鲁迅》，《绍兴鲁迅研究》（专刊）第7期，未标明出版时间，根据推算，应该是1988年内部印刷；谢德铣、丁兵康：《鲁迅与绍兴先贤思想品格承传关系初探》，浙江鲁迅研究学会编：《鲁迅与中外文化》，浙江文艺出版社1991年版。

的文章"①是一个欠缺的话，那么对于鲁迅如何传扬大禹文化的研究，则显得更加不足。鲁迅对大禹文化精神的传扬，一方面体现在他本人继承了大禹精神，另一方面体现在他对大禹真实性的维护及对其文化精神的传播上。对于前者，学术界有所涉及，但对于后者，论及者罕见。本文试图对这个问题进行一些论述，以求教于大家。

一、信仰与崇敬：母胎文化的熏陶与养成

大禹文化是鲁迅的启蒙文化。大禹是中华民族的祖先，既被历史典籍书写，也被文物考古证实，还被世世代代口耳相传。根据《尚书》的记载，大禹不仅是一位治水英雄，还是一个政治家，是中华民族从部落联盟到统一国家的开创者。因此，大禹的事迹自古以来就被广泛传扬，源远流长的大禹文化便在中华大地上绵延发展。绍兴是大禹文化的集聚地，有大禹文化遗迹127处，其中最有名的文化景观——大禹陵，一直保持着历史悠久的祭禹非遗传统，一代一代传承着博大深厚的大禹精神，也影响了古越大地的民众。鲁迅生于绍兴，自小就耳濡目染，大禹文化构成了他的母胎文化。因此，他不仅对大禹存在的真实性深信不疑，而且深深敬仰大禹，自觉传承着大禹精神。

鲁迅自小沐浴着大禹文化。从周家台门到大禹陵，直线距离不到4千米，坐船绕道而行，也不过几千米。在鲁迅少年时代，绍兴城市很小，文化景观也不多，除迎神赛会等迷信活动和各地依社演戏的民俗活动之外，为绍兴民众所周知的便是大禹陵和越王台。在大禹陵，不仅有守陵人——禹陵村的夏禹后裔长期维护着大禹陵，而且禹陵村姒氏和其他绍兴民众年年按传统习俗举行祭祀仪式；此外还有不定期的官祭，鲁迅从小就被熏陶。众所周知，鲁迅7岁入私塾读《鉴略》，这是他读的第一本书，也是让鲁迅最初接触大禹故事的书。据《五猖会》可知，鲁迅阅读的《鉴略》是清代王仕云撰写的《四字鉴略》，该书的民国翻本记述了从盘古开天到辛亥革命中国历史上的重大事件。其中记载："夏禹俭勤，绩昭治水，嗣舜登位，建寅绝旨。"②显然，鲁迅

---

① 王吉鹏、于九涛、荆亚平编著：《鲁迅民族性的定位：鲁迅与中国文化比较研究史》，吉林人民出版社2000年版，第50页。

② 王仕云撰，张万钧注解：《四字鉴略》，中州古籍出版社2004年版，第9页。

从这里接受了大禹文化。鲁迅说，当时除《鉴略》和习字的描红格及对字的课本外，"不许有别的书"①，所以他背熟了整本《鉴略》②，这本书对他的影响自然很大。后来，鲁迅又看过图画书《山海经》，进一步接受了大禹故事。光绪二十一年（1895），杭州副都统将军常恩奉旨致祭大禹，影响很大，14岁的鲁迅自然也受其影响。光绪二十六年（1900），清政府重修禹庙完成，并立"重修大禹陵庙碑"，自然举行了祭禹的仪式和典礼。光绪二十九年（1903），杭州副都统将军常恩又奉旨致祭。鲁迅虽然当时先后在南京和日本求学，但他后来也听说了这两次祭祀仪式和典礼，对大禹的认识和理解也就更加深刻。绍兴经常祭祀大禹，修葺禹庙，还立禹碑，鲁迅自然明白其中的意义：不仅要纪念大禹，更要学习大禹，要弘扬大禹的伟大精神。也正是在这样的环境中，鲁迅对大禹无比信仰，自觉地传承大禹精神。

鲁迅大量的言行显示出对大禹的信仰和崇拜。他不仅经常去拜谒大禹陵，凭吊大禹，还去拓印大禹陵的碑铭。据鲁迅的亲友回忆，鲁迅多次出游禹陵等地，拓印碑铭。从1910年开始，鲁迅几乎每年都到大禹陵去，就算没去，至少也会提起大禹陵，他自己多次记载了游览禹迹的情况。1911年3月18日，鲁迅游禹祠，并在附近山上采集花草标本，且与打柴人交谈。他在《辛亥游录》中说："三月十八日，晴，出会稽山门可六七里，至于禹祠。老薜缘墙，败槁布地，二三农人坐阶石上。"③周建人曾说："不久以前，上海一位朋友来信告诉我，说他从一种鲁迅编辑的，很少人知道的刊物上找到两篇鲁迅写的短文，是两篇游记，都是用我的名字发表的。一篇上记着生在会稽山的岩壁上的一叶兰的生活状况。"④周建人所说的就是这篇文章。文中描写了大禹陵当时的荒凉状态，也反映了鲁迅悲凉的心情。1913年6月26日，鲁迅"晨同三弟至大路浙东旅馆，偕伍仲文乘舟游兰亭，又游禹陵"⑤。1914年12月，鲁迅在《〈会稽郡故书杂集〉序》中说他留学日本十年以后回到绍兴，"禹勾践之遗迹故在"，但"士女敖嬉，瞬眄而过，殆将无所眷念"，大禹之精神似

---

① 鲁迅：《随便翻翻》，《鲁迅全集：编年版》第8卷，人民文学出版社2014年版，第310页。
② 钮岱峰：《鲁迅传》，中国文联出版公司1999年版，第26页。
③ 鲁迅：《辛亥游录》，《鲁迅全集：编年版》第1卷，人民文学出版社2014年版，第199页。
④ 周建人：《回忆大哥鲁迅》，上海教育出版社2001年版，第52页。
⑤ 鲁迅：《癸丑日记》，《鲁迅全集：编年版》第1卷，人民文学出版社2014年版，第287页。

乎被遗忘，因此他整理会稽郡故书，肯定其"叙述名德，著其贤能，记注陵泉，传其典实，使后人穆然有思古之情"，赞颂"古作者之用心至矣"①。在这里，鲁迅高度评价绍兴先贤传扬大禹文化，充分显示出鲁迅对大禹精神的推崇。对于大禹，鲁迅总是难以忘却的。1934年4月13日，鲁迅在致母亲信中说："害马多年想看南镇及禹陵，今年亦因香市时适值天冷且雨，竟不能去。"②许广平想去拜谒禹陵，其实与鲁迅的宣传是分不开的，她"多年想"去看，"今年"亦"不能去"，说明鲁迅每年与许广平说起大禹陵，进而也显露出鲁迅对大禹的敬仰之心。

鲁迅对大禹文化的关注非常自觉。一方面，鲁迅非常重视对国民进行大禹精神的宣传和教育。1911年春天，他任绍兴府中学堂监学（教务主任）时，就率领师生佩戴白花，集体去祭祀大禹。凭吊大禹、追思大禹的功德，感召和教育绍兴学子弘扬大禹精神，为国效力。③1912年1月3日，鲁迅为《越铎日报》作发刊词说："于越故称无敌于天下，海岳精液，善生俊异，后先络绎，展其殊才；其民复存大禹卓苦勤劳之风，同勾践坚确慷慨之志，力作治生，绰然足以自理。"④这既是对《越铎日报》精神取向的指引，也是对大禹文化精神进行有针对性的提炼与宣扬。这些举动，显示了鲁迅在弘扬大禹文化精神上的自觉性。另一方面，对于大禹文化遗迹及其相关文物，鲁迅也很关注。1917年，鲁迅专门对大禹陵禹庙窆石进行了考证，并写下著名的《会稽禹庙窆石考》："此石碣世称窆石，在会稽禹庙中，高虑俔尺八尺九寸，上端有穿，径八寸五分，篆书三行在穿右下。"通过对平恕《绍兴府志》、王昶《金石萃编》、《太平寰宇记》引《舆地记》、阮元《两浙金石志》、俞樾《春在堂随笔》、《嘉泰会稽志》引孔灵符《会稽记》等文献的考据，指出此石碣"自秦以来有之"，后来三国"孙皓记功其上"，"晋宋时不测所从来，乃以为

---

① 鲁迅：《〈会稽郡故书杂集〉序》，《鲁迅全集：编年版》第1卷，人民文学出版社2014年版，第321页。

② 鲁迅：《致母亲》，《鲁迅全集：编年版》第8卷，人民文学出版社2014年版，第462页。

③ 鲁迅博物馆、鲁迅研究室编：《鲁迅年谱（增订本）》第1卷，人民文学出版社1981年版，第238页。

④ 鲁迅：《〈越铎〉出世辞》，《鲁迅全集：编年版》第1卷，人民文学出版社2014年版，第196页。

石船，宋元又谓之窆石，至于今不改矣"①。这是第一次对窆石及其历史进行的系统考证。鲁迅不仅对大禹文化进行了精心考证，而且对大禹文化的有关物品也进行了收集和交流。1916年3月25日，鲁迅"下午往留黎厂买《麃孝禹碑》一枚，银四元"②，可见他对大禹文化的敬重；1918年10月21日，鲁迅午后往留黎厂敦古谊帖店"卖与禹陵窆石拓本一枚"③。这种交换，显然也有交流和传扬大禹文化的作用。

鲁迅对大禹文化的关注是全面的，并不局限于会稽山大禹陵，对相关的涂山也很重视。1910年，鲁迅先生离开浙江两级师范学堂，回到绍兴后，学植物分类学的张柳如来绍兴时，鲁迅便带他"往涂山等处去采集过植物"④。涂山，又名西㟃山，在绍兴古城西北20多千米之外的安昌古镇东边，是涂山氏与大禹的相识之地，也是涂山氏唱着"候人兮猗"的恋歌等待大禹回家的地方。《大戴礼记·帝系》载："禹娶于涂山氏之子，谓之女娇氏，是产启。"《吕氏春秋》载："禹行水，窃见涂山之女，禹未之遇，而巡省南土。涂山之女乃令其妾候禹于涂山之阳。女乃作歌，歌曰：'候人兮猗'，实始作为南音。""兮""猗"是上古语音，是虚词，西㟃山就是据这两个字的读音而取名的。关于绍兴的涂山，在古籍中有两种说法，一是会稽山即涂山。《十道志》中指会稽山："会稽山本名茅山，一名苗山，又名涂山。"二是西㟃山。《越绝书》指西㟃山："涂山者，禹所娶妻之山也，去县五十里。"但鲁迅此次去的涂山是西㟃山。近现代以来，绍兴已经不叫会稽山为涂山了，涂山专指西㟃山。浙东多山，绍兴南部都是山，而涂山（西㟃山）则距离绍兴50里。鲁迅带朋友行50里去涂山，除采集植物标本之外，自然也不能排除他有瞻仰禹迹的心意。

绍兴是大禹文化的传承地。绍兴文化中自古以来就流淌着大禹文化的血液，大禹"卓苦勤劳"的精神在绍兴代代相传，绍兴对大禹的纪念和祭祀已经成为一种风俗，鲁迅自幼感受着这种浓郁的大禹之风，为其后来的人生追

① 鲁迅：《会稽禹庙窆石考》，《鲁迅全集：编年版》第1卷，人民文学出版社2014年版，第495页。
② 鲁迅：《丙辰日记》，《鲁迅全集：编年版》第1卷，人民文学出版社2014年版，第448页。
③ 鲁迅：《丙辰日记》，《鲁迅全集：编年版》第1卷，人民文学出版社2014年版，第644页。
④ 周建人：《回忆大哥鲁迅》，上海教育出版社2001年版，第61页。

求奠定了基础。鲁迅不仅形成了对大禹的信仰，而且对大禹文化格外关注，并自觉传扬着大禹精神。

二、祛伪与揭妄：对历史唯物主义的归正与求实

鲁迅对大禹的信仰还表现在他对大禹文化真实性的审视上。大禹是历史人物，但后人对大禹文化有两种虚妄的态度：一是制造了不少"神话"性的虚妄传说。历史上关于大禹及其文化出现了许多随意篡改甚至虚构、作假的现象，形成所谓大禹遗迹，这实际上损害了大禹的真实性。二是质疑和否定大禹的历史存在。历史上从王充开始就争议大禹是否到过会稽，并没有否定大禹的历史存在，这种学术论争是可以理解的，但后来出现了虚妄地否定大禹真实存在的"疑古主义"。鲁迅不仅对妄传大禹的现象进行了严肃的批判（即使是绍兴的妄传也不容忍），也对否定大禹真实存在的虚妄之说展开了尖锐批判。实际上，这是对大禹历史真实性的维护，也显示了鲁迅对大禹的崇仰。

一是对虚妄的传说予以审查和批评。1934 年 4 月，鲁迅在《清明时节》中写道："中国人一向喜欢造些和大人物相关的名胜，石门有'子路止宿处'，泰山上有'孔子小天下处'；一个小山洞，是埋着大禹，几堆大土堆，便葬着文武和周公。"[1]这里的"一个小山洞"，是指浙江绍兴的宛委山石罅，讹传大禹葬于此。实际上，这只是一块高约丈许的石头的一条裂缝，根本不可能埋葬人体，鲁迅自然不相信这种妄传。尤其是，他对关于岣嵝碑的妄传予以了纠正。他在《汉文学史纲要》第一篇中说："虞夏书契，今不可见，岣嵝禹书，伪造不足论。"[2]传说岣嵝碑是大禹写的，鲁迅则认为岣嵝碑不是大禹写的，这种认识并没有否认大禹的历史真实性，反而使大禹更为可信，因为商周以来才见文字刻于骨甲金石。鲁迅认为，文字兴盛于巫史，而"巫以记神事，更进，则史以记人事也，然尚以上告于天；翻今之《易》与《书》，间能

---

① 鲁迅：《清明时节》，《鲁迅全集：编年版》第 8 卷，人民文学出版社 2014 年版，第76 页。
② 鲁迅：《汉文学史纲要》，《鲁迅全集：编年版》第 4 卷，人民文学出版社 2014 年版，第324 页。

得其仿佛……降及轩辕，遂多传说，逮于虞夏，乃有箸于简策之文传于今"①。鲁迅认可《周易》和《尚书》是记载人事的史书，显然对其记载的大禹也认可，只是对超乎大禹时代可能性的谬传不相信而已。1934年8月，鲁迅在《门外文谈》中指出："夏禹的'岣嵝碑'是道士们假造的；现在我们能在实物上看见的最古的文字，只有商朝的甲骨和钟鼎文。"②"岣嵝碑"又称禹碑，在湖南衡山岣嵝峰，碑文共77个字，但难于辨识，相传刻于夏禹治水时，但在明朝以前没有记载，多疑为伪造，所以鲁迅批评这种不实之词。对于学术著作中的错误，一旦发现，鲁迅也毫不犹豫地指出来，哪怕是被尊为权威的经典著作，也是如此。对于汉代刘歆和王充关于大禹等著《山海经》③的观点，鲁迅1923年在《中国小说史略》第二篇《神话与传说》中明确指出："《山海经》今所传本十八卷，记海内外山川神祇异物及祭祀所宜，以为禹益作者固非。"④对于大禹，只有去伪，才能凸显其真实性，彰显其历史存在的客观性和可信度，才能有利于传播大禹文化和弘扬大禹精神。

二是对歪曲否定大禹的现象予以严肃的批判。鲁迅具有强烈的民族认同感，对于中华民族的悠久历史十分自豪。五四时期，顾颉刚从"古史层累说"假设出发来否定大禹。他说："至于禹从何来？禹与桀何以发生关系？我以为都是从九鼎上来的。禹，《说文》云：'虫也，从厹，象形。'厹，《说文》云：'兽足蹂地也。'以虫而有足蹂地，大约是蜥蜴之类。我以为禹或是九鼎上铸的一种动物，当时铸鼎物，奇怪的形状一定很多，禹是鼎上动物的最有力者；或者有敷土的样子，所以就算他是开天辟地的人。（伯祥云：禹或即是龙，大禹治水的传说与水神祀龙王事恐相类。）流传到后来，就成了真的人王了。"⑤此说一出，立即受到学术界的猛烈批评，刘掞藜、胡堇人、柳诒徵、胡适、

---

① 鲁迅：《汉文学史纲要》，《鲁迅全集：编年版》第4卷，人民文学出版社2014年版，第325页。

② 鲁迅：《门外文谈》，《鲁迅全集：编年版》第8卷，人民文学出版社2014年版，第203页。

③ 关于《山海经》的作者，汉刘歆《上山海经表》："禹别九州，任土作贡，而益等类物善恶，著《山海经》。"汉王充《论衡·别通篇》："禹、益并治洪水……以所闻见作《山海经》。"

④ 鲁迅：《中国小说史略》，《鲁迅全集：编年版》第6卷，人民文学出版社2014年版，第379页

⑤ 顾颉刚：《与钱玄同先生论古史书》，王修智主编：《民国范文观止》，山东人民出版社2011年版，第111—112页。

钱玄同、傅斯年、钱穆、王志刚、张荫麟、陆懋德等人都予以尖锐的批评。历史研究的基本态度应该是尊重文献记载，尤其是在没有充分依据之前，更应该尊重古人的记述。在考古成果还比较薄弱以及学界还不善于运用考古成果来研究历史的五四时期，在"疑古主义"主导下辨析中国古代历史，仅限于稀少的文献材料，难免产生虚妄的结论，这也是可以理解的。但问题是，顾颉刚当时先验地将历史文献记载的史实与民间流传的故事混淆，不以考证历史事实的真实存在为目标，只关注故事流传的不同版本与时间先后，一意孤行地以"默证"否定大禹的真实存在，并妄断中国古代史，"彻底否认"甚至"彻底破坏、推翻"①。对于这种倾向，鲁迅自然不认可，必然要批判。1927年6月12日，鲁迅写信给章廷谦说："鼻之腹中，有古史，有近史，此其所以为'学者'；而我之于鼻，则除乞药揸鼻一事外，不知其他，此其所以非'学者'也。"②1927年8月17日，鲁迅又在给章廷谦的信中说："遥想一月以前，一个獐头鼠目而赤鼻之'学者'，奔波于'西子湖'边而发挥咱们之'不好'，一面又想出起诉之'无聊之极思'来，湖光山色，辜负已尽，念及辄为失笑。禹是虫，故无其人；据我最近之研究：迅盖禽也，亦无其人，鼻当可聊以自慰欤。案迅即卂，卂实即隼之简笔，与禹与禺，也与它无异，如此解释，则'準'字迎刃而解，即从水，隼声，不必附会从'淮'之类矣。我于文字亦颇有发明，惜无人与我通信，否则亦可集以成'今史辨'也。""近偶见该《古史辨》，惊悉上面乃有自序一百多版。查汉朝钦犯司马蚳，因割掉卵脮而发牢骚，附于偌大之《史记》之后，文尚甚短，今该学者不过鼻子红而已矣，而乃已浩浩洋洋至此，殆真所谓文豪也哉。禹而尚在，也只能忍气吞声，自认为并无其人而已。"③鲁迅在这里发挥他"嬉笑怒骂"的技巧，一再挖苦和讽刺，进行了尖锐的批判。后来，鲁迅还在《理水》《崇实》等文章中反复进行讽刺，使顾颉刚无法招架。显然，鲁迅对顾颉刚是十分不满的。

---

① 朱渊清：《古史的证据及其证明力——以顾颉刚先生的大禹研究为例》，杨庆中、廖娟编：《疑古、出土文献与古史重建》，漓江出版社2012年版，第133、135页。

② 鲁迅：《270612·致章廷谦》，《鲁迅全集：编年版》第5卷，人民文学出版社2014年版，第153—155页。

③ 鲁迅：《270817·致章廷谦》，《鲁迅全集：编年版》第5卷，人民文学出版社2014年版，第386—387页。

对于鲁迅的批判，顾颉刚认为是自己私下为陈源提供了鲁迅《中国小说史略》的"剿袭"信息而与鲁迅交恶的结果。1927年2月11日，他在日记中记载："鲁迅对于我的怨恨，由于我告陈通伯，《中国小说史略》剿袭盐谷温《支那文学讲话》。他自己抄了人家，反以别人指出其剿袭为不应该，其卑怯骄妄可想。此等人竟会成群众偶像，诚青年之不幸。他虽恨我，但没法骂我，只能造我种种谣言而已。"①同年3月19日，他在致容庚的信中又说："因鲁迅在那边作教务主任，他因我指出《中国小说史略》的蓝本，恨我刺骨，时时欲中伤我也。"②然而，鲁迅并没有直接说到顾颉刚揭露其抄袭的问题。1926年1月30日，陈源在《晨报副刊》发表致徐志摩长信，攻击鲁迅抄袭日本学者盐谷温的《支那文学概论讲话》里面的"小说"一部分。因而鲁迅发表《不是信》，对陈源的攻击进行了回击，但没有涉及顾颉刚"揭露"的问题。也许鲁迅并不知道这是顾颉刚挑起的，顾颉刚是以己推人。也许，鲁迅这些讽刺，与他们在北京和厦门发生的矛盾有一定关系，但是更重要的是，鲁迅不赞成顾颉刚在文章中偏狭地怀疑和否定中国上古历史和大禹的真实存在。后来，鲁迅说："他是有破坏而无建设的，只要看他的《古史辨》，已将古史'辨'成没有，自己也不再有路可走。"③这是对前面的讽刺批判最好的注解。应该说，鲁迅的批判虽然尖锐，但是很公允。

鲁迅对一些有关大禹荒谬的传说和虚假的杜撰展开批评，对否定大禹真实存在的谬论予以批判，显示了他的历史唯物主义精神，这不仅是对大禹客观存在的真实历史身份的维护，而且是对中华民族源远流长的历史及文化的维护，既显示了他对大禹充分的信仰，也是对大禹文化和大禹精神的传播与颂扬，反映了鲁迅求真务实的学术态度和对学理性的倡导。

三、考证与辨析：阻止大禹文化原型被虚构与讹传

鲁迅对大禹的敬仰和对大禹文化精神的传播，已经内化成了一种深深的

① 顾颉刚：《顾颉刚日记》第2卷，中华书局2011年版，第15页。
② 顾颉刚：《顾颉刚书信集》第2卷，中华书局2011年版，第172页。
③ 鲁迅：《340706·致郑振铎》，《鲁迅全集：编年版》第8卷，人民文学出版社2014年版，第546页。

主体情结。在学术研究中，鲁迅积极探索大禹作为一种文化原型的转换与变形状态，尤其是对禹伏无支祁的神话传说故事进行了考证与辨析，揭示了大禹文化原型被虚构与讹传的流变，纠正了一些错误认识。这是对大禹文化的深入探索与求真，有利于正确传播大禹文化和弘扬大禹精神，进一步凸显了大禹在鲁迅心中的崇高地位，也反映了鲁迅对于民族圣贤的崇敬。

鲁迅本着唯物历史观，对于古籍中大禹事迹的历史书写是十分认可的。1926年，鲁迅在《汉文学史纲要》中论述《尚书》时说："《书》之体例有六：曰典，曰谟，曰训，曰诰，曰誓，曰命，是称六体。然其中有《禹贡》，颇似记，余则概为训下与告上之词，犹后世之诏令与奏议也。"[1]显然，鲁迅对《尚书》中禹贡的历史书写是肯定的，只是对于其记载的内容提出了不同的看法。他认为《禹贡》为"训下与告上之词，犹后世之诏令与奏议"，则更加强调了它的历史价值，也切合大禹从谋臣到君王的发展历程。

对于小说中书写的大禹故事，鲁迅也予以研究与探讨，指出其故事的发展流变。《中国小说史略》是中国小说史的开山之作，改变了只有外国人写文学史，且对于小说研究"仍不详"[2]的状况。该书出版于1923年，对中国小说发展演变史进行了深入研究。鲁迅在第九篇《唐之传奇文（下）》中对李公佐的小说《古岳渎经》进行了论述。这篇小说虚构了大禹治水时降伏无支祁的故事。主人公李汤，永泰时任楚州刺史，听到渔民看见龟山下水中有大铁锁的消息，就"以人牛曳出之"，于是风涛陡作，一只白首长鬐、雪牙金爪，像猿一样的兽物闯上岸来，五丈多高，蹲踞的形状像猿猴，两眼不开，像昏昧一样，引颈伸欠很久，双眼忽然睁开，则"光彩若电，顾视人焉，欲发狂怒"，观者受吓逃跑，它亦就"徐徐引锁曳牛入水去，竟不复出"。李汤与楚州知名之士都错愕不已。后来，李公佐访古东吴，泛洞庭，登包山，入灵洞，探仙书，于石穴间寻得《古岳渎经》第八卷，"文字奇古，编次蠹毁，颇不能解"，李公佐与道士焦君一起仔细阅读，"乃得其故"："禹理水，三至桐柏山，惊风走雷，石号木鸣，土伯拥川，天老肃兵，功不能兴。禹怒，召

---

① 鲁迅：《汉文学史纲要》，《鲁迅全集：编年版》第4卷，人民文学出版社2014年版，第327页。

② 鲁迅：《中国小说史略》，《鲁迅全集：编年版》第2卷，人民文学出版社2014年版，第370页。

集百灵，授命夔龙，桐柏等山君长稽首请命，禹因囚鸿蒙氏，章商氏，兜卢氏，犁娄氏，乃获淮涡水神名无支祁，善应对言语，辨江淮之浅深，原隰之远近，形若猿猴，缩鼻高额，青躯白首，金目雪牙，颈伸百尺，力逾九象，搏击腾踔疾奔，轻利倏忽，闻视不可久。禹授之童律，不能制；授之乌木由，不能制；授之庚辰，能制。鸱脾桓胡木魅水灵山祆石怪奔号聚绕，以数千载，庚辰以战（一作戟）逐去，颈锁大索，鼻穿金铃，徙淮阴之龟山之足下，俾淮水永安流注海也。庚辰之后，皆图此形者，免淮涛风雨之难。"①鲁迅认为，这就是关于大禹治水时降伏无支祁的传说故事的开始。他指出："宋朱熹（《楚辞辨证》中）尝斥僧伽降伏无支祁事为俚说，罗泌（《路史》）有《无支祁辩》，元吴昌龄《西游记》杂剧中有'无支祁是他姊妹'语，明宋濂亦隐括其事为文，知宋元以来，此说流传不绝，且广被民间，致劳学者弹纠，而实则仅出于李公佐假设之作而已。惟后来渐误禹为僧伽或泗洲大圣，明吴承恩演《西游记》，又移其神变奋迅之状于孙悟空，于是禹伏无支祁故事遂以埋昧也。"②这里，鲁迅对禹伏无支祁故事原型的来龙去脉进行了阐述，不仅纠正了以往的错误理解，而且率先揭去了笼罩在大禹身上的神话色彩。1924年7月，鲁迅到西安讲学，题目是"中国小说的历史的变迁"。他在第三讲"唐之传奇文"中又讲到这篇小说："大禹使庚辰制之，颈锁大索，徙到淮阴的龟山下，使淮水得以安流。这篇影响也很大，我以为《西游记》中的孙悟空正类无支祁。但北大教授胡适之先生则以为是由印度传来的；俄国人钢和泰教授也曾说印度也有这样的故事。可是由我看去：1.作《西游记》的人，并未看过佛经；2.中国所译的印度经论中，没有和这相类的话；3.作者——吴承恩——熟于唐人小说，《西游记》中受唐人小说的影响的地方很不少。所以我还以为孙悟空是袭取无支祁的。"③在这里，鲁迅再次澄清了大禹降伏无支祁是小说虚构的神话故事，而且指出它已经影响了后来的小说创作。

① 鲁迅：《中国小说史略》，《鲁迅全集：编年版》第2卷，人民文学出版社2014年版，第428—429页。
② 鲁迅：《中国小说史略》，《鲁迅全集：编年版》第2卷，人民文学出版社2014年版，第429页。
③ 鲁迅：《中国小说史略》，《鲁迅全集：编年版》第2卷，人民文学出版社2014年版，第794页。

　　1927年，鲁迅在《〈唐宋传奇集〉稗边小缀》中不仅进一步论及《古岳渎经》"是公佐之笔甚明"，而且再次论述了大禹降伏无支祁故事的渊源。鲁迅根据元代陶宗仪的《南村辍耕录》第二十九卷《淮涡神》中的注释，纠正了《广记》注释的错误，认为陶宗仪的注释"出处及篇名皆具"，便"据以改题，且正《广记》所注之误"，不仅指出《古岳渎经》"盖公佐拟作"，而且指出"当时已被其淆惑"的现象。①元代陶宗仪对《地志》《古岳渎经》《濠州涂山》《国史补》《山海经》中大禹降伏无支祁的神话故事的描写进行了整理列举。鲁迅认同了陶宗仪引用苏东坡《濠州涂山》诗"川锁支祁水尚浑"注："程演曰：《异闻集》载《古岳渎经》，禹治水，至桐柏山，获淮涡水神，名曰巫支祁，善应对，辨淮之浅深，源之远近。而神曰庚辰者，锁于龟山之足，淮乃安流。唐时有渔者，钓得一古锁，牵出，其末有如猕猴者，盖此物也。"②鲁迅还针对李肇《国史补》的说法与今本《山海经》相对照。李肇《国史补》说："楚州有渔人，忽于淮中钓得古铁锁，挽之不绝。以告官。刺史李汤大集人力，引之。锁穷，有青猕猴跃出水，复没而逝。后有验《山海经》云，水兽好为害，禹锁于军山之下，其名曰无支祁。"③鲁迅指出："验今本《山海经》无此语，亦不似逸文。肇殆为公佐此作所误，又误记书名耳。且亦非公佐据《山海经》逸文，以造《岳渎经》也。"④鲁迅还以胡应麟的《笔丛》卷十六⑤的说法为证："盖即六朝人踵《山海经》体而赝作者。或唐人滑稽玩世之文，命名《岳渎》可见。以其说颇诡异，故后世或喜道之。宋太史景濂亦稍隐括集中，总之以文为戏耳。罗泌《路史》辩有无支祁；世又讹

---

① 鲁迅：《〈唐宋传奇集〉稗边小缀》，《鲁迅全集：编年版》第5卷，人民文学出版社2014年版，第153页。
② 陶宗仪：《南村辍耕录》，齐鲁书社2007年版，第390页。
③ 鲁迅：《〈唐宋传奇集〉稗边小缀》，《鲁迅全集：编年版》第5卷，人民文学出版社2014年版，第154页。
④ 鲁迅：《〈唐宋传奇集〉稗边小缀》，《鲁迅全集：编年版》第5卷，人民文学出版社2014年版，第154页。
⑤ 鲁迅注明是"（《笔丛》三十二）"，查阅《钦定四库全书》明胡应麟《少室山房笔丛》卷十六，才有鲁迅引用的内容及不同于《广记》的文字。《少室山房笔丛》卷三十二则无此内容，故改。

禹事为泗州大圣，皆可笑。"①鲁迅一一指出胡应麟在引用这个故事时，文字上不同于《广记》的地方："禹理水作禹治淮水；走雷作迅雷；石号作水号；五伯作土伯；搜命作授命；千作等山；白首作白面；奔轻二字无；闻字无；章律作童律，下重有童律二字；鸟木由作乌木由，下亦重有三字；庚辰下亦重有庚辰字；桓下有胡字；聚作丛；以数千载作以千数；大索作大械。"②由此可见，鲁迅对于大禹神话传说，始终坚持以科学的论证来揭示其真实情形。

对于大禹降伏无支祁的神话故事，还有很多讹传，鲁迅也一一指出其错误。一是朱熹在《楚辞辨证》（下）中说："《天问》，鲧窃帝之息壤以堙洪水，特战国时俚俗相传之语，如今世俗僧伽降无之祁，许逊斩蛟蜃精之类。本无依据，而好事者遂假托撰造以实之。"虽然朱熹指出了"鲧窃帝之息壤以堙洪水"是好事者杜撰的，但他认为"世俗僧伽降无之祁"，则是将"大禹降伏无支祁"弄错了，所以鲁迅指出"是宋时先讹禹为僧伽"的错误。③二是南宋王象之在《舆地纪胜》（四十四淮南东路盱眙军）中说："水母洞在龟山寺，俗传泗州僧伽降水母于此。"不仅将无支祁说成了水母，而且将传说中"大禹降伏无支祁"的神话故事，说成了"泗州僧伽降水母"的故事。因此，鲁迅指出其错误："则复讹巫支祁为水母。"④三是清代褚人获在《坚瓠续集》（二）中说："《水经》载禹治水至淮，淮神出见。形一猕猴，爪地成水。禹命庚辰执之。遂锁于龟山之下，淮水乃平。至明，高皇帝过龟山，令力士起而视之。因拽铁索盈两舟，而千人拔之起。仅一老猿，毛长盖体，大吼一声，突入水底。高皇帝急令羊豕祭之，亦无他患。"不仅将李公佐创作的小说故事说成了《水经注》的故事，而且将李公佐派人拉起铁索说成了明太祖，因此鲁迅指出他张冠李戴的错误："是又讹此文为《水经》，且坚嫁李汤事于明太祖矣。"⑤

① 鲁迅：《〈唐宋传奇集〉稗边小缀》，《鲁迅全集：编年版》第5卷，人民文学出版社2014年版，第154页。
② 此段中的引文均见鲁迅：《〈唐宋传奇集〉稗边小缀》，《鲁迅全集：编年版》第5卷，人民文学出版社2014年版，第154页。
③ 鲁迅：《〈唐宋传奇集〉稗边小缀》，《鲁迅全集：编年版》第5卷，人民文学出版社2014年版，第154页。
④ 鲁迅：《〈唐宋传奇集〉稗边小缀》，《鲁迅全集：编年版》第5卷，人民文学出版社2014年版，第154页。
⑤ 此段中的引文均见鲁迅：《〈唐宋传奇集〉稗边小缀》，《鲁迅全集：编年版》第5卷，人民文学出版社2014年版，第153—155页。

由此可见，鲁迅以严谨的学术研究纠正了以往的错误，有利于读者明辨是非。

鲁迅对禹伏无支祁的神话故事展开系统的考证，不仅指出它是李公佐虚构的故事，而且纠正了后来流传过程中出现的许多讹误，具有重要的学术价值。在文学史研究中，考据文学现象的来龙去脉是一项重要任务，鲁迅在这里反复论述"大禹降伏无支祁"神话故事的源流，显然完成了对于这个文学故事历史流变的书写任务，使读者明确这个小说故事在不同时代的不同面貌。其实，鲁迅不断论述和辨析了这个文学故事，更重要的是维护了大禹作为历史人物的真实性：大禹是历史人物，不是神话传说；虚构的想象的神话故事或文学故事与大禹的人生业绩不能等同。这种学理性辨证文字的背后是鲁迅对大禹深挚的敬仰。

四、讽喻和批判：大禹崇高精神的讴歌与期待

鲁迅对大禹的信仰与传播，还体现在他的小说《理水》中。大禹是中华民族的脊梁和精神之魂，自古以来就是中国文学重要的文学原型。鲁迅从历史文献中取材，以正史笔调对大禹治水的英雄事迹进行文学书写，塑造了崇高的大禹形象，对现实人生进行了讽喻和批判，不仅体现了大禹文化原型对其小说创作的影响，而且表现了他对于民族历史的认同和对大禹的敬仰，以及他对大禹精神的弘扬和传播。

《理水》是一篇以历史隐喻现实的佳作。它是大禹治水在20世纪30年代民族危机不断加剧的历史情势中的呈现。其创作背景有两个重要方面：一是1931年遍及全国17个省的大水灾；二是日寇入侵东北后又对华北虎视眈眈。无论是肆虐17省的洪灾，还是日寇的野蛮入侵，都是中华民族深重的灾难。但是，就国家的利益而言，日寇入侵，野蛮践踏中国土地和蹂躏中国人民，这是比洪灾更加严峻的民族灾难。《理水》创作于1935年11月，正是日本唆使汉奸殷汝耕成立"冀东防共自治委员会"之时，殷汝耕宣告脱离中国政府管辖，冀东沦为日本侵略者势力范围，北京被日寇困围。鲁迅以大禹文化原型为基础来构思创作，以大禹治水过程中的所见所闻来讽刺和批判当时国人的自私与卑怯。小说一开始用《尚书·尧典》中"汤汤洪水方割，浩浩怀山襄陵"渲染洪灾严重、百姓深受其害的情状，紧接着就直接切入现实，描写

聚集在"文化山"上的学者的丑态，交代了大禹面临的恶劣环境："然而他们里面，大抵是反对禹的，或者简直不相信世界上真有这个禹。"拿拄杖的学者说"禹来治水，一定不成功"，不相信他能治水。而大禹派出的各路考察专员，不仅被前呼后拥下去，而且高高在上，并不深入调查，只听民众的虚假汇报，大肆搜刮，回来后又在局里大排筵宴，酒肉熏天，品尝搜刮来的民脂民膏，鉴赏着索取来的木匣子上的呈文。显然，这是对国民党不顾国家危机、腐败从政的尖锐讽刺，以及对它所造成的颓败民风的深刻批判。鲁迅描写这些丑恶行径，反衬了大禹的崇高与伟大。

　　鲁迅以正史的笔调塑造了大禹的光辉形象，彰显了鲁迅唯物史观主导的大禹文化观。中国传统的小说观念是"补正史之阙"①。近代学人提出的"新小说宜作史读"②，不只是学者个人的观点，也是长期以来国人阅读小说比较普遍的接受心理。鲁迅在创作《理水》时，也受这种小说观念的影响。在作品中，鲁迅根据正史记载对大禹进行了文学塑造。虽然鲁迅运用了时空穿越的现代技法，将古今杂糅在一起，对大禹予以全面的生动描写，不少人名是虚构的，但大禹的言行、思想和精神品格，都可在《尚书》《史记》中找到依据。③鲁迅以史书记载为依据，完成了理想的大禹形象塑造。这不仅是题材本身的要求，也是鲁迅坚持历史唯物主义的大禹观所决定的。在他笔下，大禹不仅迎难而上，敢于担当，而且胸怀九州，一心为民；既富于理想，又能脚踏实地，还能身先士卒，吃苦耐劳。同时，他又有坚强的意志和科学创新的精神。经过认真勘察研究，他提出改"湮"为"导"的新的治水方法。尽管他的意见立即遭到反对，但他并没有为庸众所左右。他说："我要说的是我查了山泽的情形，征了百姓的意见，已经看透实情，打定主意，无论如何，非'导'不可！"这既突出大禹坚定的信念，也显示了大禹卓越的胆识。他领命治水，并不摆官威，不讲排场，而是胸怀全局，与民众打成一片，"给大家有饭吃，有肉吃"，"东西不够，就调有余，补不足"。因此，他赢得了民众的支

---

① 陈平原：《陈平原小说史论集》（中），河北人民出版社1997年版，第862页。
② 佚名：《读新小说法》，《新世界小说社报》1907年第6—7期。
③ 这里涉及的内容很多，因为篇幅有限，不详细对照。参见笔者拙作《正史笔调与现实讽喻——论鲁迅小说〈理水〉的大禹原型及其思想指向》，《鲁迅研究月刊》2018年第7期。

新时代的镜与灯——绍兴市文艺评论集

持。大禹为人平易谦和。他治水成功后胜利回京时，不仅"前面并没有仪仗"，而且还走在最后面：黑脸黄须，腿弯微曲，双手捧着一片乌黑的尖顶的大石头——舜爷所赐的"玄圭"，连声说"借光，借光，让一让，让一让"，从人丛中挤进皇宫里去。大禹树立了民本思想。鲁迅在小说中以文学化的笔墨传播了大禹的"民惟邦本，本固邦宁"的思想。因为他重视民众的历史作用，所以他改"湮"为"导"的治水方法得以推行，治水最终获得成功。大禹还是一个尽职尽责的谋臣形象。他一回到帝都，不仅向舜帝汇报其治水的情形，而且向舜帝进言："做皇帝要小心，安静。对天有良心，天才会仍旧给你好处！"表现他关怀民生的主体取向，显示了崇高的品德。大禹生活朴素，严于律己，善待祖宗神灵和民生。大禹"吃喝不考究，但做起祭祀和法事来，是阔绰的；衣服很随便，但上朝和拜客时候的穿着，是要漂亮的"。正是这样，天下太平，民生殷实。显然，鲁迅歌颂了大禹崇高的精神品质，也宣扬和传播着大禹精神。

鲁迅对大禹的生平事迹予以确认与表现，但也有独立的思考，使之显得更加真实。他确认鲧是大禹父亲的历史事实："禹是确有这么一个人的，正是鲧的儿子。"但对鲧的结局，鲁迅则做了自己的阐释。小说是这样描写的："远地里的消息，是从木排上传过来的。大家终于知道鲧大人因为治了九整年的水，什么效验也没有，上头龙心震怒，把他充军到羽山去了。"显然，鲁迅改变了鲧是被舜帝杀于羽山的习见，但更加可信。对于大禹治水从何处开始，小说写禹"也确是简放了水利大臣，三年之前，已从冀州启节，不久就要到这里了"。这里也对习惯性观点做出了修正。《尚书·禹贡》载："禹敷土，随山刊木，奠高山大川。冀州：既载壶口，治梁及岐。"①但孔颖达疏："冀州，尧所都也。诸州冀为其先，治水先从冀起。"实际上有一些疏漏。《禹贡》重在叙述九州的划分，但它并没有说明大禹治水是从冀州开始的。《史记·夏本纪》也说："禹行自冀州始。"②这无疑是对的，大禹领命治水，应该是在帝都。因此，鲁迅说大禹"从冀州启节"。启节，指旧时高级官员启程、出发。节，是古代使者及特派官员出行时所持的信物。这样的描写，无疑使大禹更

① 冀昀主编：《尚书》，线装书局2007年版，第34页。
② 司马迁：《史记》，线装书局2006年版，第5页。

18

加真实。同时，鲁迅对禹捉无支祁的神话传说予以消解："然而关于禹爷的新闻，也和珍宝的入京一同多起来了。百姓的檐前，路旁的树下，大家都在谈他的故事；最多的是他怎样夜里化为黄熊，用嘴和爪子，一拱一拱的疏通了九河，以及怎样请了天兵天将，捉住兴风作浪的妖怪无支祁，镇在龟山的脚下。"鲁迅明确地说"关于禹爷的新闻"，显然维护了大禹作为一个人的真实面貌。鲁迅既遵从史书的记载，又注入了自己的独特思考，从而使大禹的身份和治水的历史更客观科学，既表达了鲁迅对大禹的敬仰，也表明了他正确宣扬大禹精神的意图。

鲁迅对于大禹形象的塑造，无疑传承和宣扬了大禹崇高的精神，体现了鲁迅的民族自信和自豪感。1934年9月25日，鲁迅在《中国人失掉自信力了吗》中说：

> 我们从古以来，就有埋头苦干的人，有拼命硬干的人，有为民请命的人，有舍身求法的人……虽是等于为帝王将相作家谱的所谓"正史"，也往往掩不住他们的光耀，这就是中国的脊梁。
>
> 这一类的人们，就是现在也何尝少呢？他们有确信，不自欺；他们在前仆后继的战斗，不过一面总在被摧残，被抹杀，消灭于黑暗中，不能为大家所知道罢了。说中国人失掉了自信力，用以指一部分人则可，倘若加于全体，那简直是诬蔑。[1]

鲁迅塑造大禹形象，就是以这种高度的民族自信心和坚定的唯物史观为基础的。这些话，无疑是对中华民族英雄的礼赞与讴歌，而大禹是杰出的代表。

综上所述，鲁迅自小接受大禹文化的熏陶，对大禹充满敬仰，十分珍视大禹文化，信奉大禹精神，自觉地继承和传播大禹精神。他始终维护大禹的真实性，不仅修正了对大禹的虚妄传说，而且批判了"疑古主义"者顾颉刚否定大禹真实存在的荒谬之说；既对文学虚构禹伏无支祁的故事原型演变进

---

[1] 鲁迅：《中国人失掉自信力了吗》，《鲁迅全集：编年版》第8卷，人民文学出版社2014年版，第252页。

行了考证，又精心创作了历史小说《理水》，以正史笔调塑造了大禹形象，讴歌大禹的英雄业绩，弘扬和传播了大禹的伟大精神。鲁迅对大禹的信仰和传播，不仅显示了他的唯物史观及其对于民族悠久历史的自豪感，也显示了他对优秀传统文化的严谨态度和实事求是的学术精神，自然也显示了他对中华优秀文化的强烈自信。鲁迅对于大禹的信仰，对于大禹文化的求真态度，对于大禹生平及其故事的客观认知，值得我们借鉴。

本文系浙江省哲学社会科学规划 2009 年重大项目"越中现代知名作家系列研究"（编号：09JDYW01ZD）阶段性成果之一，原载于《鲁迅研究月刊》2021 年第 12 期。

"牺牲"何以"享用"？

——鲁迅的《药》与俄国作品之互文性阐释

钱　虹①

一

20世纪30年代，鲁迅先生曾在《我怎么做起小说来》一文中说道："我怎么做起小说来？——这来由，已经在《呐喊》的序文上，约略说过了……在中国，小说不算文学，做小说的也决不能称为文学家，所以并没有人想在这一条道路上出世。我也并没有要将小说抬进'文苑'里的意思，不过想利用他的力量，来改良社会……因为所求的作品是叫喊和反抗，势必至于倾向了东欧，因此所看的俄国、波兰以及巴尔干诸小国作家的东西就特别多……记得当时最爱看的作者，是俄国的果戈理（N.Gogol）和波兰的显克微支（H.Sienkiewicz）……"②在这段话里，鲁迅先生很清楚地表明了他当年写小说的意图是"想利用他的力量，来改良社会"，他有选择地借鉴"叫喊和反抗"类的东欧作家、作品，尤其偏爱俄国作家果戈理和波兰作家显克微支等人。

鉴于此，有关鲁迅小说与俄国文学的关系之研究，往往较多地着眼于鲁迅前期小说与其多次提及的俄国作家、作品的关系，例如王富仁《鲁迅前期

① 钱虹，1955年生，女，文学博士，先后任华东师范大学、同济大学教授，现为浙江越秀外国语学院中国语言文化学院教授，主要研究方向为中国现当代文学、女性文学及海外华文文学等。

② 鲁迅：《我怎么做起小说来》，《鲁迅全集》第5卷，花城出版社2021年版，第51页。

小说与俄罗斯文学》主要论述了鲁迅前期小说与俄罗斯文学、鲁迅前期小说与果戈理、鲁迅前期小说与契诃夫、鲁迅前期小说与安特莱夫、鲁迅前期小说与阿尔志跋绥夫、俄罗斯文学的影响与鲁迅前期小说的民族性和独创性等①，并从中梳理出鲁迅前期小说创作在不同方面受到的这几位俄国作家的影响。

笔者认为，鲁迅受到的俄国文学的影响及其小说创作所借鉴的俄国作家，其实是多元化的，并不仅限于上述提到的俄国作家。正如他自己在《我怎么做起小说来》中所说的，他当年之所以写起小说来，"大约所仰仗的全在先前看过的百来篇外国作品和一点医学上的知识"②。这"百来篇外国作品"中是否包括俄国著名作家屠格涅夫的作品，现在已无从考据。但他的小说《药》的诞生，与俄国现实主义艺术大师伊凡·谢尔盖耶维奇·屠格涅夫（Иван Сергеевич Тургенев，1818—1883）晚年所作的一个短篇作品《黑手的人与白手的人》③有着十分重要的比较文学之间的互文关系。在鲁迅的小说中，将他所说"我的取材，多采自病态社会的不幸的人们中，意思是在揭出病苦，引起疗救的注意。所以我力避行文的唠叨，只要觉得够将意思传给别人了，就宁可什么陪衬拖带也没有"④体现得最清楚明晰的，无疑当推《药》。

据孙伏园先生回忆，鲁迅生前曾谈到，在西洋文艺中，也有和《药》相类的作品。除俄国作家安特莱夫的《齿痛》（该小说描写耶稣在各各他被钉在十字架上的那天，当地的一个商人患着齿痛。他也和老栓、小栓们一样，觉得自己的病痛，比革命者的冤死重要得多）以外，还有屠格涅夫的短篇作品《工人和白手的人》，"用意也是仿佛的。白手的人是一个为工人的利益而奋斗至于牺牲的人。他的手因为带了多时的刑具，没有血色了，所以成了白手。他是往刑场去被绞死的。可是俄国乡间有一种迷信，以为绞死的人的绳子可

① 王富仁：《鲁迅前期小说与俄罗斯文学》，天津教育出版社2008年版。
② 鲁迅：《我怎么做起小说来》，《鲁迅全集》第5卷，花城出版社2021年版，第51页。
③ 《黑手的人与白手的人》，是俄罗斯作家屠格涅夫晚年所写诸多短篇作品之一，原名为"Чернорабочий и Белоручий"，俄文Чернорабочий，意为干粗活、脏活的人，泛指社会地位低下的体力劳动者。鲁迅当年将之译为《工人和白手的人》。2010年版《屠格涅夫散文精选》（曾思艺译，长江文艺出版社）译为《干体力活的人和干脑力活的人》。本文根据俄文原版译为《黑手的人与白手的人》，特此说明。
④ 鲁迅：《我怎么做起小说来》，《鲁迅全集》第5卷，花城出版社2021年版，第52页。

以治病，正如绍兴有一种迷信，以为人血馒头可以治肺痨一样，所以有的工人跟着白手的人到刑场去，想得到一截绳子来治病。不知不觉中，革命者为了群众的幸福而牺牲，而愚昧的群众却享用这牺牲了"①。

二

屠格涅夫是19世纪具有世界声誉的现实主义艺术大师和现实主义作家。他虽然出身贵族地主家庭，但对农奴及其生活遭遇一直怀有深深的同情。他早年曾醉心于浪漫主义诗歌。随着俄国农奴制危机的加深，他在革命民主主义者别林斯基的思想影响下，发表了反映农奴制度下的外省城镇和乡村各个阶层生活的《猎人笔记》，揭露农奴主的残暴和农奴的悲惨生活，走上了批判现实主义的创作道路。《猎人笔记》反农奴制的鲜明倾向触怒了沙皇政府，当局以屠格涅夫发表追悼果戈理的文章违反审查条例为由，将其拘捕、放逐。在被拘留时，他写了著名的反农奴制的中篇小说《木木》。之后屠格涅夫又创作了《罗亭》（1856）、《贵族之家》（1859）、《前夜》（1860）、《父与子》（1862）、《烟》（1867）、《处女地》（1877）等著名长篇小说，奠定了他在俄国乃至世界文坛上现实主义艺术大师的地位。屠格涅夫被誉为"及时把握俄罗斯社会脉搏并能做出迅速反映"②的现实主义作家，他的小说不仅迅速及时地反映了当时的俄国社会现实，而且善于通过生动的情节和贴切的言语、行动，塑造出许多栩栩如生的人物形象。他的语言简洁、质朴、精确、优美，为俄罗斯语言的规范化做出了重要贡献。从19世纪60年代起，屠格涅夫大部分时间在西欧度过，结交了许多著名作家、艺术家，如左拉、莫泊桑、都德、龚古尔等。他参加了在巴黎举行的"国际文学大会"，并被选为副主席（主席为维克多·雨果）。屠格涅夫在俄国文学和欧洲文学的沟通交流方面起了桥梁作用。鲁迅提的《工人和白手的人》是屠格涅夫晚年所作总题为"散文诗"的合集中的一篇对话体作品。这篇作品通篇仅五百余字，以十分洗练、简洁的笔

① 孙伏园：《鲁迅先生二三事》，湖南人民出版社1980年版，第13—14页。
② 俄罗斯文艺批评家车尔尼雪夫斯基在《怎么办？新人的故事》中提及屠格涅夫的长篇小说《前夜》时所语，发表于19世纪俄罗斯《现代人》杂志。

触勾画出一幅愚昧者"享用牺牲"的人间悲剧图！

先看看屠格涅夫创作这个短篇作品的时代和社会背景。1861年，叶卡捷琳娜二世当政的俄国沙皇政府迫于各种压力，宣布在俄国实行农奴制改革。在此之前，俄国地主、贵族享有支配农奴的绝对权利，正如当时的一首民歌《奴仆们的哭诉》中所愤怒控诉的那样："老爷们杀死一个奴仆就像宰一匹马，而且还不准农奴控告他。"地主、贵族对农奴非人的压榨和残酷的剥削，致使农民起义运动此起彼伏。18世纪70年代终于爆发了由普加乔夫领导的声势浩大的农民起义，严重打击了地主、贵族的统治。俄国广大农奴的悲惨遭遇和社会贫富阶层的严重对立，引起了当时俄罗斯一些具有启蒙主义思想的知识分子的重重忧虑和深深思考，其中的代表人物亚历山大·尼古拉耶维奇·拉吉舍夫（1749—1802），写下了一部极其重要的作品《从彼得堡到莫斯科旅行记》（1790）。他在《从彼得堡到莫斯科旅行记》的开头，引用诗人特列佳科夫斯基的一行诗作为题词，将专制农奴制度比作一只生有"一百张血盆大口"的怪物。作品描写了俄国农奴极其悲惨的牛马生活，他们成年累月为地主服务，只有夜里和星期天才能耕种自己的小块土地。他们靠糠菜充饥，住在快要倒塌的低矮棚屋里。地主就是这样依靠大批农奴的破产和死亡而发财致富的。作者详尽地描述了公开拍卖农奴等骇人听闻的事实，指出这一切都是由于"法律给农奴规定了一条死路"。作者预感农民革命将不可避免，作为俄国地主总代表的沙皇的统治也摇摇欲坠。在《特维尔》一章的颂诗《自由颂》里，作者以满腔热情欢呼变革："我看见利剑到处闪耀，死神变成各种各样的形象，在沙皇高傲的头顶飞翔。欢呼吧，被束缚的人民！大自然赋予的复仇权利，已经把沙皇带到死刑台上！"但这部宣扬农奴制改革的《从彼得堡到莫斯科旅行记》，出版后不久就传到沙皇宫中，以"开明君主"自居的叶卡捷琳娜二世盛怒，她亲笔在书页上批道：拉吉舍夫"把希望寄托在农民造反上面"，"比普加乔夫更坏"。拉吉舍夫随即遭到逮捕，并被判处死刑，后改为流放到西伯利亚服苦役，直到晚年才被召回。拉吉舍夫这部作品在当时被列为禁书，但仍以手抄本形式到处流传，对后来的十二月党人和诗人普希金产生过很大的思想影响。

屠格涅夫的《黑手的人与白手的人》写于1878年4月。此时虽然距俄国农奴制改革已十载有余，但俄国沙皇专制统治的社会性质丝毫未变，广大俄国人民依然过着悲惨辛酸的非人生活。赫尔岑提出的"谁之罪"的答案越来越明晰，俄国面临着回答车尔尼雪夫斯基的发问"怎么办"的严峻时刻。俄国平民知识分子的先进代表——民粹派，提出了"到民间去"的革命口号，深入基层，宣传革命道理，组织农民暴动。然而，相对于这革命火种来说，俄罗斯那硬邦邦的"冻土"实在太顽固了。民粹派革命者很快就像当年拉吉舍夫、车尔尼雪夫斯基等一大批有良知的俄罗斯知识分子那样遭到逮捕、流放，甚至被绞死……

"在疑惑不安的日子里，在痛苦地担心着祖国命运的日子里"①，晚年身居国外、病魔缠身的屠格涅夫虽然对民粹派的理论和实践始终抱有怀疑态度，不相信他们的革命主张，甚至反对由他们领导的农民革命，但他毕竟是一位敏锐而又清醒的批判现实主义作家，面对俄国大地上的严酷现实，他跟民粹派革命者一样憎恨沙皇专制制度，他看到了他们在社会上所起的巨大作用，对他们为解放祖国而敢于献身的精神表示钦佩。在写于《黑手的人与白手的人》之前的长篇小说《处女地》中，屠格涅夫颂扬了民粹派革命者的正直、热情、淳朴和英勇无畏，同时也谴责了他们的斗争手段和弱点，甚至对其不无漫画化，但其中并无敌意。杜勃罗留波夫曾指出，屠格涅夫能"很快猜度出深入社会意识中的新要求和新思想，经常在作品中注意到（只要环境许可）那些成为当务之急、开始隐约使社会不安的问题"②。民粹派革命者为解放祖国而奋斗牺牲，广大俄国群众对此有何反应呢？《黑手的人与白手的人》及时地反映了下层人民对革命者的态度：

　　黑手的人：你钻到我们这儿来干吗？你要干什么？你又不是我们的人。滚开吧！

　　白手的人：我是你们的人，弟兄们！

　　黑手的人：你怎么会是我们的人，你在胡说什么！只要看看我们的手！你看，我们的手是多么粗黑，上面还带着牲口粪和煤焦

① 此处引文为笔者根据俄文版《屠格涅夫全集》第8卷（莫斯科国家文学艺术出版社1956年版）《俄罗斯语言》（1882年6月）所译。
② 杜勃罗留波夫：《杜勃罗留波夫选集》第1卷，辛未艾译，上海译文出版社1983年版，第70页。

油——可是你的手，却是白白嫩嫩的。咦，你的手上有股什么气味？

白手的人（伸出自己的手）：请你们闻一闻吧！

黑手的人（闻过手后）：怎么出这样的怪事？他的手上有一股铁锈味。

白手的人：是铁锈味。我戴了整整六年手铐。

黑手的人：这是为什么呢？

白手的人：因为——我关心你们的幸福，我，要解放你们这些黯淡无光、愚昧无知的人，我起来反抗压迫你们的人，我造反……于是我被关进了监狱。

黑手的人：坐牢？哪能由你随随便便造反呢！

（过了两年）

同一个黑手的人（对另一个黑手的人）：听着，彼得拉……还记得前年夏天跟你谈过话的那个白手的人吗？

另一个黑手的人：记得……怎么啦？

第一个黑手的人：听着，今天要吊死他，命令已经下达了。

第二个黑手的人：他还造反？

第一个黑手的人：他还造反。

第二个黑手的人：唔……哎，既然这样，米特里亚老弟，我们何不去把吊死他的那根绳子弄到手，据说这绳子会使全家有大……大的幸福呢！

第一个黑手的人：你说得对。应该去碰碰运气，彼得拉老弟。①

这一通篇仅五百来字的对话体作品，通过两个高度浓缩的场景，描绘了一个令人齿冷心寒、"使社会不安"的悲剧！

三

这首先是牺牲者的悲剧。白手的人，无疑是19世纪70年代俄国的革命先

---

① 此处引文为笔者根据俄文版《屠格涅夫全集》第8卷（莫斯科国家文学艺术出版社1956年版，第476页）所译。

驱者。他和屠格涅夫长篇小说《处女地》中的涅日达诺夫、马凯洛夫、玛舒林娜等革命者一样，意志坚强，富有牺牲精神；他不顾个人安危，不怕坐牢杀头，将生死置之度外；他走出书房，深入民间，一个"钻"字形象地描绘了他出现在社会底层、"煽动"人民起来造反、试图推翻压迫者的活跃状态。为此，他整整六年坐在牢房里，镣铐加身而信仰不变、奋斗不息，直至走向刑场、英勇就义，表现出气贯长虹的大无畏精神。这种以解放普罗大众为己任的普罗米修斯式革命者形象的出现，在屠格涅夫的晚期作品中，乃至在屠格涅夫那众多人物肖像的画廊中，都有着十分重要的意义。白手的人的出现，顿时使那俄罗斯贵族青年中的佼佼者——罗亭，也黯然失色。他不是倒在法国巴黎的街垒上，而是牺牲在祖国的"冻土"上。屠格涅夫晚年曾经这样痛心疾首地写道："谁能看见故乡的一切，而不悲痛欲绝呢？"[①]尽管白手的人在向群众宣传革命的口吻、方法和姿态上难免存在种种缺点，如居高临下、自视甚高、说话生硬、不谙民情等，尽管他在尚未觉悟的底层群众中受到不应有的冷遇和敌视而注定了他的悲剧，但这样一位俄罗斯民族的优秀儿子，倒在了祖国的"冻土"上，居然有人漠然视之，毫无悲痛之心，甚至企图分享他的牺牲，以"使全家有大……大的幸福"，世界上还有比这更令人痛心疾首、可悲可叹的事情吗?!

白手的人是一位缺点与优点同样明显的英雄，他不知道该怎样"煽动"老百姓起来革命，正如《处女地》中的革命者涅日达诺夫所承认的，"我们没有一个人知道怎样煽动老百姓起来造反"。他一方面称下层劳苦大众为"弟兄们"，另一方面又把他们看作"黯淡无光、愚昧无知的人"，以革命救世主自居，宣扬自己的革命救世思想。他把自己放在广大被压迫者之外，反抗"压迫你们的人"，加上他那双因坐牢戴铐而变得毫无血色的苍白之手，自然引起干粗活脏活的人们的怀疑和反感，很难在他们中间取得信任，更难产生情感上的共鸣，因而他的悲剧是注定的。

鲁迅小说《药》中的革命者形象，虽然也是孤军奋斗的英雄，但他显然与白手的人很不相同。鲁迅并没有正面描写夏瑜——20世纪初叶的反抗封建

---

① 此处引文为笔者根据俄文版《屠格涅夫全集》第8卷（莫斯科国家文学艺术出版社1956年版）《俄罗斯语言》（1882年6月）所译。

王朝的中国革命者形象，而是创造性地运用中国古典文学中烘云托月的渲染手法，设置了明、暗两条故事线索。明写华老栓买药、小栓吃药致死，暗写以夏瑜为代表的反抗封建王朝的革命者远离人民、孤军奋斗以至于牺牲，以明衬暗，画龙点睛。值得称道的是，围绕夏瑜这条暗线所设置的种种悬念，如：华老栓为什么赶早去买人血馒头？看客们为什么纷纷赶向刑场？华家把"幸福"寄托在谁的血做成的"药"上？茶馆里茶客们的谈话中心是谁？最后华大妈和夏四奶奶在谁的坟上见到了"花环"？这一切，无一不是为了突出夏瑜这个不屈不挠的革命者形象。虽然夏瑜这个人物在《药》所描写的四个场景中，一次也没露过面，但每个场景的描写无一不在烘托他的悲剧。越是这样的侧面烘托，就越显出夏瑜所从事的反清革命活动远离广大群众，以至于得不到群众的理解和支持而失败。这不仅真实地反映了反抗封建王朝的革命者的悲剧，而且使这一悲剧的含义更加深刻，发人深思。

革命者夏瑜的性格特征，在《药》中只用了四句话来概括，并且还是由刽子手康大叔之口"宣布"的"罪状"：一是"这小东西不要命"；二是"他关在牢里，还要劝牢头造反"；三是"他说，这大清的天下是我们大家的"；四是他挨了牢头阿义的打，反说"可怜可怜"。其实，只须将这四条"罪状"连缀起来，反过来看，一个无私无畏的反抗封建王朝的革命者形象便跃然纸上、呼之欲出了！他出身贫微，革命的自觉性坚决到"不要命"，即使身陷囹圄，还要劝周围的人起来造反，为"我们大家的天下"而奋斗，这跟白手的人称"反抗压迫你们的人"，无论是从口吻上还是在立场上，都有明显的不同！可惜，他是在监狱里向牢头而不是向华老栓这样的下层群众宣传真理，因而挨了牢头的毒打。他最后说的"可怜可怜"，未必不是一条他用生命和鲜血的代价换来的教训：精神麻木到良莠不辨，甚至为虎作伥的"国民"，其实比他这个觉悟的牺牲者更可悲可怜。他的这句遗言，留给后人深刻的思想启迪：要革命，就必须发动人民；而要发动人民，首先必须改造"国人的魂灵"。正如鲁迅所说，"最要紧的是改革国民性，否则，无论是专制，是共和，是什么什么，招牌虽换，货色照旧，全不行的"[1]。从这个意义上来说，鲁迅

---

[1] 鲁迅：《两地书（八）》，刘天华编选：《鲁迅书信选集》，民主与建设出版社1996年版，第8页。

笔下的这位20世纪初的中国革命者形象所蕴含的思想性，显然要比19世纪的俄国白手的人深刻得多。鲁迅通过夏瑜这个人物的悲剧，艺术地总结了中国辛亥革命的历史经验和沉痛教训。

四

《药》和《黑手的人与白手的人》还以深刻的笔触揭示了"享用牺牲"者的悲剧。屠格涅夫笔下的彼得拉、米特里亚是19世纪俄国底层劳苦群众的典型形象，他们对为解放人民、拯救祖国而牺牲的革命者，显得冷酷无情。他们对深入底层和自己中间来宣传革命道理的白手的人，从一开始就抱着抵触、反感的情绪："你又不是我们的人。滚开吧！"当白手的人向他们解释自己变成白手的原因之后，他们无动于衷地说："坐牢？哪能由你随随便便造反呢！"这不能不使人想起《处女地》中的女仆普弗卡咒骂来到乡下宣传革命道理的马凯洛夫："你竟敢说我们老爷、太太的坏话？""是他们收养了我这个无依无靠的人，给我地方住，管我吃，管我喝，你是不是嫉妒？……你这个讨厌的黑面孔，下贱的东西，你的胡子就像蟑螂一样，你是从哪儿跑出来的？"①这语调简直跟彼得拉、米特里亚如出一辙，甚至可以说是异口同声。这些底层群众虽然还没到像《处女地》中那些不觉悟的农民一样用腰带把革命者马凯洛夫捆起来，送交官府，并到法庭上做证，使马凯洛夫"逃脱不了惩罚"的程度，但他们对革命及革命者的冷漠态度何其类似。他们非但不同情革命者，而且如同鲁迅所深恶痛绝的那样，"人是生物，生命便是第一义，改革者为了许多不幸们，'将一生最宝贵的去做牺牲'，'为了共同事业跑到死里去'……他们反帮了追蹑者来加迫害，欣幸他的死亡"②，甚至企图从尸骨未寒的烈士头颈上取得一截绞索，以为这牺牲可以享用。德国思想家兼革命导师恩格斯曾尖锐地指出："广大居民的这种冷漠态度，不仅是巴黎和罗马议会贪污

---

① 屠格涅夫：《处女地》，林平译，华龄出版社1997年版，第148页。
② 鲁迅：《译了〈工人绥惠略夫〉之后》，《鲁迅译文全集》第1卷，福州教育出版社2008年版。

腐化的最强大的支柱，而且是俄国专制制度的最强大的支柱。"①这种冷漠无情的态度，是令人齿冷心寒的"享用牺牲"者的最大悲剧！

当然，屠格涅夫的《黑手的人与白手的人》毕竟只是一篇数百字的对话体作品，它只写出了19世纪不觉悟的底层群众的愚昧冷漠和"享用牺牲"的企图。而鲁迅的小说《药》虽然仅两千余字，却没有停留在对这种"享用牺牲"企图的揭露上，而是写出了"享用牺牲"的种种事实，使抽象进一步上升到具体。且不说夏三爷因告密而得到了赏银，刽子手康大叔倒卖人血馒头而发了一笔横财，管牢房的牢头红眼睛阿义剥走夏瑜的衣服而捞到不义之财，比这更可悲的是——华老栓花了钱，从刽子手那里接过人血馒头，"他的精神，现在只在一个包上，仿佛抱着一个十世单传的婴儿，别的事情，都已置之度外了。他现在要将这包里的新的生命，移植到他家里，收获许多幸福"。华老栓不惜代价买"药"，小栓则浑浑噩噩吃"药"，革命者奋斗牺牲，本是为了"我们大家的天下"，结果自己的鲜血却被穷苦的群众出于迷信用来治病，这比彼得拉、米特里亚企图弄一截绞索更令人痛心疾首。鲁迅曾一针见血地指出："中国国民性的堕落，我觉得并不是因为顾家，他们也未尝为'家'设想。最大的病根，是眼光不远，加以'卑怯'与'贪婪'，但这是历史养成的，一时不容易去掉。我对于攻打这些病根的工作，倘有可为，现在还不想放手。"②正是为了"攻打这些病根"，鲁迅在《药》中不仅以沉痛的心情描写了勤劳本分而又愚昧迷信的华老栓一家如何不自觉地"享用"革命者的牺牲，而且还以愤怒的笔致，揭露了看客们、茶客们自觉地"享用牺牲"的卑劣行径：天尚未明，就"拥过了一大群人"，"潮一般向前赶"。赶到哪里去？赶到刑场上去"赏鉴"革命者牺牲的"盛举"——"颈项都伸得很长，仿佛许多鸭，被无形的手捏住了的，向上提着"，麻木不仁而毫无怜悯并带着看"西洋镜"的期待心理，简直到了人心尽失的地步！再听听茶馆里茶客们的议论。当刽子手康大叔大骂夏瑜"关在牢里，还要劝牢头造反"，"'阿呀，那还了得。'坐在后排的一个二十多岁的人，很现出气愤模样"。讲到牢头阿

---

① 恩格斯：《法德农民问题》，《马克思恩格斯全集》第22卷，人民出版社1965年版，第563—587页。

② 鲁迅：《两地书（一〇）》，刘天华编选：《鲁迅书信选集》，民主与建设出版社1996年版，第11页。

义打了夏瑜，"'义哥是一手好拳脚，这两下，一定够他受用了。'壁角的驼背（五少爷）忽然高兴起来"。当听到夏瑜挨了打，说"可怜可怜"时，花白胡子的人说："打了这种东西，有什么可怜呢？"他们把革命者的奋斗牺牲，归纳成两个字——"发疯"。于是"店里的坐客，便又现出活气，谈笑起来"。从二十多岁的人（青年人）到花白胡子的人（老年人），从驼背五少爷到其他形形色色的茶客，他们一概用幸灾乐祸的神情，津津有味地咀嚼着革命者就义的死讯，这种不付任何代价、不担任何责任的自觉地"享用牺牲"，比华老栓为子治病而不自觉地"享用牺牲"更缺失良心和人性。

五

《药》对"愚者"和"看客"这两种人的描写是有区别的。从表面上看，华老栓的儿子小栓吃了饱蘸革命者鲜血的"药"，直接"享用"了革命者的牺牲，这固然可悲可叹，但看客们、茶客们那种"间接"地"享用"革命者的牺牲其实更为可恨可厌。然而，鲁迅并没有把罪责归于某一个人，因为这正是延绵了几千年的封建专制制度的愚民恶果，它不但使人们"各个分离，使大家的心无从相印"，人心变得狭隘、自私、愚庸、麻木、卑怯、贪婪，对别人肉体上和精神上的痛苦麻木不觉，并且"自己各有奴使别人、吃掉别人的希望，便也就忘却自己同有被奴役被吃掉的将来"[1]，更在人们的心理上形成种种封建迷信，使整个民族之精神窒息到像灌了蒙汗药般麻木不仁，这样的"愚民"才便于统治。与《黑手的人与白手的人》显然不同的是，鲁迅的《药》对这种麻木不仁的"国民性"和封建专制制度从本质上进行了艺术性的概括与综合性的批判，这是19世纪70年代的屠格涅夫未能企及的思想高度和深度。这也正是《药》的主题意蕴远比《黑手的人与白手的人》深广的原因所在。

因此，虽然《药》和《黑手的人与白手的人》都写了不觉悟的群众"享用牺牲"的人间悲剧，两者的立意也是"相仿佛的"，但鲁迅的《药》无论是

---

[1] 鲁迅：《俄文译本〈阿Q正传〉序及著者自叙传略》，《鲁迅全集》第7卷，人民文学出版社2005年版，第83页。

从思想的深刻和表现的深切方面来说，还是从结构的完整和人物的结局方面来说，都比《黑手的人与白手的人》要耐人寻味得多。19世纪70年代的屠格涅夫虽然痛恨农奴制度，同情民粹派革命者，但他的思想深处无疑还残留着一点对革命民主主义者的贵族自由主义的偏见。他只钦佩19世纪40年代的民主主义者别林斯基，而与车尔尼雪夫斯基、涅克拉索夫等具有激进变革思想的文学同人合不来，以致闹翻而退出《现代人》编辑部；他与赫尔岑也曾一度决裂，直到临终前才跟他和解。因此，在他的《黑手的人与白手的人》中，正如在长篇小说《处女地》中一样，屠格涅夫只能对革命者的牺牲表现出道义上的同情，而不可能产生思想上的共鸣，所以他描写白手的人奋斗牺牲，只有就义的寂寞和牺牲的悲哀。而鲁迅，作为20世纪初辛亥革命运动的热情参加者，对那场具有深远影响的革命的组织者、领导者和参与其中的志士仁人，始终怀有深深的敬意，他称"这些失败的战士"为"革命成功的先驱者"①；对"七被追捕，三入牢狱，而革命之志，终不屈挠"的章太炎，誉其为"先哲的精神，后生的楷模"。②因此，在《药》的结尾，尽管鲁迅本人自谦"分明的留着安特莱夫式的阴冷"，但在夏瑜的坟上出现的那个花环，却也分明地寄托着鲁迅先生对革命先烈的崇高敬意和深切缅怀。从这个意义上来说，夏瑜分明有着死后的欣慰和生命的无憾。这花环虽是鲁迅先生听从革命的将令，"不恤用了曲笔"而"凭空添上"的，但它对于最终完成夏瑜的形象是不可或缺的重要一笔。因为，这花环表明有人在纪念革命者，也预示着中华民族有觉醒的趋势。从这个意义上来说，这个花环是一点也不"凭空"的，它象征着中华民族的希望和将来。

结　语

综上所述，笔者从时代意义、主题意蕴、艺术结构、人物形象、思想深度等角度，对鲁迅的小说《药》与俄国现实主义大师屠格涅夫的短篇作品《黑手的人与白手的人》做了比较和探讨。笔者认为，鲁迅的作品与包括俄国

---

① 鲁迅：《黄花节的杂感》，《而已集》，人民文学出版社1976年版，第6页。
② 鲁迅：《太炎先生二三事》，《鲁迅全集》第6卷，花城出版社2021年版，第311页。

文学作品在内博大精深的世界文学作品的比较研究，应该更加多样和多元，而不应只局限于众所周知、耳熟能详的一些"反抗型"作家的作品，这样才能更完整地认识和理解鲁迅作品的世界性意义。

第二部分　文学评论

海外华文文学史料观与文学史编纂之思考

朱文斌[①]

自改革开放以来，海外华文文学进入中国学者的研究视域后，史料问题就一直是大家关注的焦点。如1982年在暨南大学召开的首届台湾香港文学学术讨论会上，香港作家梅子就曾呼吁重视"文献资料搜集"工作，"千方百计设立资料中心"（这里主要指港台文学，实际上也涵括了海外华文文学）。因为海外华文文学文献史料比较特殊，它们散布于世界各地的民间，量大面广，且往往与居住国家和地区的政治文化纠缠在一起，很少能在官方层面流通，要想获取特别不易。2002年10月在上海召开的第十二届世界华文文学国际学术研讨会上，饶芃子展望学科未来前景，强调"大力加强这一领域的史料学建设"。面对海外华文文学史料搜集难度大、开展系统性研究较为困难及缺乏深度史料研究等诸多困境，众多学者开始发声，如陈辽、陈贤茂、庄钟庆、刘登翰、杨匡汉、陆士清、古远清、蒋述卓、黄万华、刘俊、王列耀、袁勇麟、黎湘萍、杨剑龙等都先后撰文，为彰显搜集和整理华文文学史料的重要性而奔走呼号。因为"一个学科的史料建设，不仅是文学史研究的前提和基础，而且在一定意义上标志着这个学科当前理论研究水平和预示着今后研究发展方向"[②]。

[①] 朱文斌，1973年生，男，文学博士，教授，博士生导师，现任浙江传媒学院文学院院长、绍兴市文艺评论家协会主席，主要研究方向为世界华文文学与文化传播。

[②] 袁勇麟：《陶然研究资料》，福建人民出版社2013年版，"后记"，第441页。

一

海外华文文学史料搜集和整理的困境直接影响了海外华文文学研究的进程,尤其是海外华文文学史的编写。因为文献资料尤其是一手材料不足,早期的海外华文文学史书写中存在较多问题,如资料不够丰富立体、文学史体系搭建不够完整,甚至出现常识性错误以致误导后续学者的情况,尤其是文学史写作中普遍存在"以论代史""以论带史"的研究思路与史料观。对此,李安东谈及当下华文文学史编纂问题时表示:"目前有不少华文文学史的编撰是属于空手套白狼式的,既无史料的收集,又无研究的积累,凭借大陆出版的极为有限的台港文学作品,再大量借用他人的研究成果,拼凑而成所谓的文学史……此外,由于资讯、交流的不畅通,出现了不该有的张冠李戴、以讹传讹的常识性错误,把男作家误认为是女作家,把香港作家当作是台湾作家等等。"①

目前,国内外学术界已出版了各种华文类文学史著作,如《海外华文文学概观》《海外华文文学史》《东南亚华文新文学史》《东南亚文学史概论》《新加坡华文文学史》《新加坡华文文学史初稿》《菲律宾华文文学史稿》《20世纪泰国华文文学史》《泰国现代文学史》《泰国文学史》《泰国华文文学史探》《新马百年华文小说史》《马华文学》《战后马华文学史初稿》《澳华文学史迹》《新马文学史论集》等。但这类文学史写作明显存在着"以论代史""以论带史"的研究思路,一般都是作家作品分析加上一些零星的文学现象分析,再用一种文学意识概括,就成为一种文学史,某种程度上忽视了文学史料的基础性作用,这对于海外华文文学而言,又是一种难以克服的客观困难。比如由陈贤茂主编,陈贤茂、吴奕锜、陈剑晖、赵顺宏合著,于1993年出版的《海外华文文学史初编》是初期阶段海外华文文学研究中具有分量和里程碑意义的力作,古远清将其特色归纳为:"厘清了'华文文学'的内涵","突出了海外华文文学的特点","覆盖面大,几乎华文文学较为繁荣的国家都

---

① 李安东:《流水不腐 户枢不蠹——世界华文文学研究中若干问题讨论》,《复旦学报(社会科学版)》2003年第5期。

有涉及"，"对海外华文文学发展过程的叙述，建立在丰厚的史料基础上"，"对作家作品的细腻而生动的分析，改变了文学史著作中常见的平铺直叙地陈述史实的做法"。①但《海外华文文学史初编》也存在不足之处，由于华文史料搜集困难重重，东南亚部分国家如越南、柬埔寨、缅甸的华文文学未能被编入册。此外，有些重要的作家作品未能在文学史中得到重视，澳大利亚的华文文学在该著作中也无体现，不少华文作家作品成为沧海遗珠，不免令人遗憾。还有学者指出，《海外华文文学史初编》中"把日本华文作家蒋濮作为日本华文文学的代表是否恰当也可商榷"②。

后来，陈贤茂在《海外华文文学史初编》基础上，以团队作战的方式推出了《海外华文文学史》（四卷本），于1999年由厦门鹭江出版社出版，约200万字。该著规模宏大，具有一定的史论深度，是截至目前涵盖范围最为广泛、规模最为巨大的海外华文文学史，可谓陈贤茂团队的扛鼎之作。无论是史料的搜集和整理，还是具体微观的分析论述，该著都称得上20世纪国内海外华文文学史著作中的佼佼者。《海外华文文学史》曾获第三届中国高校人文社会科学研究优秀成果三等奖，同时它的出版也帮助汕头大学台港及海外华文文学研究中心奠定了在国内华文文学研究领域的重要地位，在国内外华文文学创作与研究界产生了较大反响，并得到较高评价。王世诚认为，《海外华文文学史》不仅是"迄今为止对海外华文文学一次阵营最整齐、最庞大的展示"，而且"在做够了资料功夫之后，依然还能坚持某种批判性的研究，与传统的研究相比，具备了一定的突破性"。③虽然《海外华文文学史》好评如潮，但质疑的声音也一直不断，甚至引起了何谓"文学经典"的讨论。归根究底还是因为史料搜集不完整和整理困难，有一些重要的文学现象和作家都没有被编进文学史，比如"马华新生代作家群"。这不能不说是一大遗憾，但考虑当时的情境，我们又无法指责太多。

① 古远清：《拓荒性的贡献——评陈贤茂等著〈海外华文文学史初编〉》，《华文文学》1995年第1期。

② 陈辽：《"海外华文文学"新学科建立的标志——读〈海外华文文学史初编〉》，《华文文学》1995年第1期，原载泰国《中华日报》1994年7月28日。

③ 王世诚：《批判视角下的海外华文文学研究：小评〈海外华文文学史〉》，《海南师范学院学报（人文社会科学版）》2000年第1期。

新加坡华文文学史论家方修先生，从20世纪50年代中期开始，一直致力于马华文学史料的搜集和整理工作，先后撰写和主编《马华文坛往事》、《新马华文新文学六十年》（上、下册）、《马华新文学史稿》（上、中、下卷）、《马华文艺史料》、《马华文艺思潮的演变》、《马华新文学及其历史轮廓》、《马华文学简史》、《战后马华文学史初稿》等。宁殿弼将方修的文学史研究概括为"他以丰富翔实的史料、科学严谨的史论、精辟独到的史识在当地文坛率先撰写一部系统完整、具有区位特色和理论深度的马华新文学史专著。他以现实主义为基点，以线性、阶梯式的进化文学发展观去审视马华文学产生和发展的历史。其现实主义文艺观包含文艺与生活、形象和典型、创作方法、题材、艺术形式、文学遗产等丰富内容"①。该论断可以说较为准确地概括出了方修在新马华文文学史治学过程中的成就与特点。但是文学史的编著是一项浩瀚繁杂的工程，面对众多文学史料，方修先生在选取史料编撰文学史的过程中也曾留下诸多遗憾，如《战后马华文学史初稿》中"缺少文艺报刊部分；'紧急状态初期'和'反黄运动时期'更加不完整"②，其20世纪90年代出版的《马华文学史补》也未能起到补充效果。此外，方修在《马华新文学大系》中趋向将姚紫的部分作品，如《马场女神》《咖啡的诱惑》《窝浪拉里》等归为色情题材。宁殿弼的论断如今看来也是值得进一步商榷的。

2007年，人民文学出版社推出了由庄钟庆、陈育伦、周宁、郑楚主编，张长虹、苏永延、李丽、杨怡、王丹红、张建英等人合著的《东南亚华文新文学史》。该书编撰工作历时10年之久，篇幅约为67.7万字，整体而言较为全面地反映了泰国、马来西亚、新加坡、印度尼西亚、文莱、菲律宾等六个东南亚国家华文文学的发展历程。有学者将其特点概括为："立足当代，追溯历史""资料翔实，涵盖广泛""各种流派，论说客观""评析作品，实事求是"。③但是，首先，从出版时间上看，《东南亚华文新文学史》要比《海外华文文学史初编》晚14年问世，理应在史料搜集和整理的工作上更加完善精进，但遗憾的是该书只收录了东南亚六国的华文文学史料，像缅甸、老挝、越南、

---

① 宁殿弼：《第三届东南亚华文文学研讨会综述》，《青岛大学师范学院学报》1998年第3期。

② 朱文斌：《对新马华文文学史撰写及其文学大系编纂之研究》，《暨南学报（哲学社会科学版）》2005年第4期。

③ 萧村：《可喜的丰收——〈东南亚华文新文学史〉读后》，《华文文学》2008年第1期。

柬埔寨等国的华文文学却未能得到反映。其次，该书在章节分布上存在比例不均的情况，全书共分成七编，马来西亚华文新文学占据两编共二百多页，而文莱华文新文学虽然也占有一编的篇幅，却只有三十多页。这里并不是说资料量多、篇幅长就代表编写质量高，而是对于一部文学史来说，史料的呈现是最基础的，且该著作对于有些作家作品的论述存在点到即止、例证较少没有充分展开论析的问题。另外，由于每编的编著者不同，编写策略及章节结构布局各不相同，该书在整体上没能形成统一的编写风格。这也对所有从事海外华文文学史编撰工作的学者提出了一个关键性问题。文学史的撰写往往都是集多人智慧、团队式的集体创作，因此，如何有效统一编写风格、规范编写规则、制定编写标准，避免因为多人分工而导致风格差异太大，或是由于评价标准、文学史观、撰写策略等的不一致，而给人以拼凑无章、体系混乱的阅读感受，这确实值得我们认真思考和慎重对待。

从以上几本文学史著作分析可以看出，如果缺失了充分占有原始材料和第一手文献的条件，那么再有思辨力的论述恐怕也只是没有依据的大而无物之谈罢了。正如黄修己所说"有了丰富、完整的史料，叙述研究才有坚实的根基"①，只有先对海外华文文学史料做到充分认识和理解，才能更好地对其进行深度探讨和研究。作家作品分析加上一些片段式的文学现象分析，用一种论述范式概括就成为一种文学史，忽视文学史料的基础性作用，对于海外华文文学研究而言是需要克服的困难。另外，有部分学者虽然意识到史料的重要性，但却在一定程度上忽略了搜集整理过程中甄别和筛选史料的环节，在这种情况下所取得的成果难免有失水准。对大量史料不假思索地进行拼凑和堆砌，这是要不得的。袁勇麟认为，对于华文文学史料研究而言，"不是把文学史料学仅仅当成是拾遗补阙、剪刀加糨糊之类的简单劳动，而承认它是一项宏大而复杂的系统工程，是文学史研究的前提和基础，在世界华文文学研究的学科建设中占有举足轻重的地位"②。唯有如此，才能更好地促进海外华文文学史料学的建设，从而进一步推动海外华文文学学科建设的进程。

---

① 黄修己：《告别史前期，走出卅二年——中国现当代文学学科发展的思考》，齐裕焜、郝铭鉴主编：《艺文述林 2：现代文学卷》，上海文艺出版社 1997 年版，第 2 页。
② 袁勇麟：《一个宏大的系统工程——世界华文文学史料学管窥》，《华文文学》2002 年第 2 期。

二

海外华文文学史料与中国文学史料有着截然不同的生成语境，它是在跨区域的异质文化语境中产生的，天然内含了边缘性、混杂性、离散性、异质性等特点。海外华文文学既有别于中国本土文学，又无法归属于所在国主流文学，因此，我们一般将其看作是一种想象的共同体文学，正如霍米·巴巴所说的超越了差异的界限而展现出一个新的"第三文化空间"①。基于海外华文文学的特性，在对海外华文文学史料进行搜集、整理和研究时所采取的方法和策略，应当与研究中国本土文学史料有所不同。吴秀明建议，从事海外（世界）华文文学史料研究的学者们不妨借鉴杜维明提出的"文化中国"的概念，因为"它不仅能将这些史料蕴含的带有文化基因性质的中国元素概括出来，而且还可寄托对中华民族继往开来、实现与人类文化大同的浪漫想象。而抓住这一点，也就抓住了世界华文文学史料的特质及其本质性的文化蕴涵"，找到了全球华人社会的"最大'公约数'"。②这一建议对于海外华文文学史料的研究不无启迪意义。

如何利用文学史料来建构新的海外华文文学史，成为当下海外华文文学研究领域的一个至关重要的课题。而解决这一问题最基础的工作除继续大量搜集与整理相关文学史料外，还必须要回到文学史料本身去重新建构文学史，回到文学历史的现场，返回历史语境中去理解和研究海外华文文学。诚如洪子诚所言，对待文学史研究"不是将创作和文学问题从特定的历史情境中抽取出来，按照编写者所信奉的价值尺度（政治的、伦理的、审美的）做出臧否，而是努力将问题'放回'到'历史情境'中去审查"③。也就是说，应当采取一种中立的价值立场和客观求是的治学态度去研究和阐释文学的历史。如何重构和编纂新的文学史，很多学者都在探索，如中国古代文学、中国现当代文学领域一直都在文学史写作方面求新求变，但不管怎样，回到史料、

---

① Homi K. Bhabha, *The Location of Culture*, London: Routledge, 1994.
② 吴秀明：《"文化中国"视域下的世界华文文学史料》，《文艺研究》2015年第7期。
③ 洪子诚：《中国当代文学史》，北京大学出版社1999年版，"前言"，第Ⅴ页。

还原历史语境来撰写文学史似乎已经成为一种趋势。目前学界在文学史建构及史料研究上大体的研究思路是"作家作品—文学思潮—文学史—学科史—文学史料"。这样的学术谱系建构过程，无疑是我国文学研究长期以来形成的治学传统和研究范式。当然也有一些学者另辟蹊径，在文学史的编写中尝试突破传统，用新的视野和新的研究方法去开拓别样的文学史建构路径。

这里不妨参考一下孙康宜与宇文所安合作编著的《剑桥中国文学史》。该书本着求新求变的思路，力图实践一种新的文学史观，即文学文化史观：相对于传统的文学社会学分析，更重视物质文化发展——如手抄本文化、印刷文化、杂志与报纸副刊等对文学的影响；相对于对作家个体的强烈关注，更注重文学史的有机整体性，以及对一些倾向和潮流的梳理；相对于以朝代断代、将文学史与政治史重合，则更强调文学、文化的历史自主性；相对于传统文学史致力于将作者和作品定型和定性，则更注重文本的不确定性……因而作者问题、文学的接受史、印刷文化、选集的编纂和文本的制作、流传与改写等，在该书中获得了前所未有的关注。[1]当然，《剑桥中国文学史》也只是文学史的一种建构方式而已，也存在一定的偏颇，但不管怎样，它还是能够给我们一定的启发，即全方位地重视史料的作用，能一定程度上厘清作品创作、文学批评、文学事件和接受效应背后错综复杂的关系，做到理论阐释与史料实证的统一，可以呈现出多元立体、具有广阔开放空间的文学史面貌。所以，《剑桥中国文学史》也许能为我们撰写"新世纪海外华文文学史"提供一种新的可资借鉴的思路。

针对海外华文文学史写作普遍存在的"以论代史""以论带史"的研究思路和史料观而言，我们认为文学史并不是研究论，更不应该成为某一学者或某一研究群体批评文集的总和。我们不能简单地把文学史料当作工具，抱着功利性目的大肆利用，让史料沦为仅限于论证某一观点的边角料。庄伟杰在谈到华文文学史的书写时认为，文学史的编撰者务必要避免概念先行及先验预设的观念，而应当从具体文本出发，实事求是"先对其产生背景、写作过程、版本渊源、文体结构、思想内涵、审美方式与最新动态等多个方面一一

---

① 孙康宜、宇文所安主编：《剑桥中国文学史》，刘倩等译，生活·读书·新知三联书店2013年版。

进行翔实的梳理、考证、分析和阐发，让文本研究尽可能根据文本及其之外的相关文献，对文本与作者思想之间的一致或差异做出更为清醒的'当代性'分析，并让我们既看到历史的延续和积累，又把握了创新与重构，那么，华文文学文本中所潜在的当代性价值便能清晰地得以呈现出来"①。由此，华文文学史的撰写才能迈入一个更加坚实而可靠的文化空间。

实际上，文学史著者的智慧和思辨性是在对史料的高度敏感和独特把握中体现出来的。如何建构新的视角和新的立场去激活史料的活力，并从华文文学史料学这一学科的建设和发展的角度，以及在通过编写华文文学史实现学术文化的能动创新的层面上，高瞻远瞩地去搜集、发掘和整理华文文学史料，是值得每一位华文文学研究者深思的一个重要课题。正如杨剑龙在《海外华文文学研究现状与21世纪文学史编撰的意义》一文中所指出的那样，海外华文文学史写作逐渐成为自觉意识，但也存在一些不足与缺憾：作家作品研究中说长多道短少，海外华文文学研究方法单调、整体性弱，海外华文文学史写作梳理多而研究少。因而杨剑龙特别呼唤21世纪能够出现新的、具有理论深度的海外华文文学史。②

在海外华文文学研究方面，只有全方位地重视史料作用，才有可能写出一部理论阐释与史料实证相统一，可以呈现多元立体文学现象、具有广阔开放空间的文学史。中国的史料搜集和研究传统由来已久，从汉代朴学到清代乾嘉学派，再到现代的梁启超、胡适、鲁迅、陈寅恪、顾颉刚、闻一多、朱自清等文化引导者，以至王瑶、唐弢、李何林、严家炎、钱理群、陈平原、解志熙等当代新老学者等，都在文学史料的搜集和研究上形成了自己的史料观和治史方法，众多前辈学者为我们在海外华文文学史料研究这项宏大工程上提供了丰富的经验与实践参照。当然，我们也应该看到在中国现当代文学史料研究中存在的一些问题，如有些学者出于私心对珍贵文献资料进行垄断，仰仗孤本治学，缺少学术资源共享的宽怀精神。这类问题需要我们在海外华文文学史料的研究中引以为戒。因为相对于中国现当代文学史料而言，海外

---

① 庄伟杰：《华文文学史学与诗学研究的跨文化思考——兼谈华文文学研究中的史料发掘及文学史书写》，《暨南学报（哲学社会科学版）》2011年第5期。

② 杨剑龙：《海外华文文学研究现状与21世纪文学史编撰的意义》，《甘肃社会科学》2020年第4期。

华文文学史料更加分散零碎，每个国家和地区的史料大多是民间私有。从这个层面上说，要想在海外华文文学史料研究和海外华文文学史编纂上有所成就，必须依靠跨区域的通力协作，这需要高度的开放心态和资源共享精神。

当然，还有些学者过于求新求异，过分执着于搜索和发掘新材料和新文献，这对于海外华文文学史编写而言也是不利的，值得警惕。虽然陈寅恪曾说："一时代之学术，必有其新材料与新问题。取用此材料，以研求问题，则为此时代学术之新潮流。治学之士，得预于此潮流者，谓之预流（借用佛教初果之名），其未得预者，谓之未入流。"①但是史料的研究和文学史的撰写不仅要重视新材料的发掘，更应该注重对旧材料的系统整理、重读与新解，怎样将旧有材料解读出新的意境，更新现有的研究方法和治学思维其实才是学术研究推陈出新的关键。过分追求对新材料的搜寻，而忽略了对已发掘的大量史料的整理和分析，这种史料观其实是一种因次废主、舍本逐末的偏执观念。且不说有些新材料本身的文学史料价值并不大，尚须进一步考证和分析，如果单单使用新史料去做史料研究和编写文学史，那么这种学术研究在基础资料的丰富性和完整性上其实是得不到保障的。如何对以往研究查漏补缺，对传统研究中的不足进行补救，在这个问题上已经有一些学者做出了有益的尝试，如王富仁对鲁迅文学的解读、夏志清对张爱玲小说的解读，以及当下评论界掀起的对柳青《创业史》的又一轮阐释热潮等，都为我们在开拓视野和更新研究策略上提供了很好的现实经验。说他人说不出的话、谈他人谈不出的新意，是智者的睿智所在。

除此之外，在海外华文文学史料研究和文学史编写上还应该摒弃"高大全"的观念。一味注重史料搜集数量上的最大化，将文学史编写成百科大全或者索引辞典之类，也是以往海外华文文学史编纂中普遍存在的问题。旷新年在谈到文学史料研究时说："孤立的、碎片化的史料是没有意义的，史料只有在历史的脉络上才能获得理解，只有在历史整体中才具有生命。"②一部文学史不是作家作品选，而是有内在关联性的符合文学发展逻辑的文学史料的相互勾连和有机融合。在海外华文文学史编纂过程中，对史料的处理一定不

---

① 陈寅恪：《金明馆丛稿二编》，生活·读书·新知三联书店2001年版，第266页。
② 旷新年：《由史料热谈治史方法》，《文艺争鸣》2019年第3期。

能浮于表面，只做浅层的知识普及性的排列介绍，而应当从总体性出发，从比较视野和整体观的层面上去研究文学史料，善用史料去勾勒海外华文文学发展的历史脉络，以一种史的眼光去观照丰富驳杂的文学史料，返回文学历史的现场。这样才能写出具有创新意义和富有理论深度的文学史。

本文系国家社科基金重点项目"中国海外华文文学学术史研究"（17AZW020）系列成果之一，原载于《南昌师范学院学报》2022年第5期。

回归日常叙事　呈现多元存在
——评斯继东小说集《今夜无人入眠》

陈蘅瑾[①]

小说集《今夜无人入眠》（浙江文艺出版社 2013 年 12 月版）收录了青年作家斯继东从 2003 年至 2013 年创作的 16 篇中短篇小说（《痕迹》《肉》《动物园》3 篇小说除外）。其中，《今夜无人入眠》（原载《收获》2009 年第 2 期）相继被《小说选刊》和《文学教育》转载，入选《2009 中国短篇小说年选》《2009 中国年度短篇小说》《2009 中国最佳短篇小说》《2009 中国小说排行榜》等选本；《你为何心虚》（原载《上海文学》2012 年第 10 期）被《小说选刊》转载，并入选《2012 中国年度短篇小说》，登上中国小说学会"2012 年度中国小说排行榜"。绍兴籍作家斯继东以其独特的小说创作风格引起了社会关注。

一、历史现场与日常生活的还原

小说集《今夜无人入眠》的创作题材较为驳杂，16 个中短篇小说大致可以分为两大类：一是"故事新编"式历史题材的现代叙述，如《广陵散》《打白竹》《梁祝》这 3 篇；二是对现实题材的书写，主要反映小城市中产阶层和社会底层小人物的生活，余下的 13 个短篇属于此类。

在历史题材的小说中，作家以历史或传说中的人物为叙述主体，用个人

---

① 陈蘅瑾，1976 年生，文学博士，绍兴文理学院人文学院副院长、教授，绍兴市文艺评论家协会副主席，主要从事中国现当代文学研究。

的视角和回归现场的方式对历史或传说做全新叙述。在小说《广陵散》中，竹林七贤被推移到了历史现场，他们分别以第一人称"我"展开对自身的叙述和评说。刘伶以"聚会，其实就是喝喝酒吹吹牛"这种调侃的口吻，让历史中的名士之风烟消云散；嵇康表达了没能与钟会成为朋友的遗憾；阮咸述说了对"阮"这一乐器的喜爱；王戎道出了他的俗，以及因"树在道边而多子，必苦李也"一语而成为七贤缺一时的凑数之人的真相；山涛流露了因为穷而在竹林与官场之间游走的痛苦；阮籍说出了他对当局的害怕，并以喝酒来逃避现实的无奈；向秀表达了他写《思旧赋》时对个体活法选择的宽容，以及对"七贤"是"一"也是"七"的思考。历史上曲高和寡的《广陵散》已成为绝唱，而作家笔下的《广陵散》却充满了人间的烟火味。《打白竹》以一个阄鸡的白竹村人的视角，写了《嵊县志》中清末农民起义的宏大历史。小说中，阄鸡人"我"应夏水荷的要求，请独眼标帮忙去甲秀坂抢夏水荷当老婆，在抢亲半道为时任乡团团董宋保兴所拦，意外引发一场倾村的战争。为了私仇和私利，很多人聚在一起攻打甲秀坂，却由于大水冲垮了木桥而来到白竹村。最后，在守护白竹村的名义下，整个村落成为废墟。而作为此次战争导火线的"我"仅仅是打白竹这场战争的目击者，宏大的农民起义历史被彻底解构。《梁祝》也是以回归现场的方式展开叙述的，梁山伯与祝英台的相识源于梁山伯的一个梦，梁山伯的形象多少带了同性恋的色彩。真正触动读者内心的是四九与银心间的爱恨离愁，银心跟着祝英台走的决定使她的后半生痛苦，四九也在一遍又一遍为别人讲述梁山伯与祝英台的故事中渐渐老去。

　　过去的历史或传说回归到了生活的现场，对历史的重叙或解构，是作家对历史的重新认知与理解。作家斯继东以回归生活现场的方式重叙历史，其本质是对人性与欲望的深度挖掘。确实，历史不应只是被叙述的对象，回归被叙述的历史中人的主体欲望，是对历史真实的一种探索，亦是对人性的多元解读。

　　在第二类作品中，作家把目光聚焦到了小城市的知识阶层和社会底层的民众上。小说《今夜无人入眠》《香粉弄9号》《猜女人》《溶瓶里的天堂》和《合欢》中的主人公有教师、热爱艺术的人群和机关单位的公职人员，他们生活在小城市，他们的痛苦来自情感世界的游离与徘徊。《今夜无人入眠》写了李白、毕大师、黄皮、马拉四个男性和一个叫赵四的女性的故事。他们在圣诞夜听完帕瓦罗蒂的告别巡回演唱会，并在"根据地"酒吧一一分别。在半夜，因为马拉妻子的电话，马拉的这些朋友都理所当然地认为马拉与赵四在一起而为马拉开脱并寻找马拉，而马拉说事实的真相是他送完赵四后与一个男人打了一架，与赵四根本没有发生任何事情。故事在想象与真实、理智与情感、现实与欲念间道出了现代人存在的常态。小说《香粉弄9号》讲述了大龄青年教师胡一萍与蒋干之间几乎无声亦无欲的相处与恋爱状态，蒋干因车祸死去，胡一萍隐藏于内心深处的情欲终于在蒋干生前所在的香粉弄9号的屋子里被激发，在现实和幻想的混乱中，情与欲让胡一萍只愿把现实当作一场噩梦。《猜女人》这个故事是因青春期欲望被压抑而产生的一次暴力想象。陈高峰在街头把水果刀刺进了隔壁班班花张丽英胸部的悲剧，在若干年后，被许国松与"我"在对细节的回忆与核对中彻底消解，这个根本不存在的陈高峰或许只是"我"青春记忆中欲望释放的替身。《液瓶里的天堂》中的"她"当年为了爱情，抛弃了亲情，当爱情转变为亲情，她又开始怀疑爱情，而丈夫在病床前的守候，让她终于可以在亲情似的爱情中走向风平浪静的天堂。《合欢》中，教师赵四与舞厅偶遇的陌生男子维持了整整一年的无声爱恋，男子突然消失，赵四嫁给了黄皮，却一直不明白嫁给黄皮的原因，而与黄皮同学的婚外情或许是赵四对曾经失落的爱情的拾取。

对社会底层小人物的生存与命运的关注，是斯继东现实题材作品的重要主题。《我知道我犯了死罪》《楼上雅座》《赞美诗》《乌鸦》《你叫什么名字》《永和九年》《蔷薇花开》等小说都是以社会最底层的民众，如田鸡车的车主、小面馆的主人、地道的农民、杂货店店主等为叙述对象，在对他们的叙述中展现底层人的百态人生。

小说《我知道我犯了死罪》以田鸡车车主阿德为主人公，他向警察讲述了自己杀人的过程。阿德为家庭生活挣扎奔波，他本能的欲望被一个陌生的女人一次次地撩拨，陌生女人每次都以告诉阿德老婆相胁迫向阿德要钱。在现实与欲望的双重困境中，平时连一只鸡都不敢杀的阿德最终选择杀死那个女人。整篇小说在主人公阿德口语化的叙述中缓缓地呈现了小人物生存的悲哀。《赞美诗》写了一个常把"日他娘，我怕你什么"挂在嘴边的农民惊蛰的故事。惊蛰把老婆发疯并最终死去全部归罪于被自己逼死的妹妹，从到妹妹坟头钉桃木桩到炸坟头，惊蛰努力显示着在妹妹面前不可动摇的权威。然而，惊蛰一次又一次地梦魇，内心的恐惧与日俱增，最后在宗教的"赞美诗"中，惊蛰成了老鸦窠有史以来第一位男教徒。小说以罪与罚的模式叙述了基督教对罪孽之人的感化与拯救。《乌鸦》写了一个农村报丧人的故事，从报丧人"我"的叙述视角，写死者的亲友们从报丧人那里得到亲友死亡的消息后，关注的是"怎么死"而非"死"本身，写出了人情的冷漠。最后，小说在报丧人死后谁为他报丧、又把死讯报给谁的疑虑中，写出了人存在的孤独。《楼上雅座》讲述了一家面馆的夫妻因为一条狗被车撞死而争吵的故事，老屠终于没有承受住老婆喋喋不休的数落而爆发，使得工作间一片狼藉；而作为吃客的"我"也在对工作、婚姻与错乱纷杂的情感的不满与压抑中，走向了被三夹板挡住了的"楼上雅座"。《你叫什么名字》写了一个开着奔驰、名叫阿贵的人花钱让一个陌生人"我"来证明曾经的阿贵已经死去，并在最后欲以刀子杀死见证过"阿贵"的"我"。《永和九年》写了退伍回家务农的刘六根被医生诊断得了脑癌后，因一张结婚证而开始寻找证书上的另一半迟桂花，最后他想起了与迟桂花领证的场景，以及答应此后领离婚证的承诺。当年的迟桂花为了生下肚子里操家政的孩子而与刘六根领了结婚证，多年后已成为杂货铺店主的迟桂花在女儿迟男的设计下，最终与刘六根走到了一起。《蔷薇花开》写了一对孪生姐妹李蔷、李薇与周生生之间的故事。妹妹李薇代姐姐与周生生约会并最终取代了姐姐，仕途节节高升的周生生最后出事进了看守所，李蔷代妹妹前去探望周生生，在周生生的问话中终于证实了多年来埋在李蔷心中的被妹妹算计的怀疑，而李蔷用她的善良保护了妹妹。

如果以创作与发表的时间为序对《今夜无人入眠》这部小说集中的中短篇小说进行梳理，或许我们更能看出作家创作心理的某种轨迹。《我知道我犯了死罪》《你叫什么名字》和《合欢》这3个发表于2008年之前的短篇，通过对主人公阿德的困境、阿贵的自卑和赵四情感的失落的描摹，对人生活中存在的无助感进行了一次又一次的深入阐释与分析。之后，《今夜无人入眠》在对人与人之间信任的反讽中使真相落空；《打白竹》在历史解构中寻求真相；《广陵散》带给读者更多的是历史真相中面对选择的理解与宽容；《液瓶里的天堂》是对爱情与亲情转换的一次思考与心灵抚慰，亦是对爱情真相的一次终极思索。这4个2009年创作的短篇小说由之前对人的存在的思考转向了对日常生活真相的思考与探求。而从2010年开始，作家把目光聚焦到对欲望的书写与对真情的向往上，《香粉弄9号》写了被压制的情欲的迸发；《梁祝》写出了弥漫在人间的孤独与快乐；《永和九年》是对人与人之间单纯情感的一次盛大演绎；《乌鸦》是对言说欲望与孤独困境的展现；《楼上雅座》是对在嘈杂与纷杂中寻得一点宁静的向往；《猜女人》是对青春期被压抑欲望的一次暴力想象与延宕；《赞美诗》写出了在宗教中人的省悟与人性的回归；《你为何心虚》是对面对丈夫外遇的女人深层复杂心理与处境的探析；《蔷薇花开》则回归对善良与真情的演绎。不难看出，作家斯继东以人的欲望书写为中心，正一步一步地接近人性的本真。

二、多角度叙事中的欲望书写

"阅读是一次嬉戏，是寻求差异性的一次嬉戏，是使文本变得多样化与多元性的增值，是无始无终的重读。"①确实，读者在阅读的游戏中享受文本带来的快乐，我们常说的"一千个读者就有一千个哈姆雷特"也道出了不同读者对同一文本的不同解读或者说是嬉戏方式。同时，阅读带来的每一次差异性的嬉戏亦是创作者展开"想象力的自由的游戏"时有意识的追求。小说从本质而言应该是一种叙事的游戏，然而叙事的游戏并非小说的全部。"文字是谜面，结构是破译的密码，故事是谜底"②，作家提供文字与结构，故事的谜底却不是封闭式的，它不由作家预设。越是优秀的文学作品，谜底越是无限地开放。新时期文学中夺人眼球的先锋文学，在文字与结构的游戏中忽视了故事这一真正的谜底，最终落入了为结构而结构、为叙事而叙事的怪圈，终于远离了读者而逐渐淡出文坛。以中篇小说《寻找家谱》为起点步入文坛的斯继东，在《今夜无人入眠》这部小说集中展现了他独特的叙事方式。在斯继东所提供的文字谜面与结构密码中，我们寻找到了欲望中人的迷失与追寻的谜底。

多角度叙事在福克纳的《喧哗与骚动》被翻译到国内后，引起国内关注，

① 罗兰·巴特：《罗兰·巴特随笔选》，怀宇译，百花文艺出版社2005年版，第185页。
② 王安忆：《雅致的结构》，上海书店出版社2011年版，第17页。

并引来了一批又一批的追随者。多角度叙事的核心是对以往第三人称即全知全能叙事的颠覆，多个叙事主体共同参与故事的讲述，文本中的上帝不复存在，一切回归到了人的存在本身，读者与作者、读者与叙事主体都回归到了故事的起点，一起解读、一起揭开故事的谜底。对叙事主体而言，这是一种平等视角下的故事叙述；对读者而言，这是一次共同参与的对谜底的寻找，是极为愉悦的平等阅读体验；对作家而言，这是一种对真实的解读与还原，亦是作家心中价值追求的某种呈现。

多角度叙事是斯继东在该小说集里最为明显的叙事方式。小说集同名短篇《今夜无人入眠》创造性地运用多角度叙事方式，给读者带来了不一样的阅读体验。小说以平安夜为时间点，以帕瓦罗蒂的告别巡回演唱会和之后的"根据地"酒吧为故事发生背景场所，以"手机"这一现代人必不可少的通信工具为撕裂口，讲述了四个男人与一个女人之间的故事。小说前三部分采用了第三人称的全知叙述视角，以马拉老婆李警官的电话为切入点，分别讲述了李白、毕大师和黄皮这三个男人的不同反应。李白在第二天早上看到马拉家的未接来电，并没有直接回拨而是打电话给马拉，在马拉迷糊的"没事了——再说吧"的回答中，李白切实感受到了"底下汹涌的暗流"。于是，李白在想象与回忆中拼接故事，试图以还原现场的方式探究"暗流"的谜底。一方面，李白在想象中寻找谜底；另一方面，叙述者也不失时机制造想象空间，晚上，孤男寡女，不干坏事能干什么？赵四一个人住在学校里，她说得有一个人送她回校，李白下车后，车上还有马拉、黄皮和赵四三个人……李白的想象与回忆不仅起到了拼接故事的作用，更为重要的是，他在拼接别人故事的同时，也在读者前拼接出了自身的存在状态。从刚参加工作时的"字斟句酌，一个标点都不漏"，到工作十年后"只看标题。一上午的活半个小时完成"；从与老婆聊天时断言，四家子中马拉那家子是最牢固的，到骨子里认为"像马拉这样有才华的人这辈子不留下一点什么风流韵事，简直天理不容"[1]。小说在李白的叙述者与被叙述者的双重身份中，不仅写出了李白的生存状态，也暴露了其内心真实的想法。小说第二、第三部分以毕大师和黄皮为叙述对象，同样以第三人称全知叙述的视角，把毕大师和黄皮的现状与思想毫

---

[1] 斯继东：《今夜无人入眠》，浙江文艺出版社2013年版，第3页。

无遮拦地展现在了读者面前，在他们为马拉的刻意掩饰和寻找中，马拉已然陷入了与赵四的暧昧与缠绵之中。小说第四部分的叙述视角发生了改变，马拉以第一人称的叙述视角开始讲述他与赵四的故事。可以说，马拉的叙述是对前面全知叙述的一种背离，从表面上看，它不仅打破了读者的阅读期待，似乎也还原了事实的真相。然而，真相在哪里？第一人称的限制叙事与生俱来的那种主观性与自我性，让读者对其叙事的可信度产生了直接的怀疑，从而影响了读者对故事真相的探知，马拉与赵四之间的关系也就永远陷入了众人的猜疑之中。

正是这种多角度的叙事方式，使得一个原本近乎封闭的文本故事有了开放性的解读。四个主人公各自的人生困境在叙事中得以一一呈现，他们的欲望、追寻也在这多角度的叙事中逐渐显现。小说中李白写后现代诗，马拉创作先锋小说，毕大师从事根雕艺术，黄皮是论坛盟主，赵四是音乐教师，知识分子这顶帽子可以很轻松地戴在他们头上，帕瓦罗蒂的告别演唱会是他们对曾经年华的一种回味，亦是对青春残留激情的一种告别。从小说中不难看出，马拉是这五人的精神核心，他们对于帕瓦罗蒂高音的欣赏亦是受到了马拉的影响，而马拉在某种程度上成了黄皮、毕大师和李白未遂愿望的替身。他们对于马拉与赵四之间关系的想象与猜测，其实是自身潜在欲望的一种表达。小说中马拉以第一人称的叙述视角讲述自己与赵四的故事，其中何尝不承载着黄皮、毕大师和李白的共同欲望？因此，小说前三部分以全知视角叙述黄皮、毕大师和李白的生活现状，以及他们对马拉的欲望的想象，也就成了对这四个知识分子现状与欲望的真切书写。而一直作为被叙述与想象对象的赵四，她的主体话语的缺失，似乎让她成了四个男人欲望的想象体与宣泄口，而"赵四是谁"的疑惑最终没有得到清晰的展现，赵四成为一个想象的符号，一个谜一样的形象。

正如小说中借毕大师之口道出的"我年华虚度，空有一身的疲惫"[1]，《今夜无人入眠》这个故事以独特的多角度叙事方式，一层一层剥下了他们虚度的年华。他们对肉体的想象，成了他们一身的疲惫一个实实在在的注脚。

另一篇小说《广陵散》，以历史上著名的"竹林七贤"为各个部分叙事的主体，以第一人称的限制视角对历史进行了重叙。被世人传颂的经典故事在

① 斯继东：《今夜无人入眠》，浙江文艺出版社 2013 年版，第 8 页。

历史人物的自我叙述下得以解构与重生。刘伶解构"竹林七贤"的名士之风，嵇康展现内心的柔软，阮咸还原"重服追婢，累骑而还"的传奇，王戎视己为俗物，山涛展现内心的矛盾与苦痛，阮籍借酒消愁，以及向秀表达对个人选择的理解与宽容，"竹林七贤"以第一人称的叙述视角展现了各自的人生、不同的活法，他们也以各自内心的视角来看待与评价共时共存的历史。在场与多元的历史叙述，是对以往叙述传统的消解，消解的过程又恰恰透出他们选择的无奈和悲哀。这背后掩不住历史人物个体对生命追求的执着，也是作家对历史中个体生命立体存在的多样探寻。

同样，《梁祝》中以梁山伯、祝英台、四九、银心四个人的视角，解构了梁祝式惊天动地的爱情。四位主人公不同视角的叙事，形成了强烈的对比，演绎出小人物的孤独与快乐。而《你叫什么名字》一文中，一层叙事再套一层叙事的"套盒式叙事"，是另一种形式的叙事游戏。从表面上看，那个被人叫作"傻瓜"的"我"和那个叫"阿贵"的"他"之间的故事没有承继性。"我"的叙事中间套上了"阿贵"的叙事，之后又回到了"我"的视角；同时，作家在过程中对现实与过去做了交叉叙述，叙事被打断的背后却引发读者又一重深入的思考。正如略萨所说："当一个这样的结构在作品中把始终如一的意义——神秘，模糊，复杂——引进到故事内容并且作为必要的部分出现，不是单纯的并置，而是共生或者具有迷人和互相影响效果的联合体的时候，这个手段就有了创造性的效果。"① 《你叫什么名字》这个小说文本，正是透过游戏的叙述方式强化了"我"与"阿贵"无名中包含的无奈的共名。

小说集《今夜无人入眠》在历史故事与现实题材间穿梭，人的欲望推动着历史的发展，而现实的各种存在是人的欲望的外化。作者以独特的叙事模式，书写着人的欲望，从人的欲望出发进一步探寻历史与现实的真相，而这背后亦是对存在价值的追寻。

三、口语化叙述中的野性之美

如果把叙事方式与技巧比作小说创作中的骨架，那么小说的语言无疑就

---

① 巴尔加斯·略萨：《中国套盒——致一位青年小说家》，赵德明译，百花文艺出版社2000年版，第86页。

是小说创作的血肉，这两者都是小说的形式，也都是一种"有意味的形式"，而叙事方式与叙事语言的契合度直接决定了小说创作艺术性的高低。

斯继东小说的语言正如他登在一些期刊上的照片，在自然的背景中有平静柔和的一面，有随意自然的一面，也有冷峻深邃的一面，字里行间挥不去的是一种带着自然与野性的美。在一次访谈中提到"70后"作家的创作时，斯继东说道："在向这些同行致敬的同时，我依然有不满。我觉得他们中的大多数都太智慧太绅士太少年老成太八面玲珑了。他们就不能再生猛些再闹腾些再火气大一些吗?"[1]从这段文字中，我们感受到的是作家斯继东在小说艺术包括小说语言上的一种对自然与野性之美的独特追求。

斯继东小说的语言没有太多修饰，有的是对生活状态的自然的书写。在不少篇章中，作家都采用了口语体的语言来进行叙事。这种还原生活的语言表达，可以说是作者对原生态生活的一种追求。《今夜无人入眠》中马拉作为叙事主体这一部分，自始至终采取的都是一种口语化的表达。

> 我很想跟赵四上床。从认识她的第一天起就想。
>
> 你们不想听从前的事，你们最关心的是那个晚上，那我就直接说那晚上的事吧。我不知道自己能不能说清。我真的一点都没把握。[2]

作家一开始就用聊家常式的口语表达，引着读者进入他的故事，在自然的语言叙事中建立起读者对叙事内容的信任，也消解了小说中其他人物包括读者心中不断滋生的疑惑。最后：

> 对，那晚的结局就这么平淡。打完架后，我们在一起抽了根烟，之后，就各自掉头回家了。[3]

① 草鱼、斯继东：《寻找属于自己的那一块手绢》，《文学界》2012年第8期。
② 斯继东：《今夜无人入眠》，浙江文艺出版社2013年版，第17页。
③ 斯继东：《今夜无人入眠》，浙江文艺出版社2013年版，第23页。

字里行间没有什么修饰也不做任何雕琢，作家用简单舒缓的口语叙述，拉近了与读者间的心理距离，也激起了读者透过语言进一步探求小说人物内心思想的欲望。马拉的话可信吗？平静的语言背后是否有着故意掩饰的痕迹？真相又在哪里？自然的语言表达与紧张的故事推进巧妙结合，故事在信任与疑惑的层层叠加中逐渐推进。

小说《我知道我犯了死罪》中，作家仍用他独特的口语化语言叙述犯罪的前因后果。最后，小说这样写道：

> 警察同志，我已经把自己想说的话都说了。其实有些话我是没必要说的。
>
> 我这辈子从来没有说过这么多的话，我有点累了。
>
> 现在，你们枪毙我吧。①

话语的结束与生命的终止就这样自然地连在了一起。小说中主人公的口语化叙述，也似乎不再与犯罪相关，更多的是底层人从孤独到失语的人生境遇的展现。作家通过自然中带着野性的语言，表达他对底层生命的关注与感悟。

《梁祝》在作家的口语化叙述中让爱情传奇回归人间，《广陵散》的口语化叙述同样把"竹林七贤"拉回到了人间世俗之中，而《乌鸦》的口语化叙述更多了份对底层人孤独的感悟。

在斯继东的小说中，粗俗的语言亦是随处可见。正如王小波对性的叙事不带任何杂质，给人一种纯粹的生命感一样，斯继东的小说语言中不时夹杂的粗俗表达，同样透着脱下装饰后生活的质朴与纯粹，带着一种原始生命的野性与冲动。

对于音乐的描写，我们见过雅的极致。《老残游记》中对白妞唱腔的描摹，后世模仿者不少，王安忆《天香》中对唱腔的描写，就是对其的借鉴。然而，对于高雅音乐的粗质化描写却并不多见，在小说《今夜无人入眠》中，斯继东这样写帕瓦罗蒂的高音：

---

① 斯继东：《今夜无人入眠》，浙江文艺出版社2013年版，第46页。

当马拉把车钥匙插进去后，一个吊嗓子的男人立马就会钻出来，直奔你的耳朵。吊嗓子并不可怕，可怕的是那男人的嗓子一直吊着，上去，上去，再上去，千辛万苦地，终于等到他下来了。下来了，这下总该着地了吧？可是颤一颤，他又上去了，上去上去再上去。毕大师根本就没听到他在唱些什么，他只看到一根喉管被人从嘴里吐出来，一截一截又一截，长得无穷无尽，长得无休无止。[①]

高雅的音乐被描写得如此粗俗而形象，让音乐从神圣殿堂直接走向了凡俗民间，雅与俗的强烈对比，是对生活本身的还原，亦是对人生活状态的映照。其他如《香粉弄9号》在宁静与雅致的整体语言表达中突然迸发的冲动与粗粝，《广陵散》中语言的粗白，《猜女人》《打白竹》《赞美诗》中语言的直白，都让读者在带着自然野性的语言中感受到了其中透出的生命张力，这是斯继东的小说语言特点的显现。

在《今夜无人入眠》这部小说集中，作家斯继东通过对历史故事的重释和对现实题材的挖掘，对人性进行了一次又一次的深入思考。叙事内容与较为独特的叙事方式，以及直白且不时夹带着粗俗戏谑的叙事语言，共同传达出斯继东对小说创作的追求，即对人的欲望的深入理解和对人的存在的多样化思考。尽管在其创作中我们也多少感受到了一些不足，如：《赞美诗》中罪与罚的模式以及基督教感化并最终拯救迷途羔羊在叙述中显得有些程式化；《蔷薇花开》中善良姐姐几近完人的形象刻画略不真实；等等。但斯继东以极具特色的叙事方式讲述着有意思的故事，表达着对人的欲望与存在的多样化思考，这本身便是一种对善良与真情的坚守，我们有理由期待斯继东更多优秀作品的面世。

本文原载于《南方文坛》2017年第1期。

---

① 斯继东：《今夜无人入眠》，浙江文艺出版社2013年版，第9页。

金庸作品集版本及文学研究

戴　珏[①]

　　"有华人的地方就有金庸小说，金庸小说以其博大精深的文化内涵、扣人心弦的故事情节、栩栩如生的人物刻画……吸引着不同社会阶层的人群。"金庸小说已经成为20世纪一个独特的文化标志。自20世纪80年代起，现当代文学专家、学者和"金迷"共同将金庸小说作为一门学问来研究探讨，由此诞生的"金学"方兴未艾。

　　金庸本名查良镛，"金庸"是其在发表武侠小说时所取的笔名，用他自己的话讲，"没有特别的意义，只是将镛字拆开而已"。金庸写武侠，纯粹出于偶然。20世纪50年代初，他与陈文统（即被誉为"新武侠小说鼻祖"的梁羽生）同时就职于《新晚报》，做副刊的编辑。两人的共同爱好是读传统武侠小说和下围棋，故过从甚密。1954年，香港发生了一起轰动一时的武林公案，太极门与白鹤门因门户之见发生争执，在澳门上演了一场擂台比武，成为港人在街头巷尾热议的话题。时任《新晚报》主编罗孚受此启发，力促陈文统写武侠小说。陈文统早就跃跃欲试，双方一拍即合。陈文统的第一部武侠小

① 戴珏，1984年生，男，中国武侠文学学会会员、中国小说学会会员、中国近代文学学会会员、绍兴市文艺评论家协会理事，主要研究方向为中国武侠文学、金庸小说研究等。

说《龙虎斗京华》署名梁羽生，开始在报上连载，后一炮而红，报纸销量也随之看涨。

由此，连载武侠小说成为当时香港报纸吸引读者的重要媒介手段。1955年2月，罗孚找到查良镛，说正在连载的梁羽生的《草莽龙蛇传》即将结束，必须有一篇顶上，而梁羽生手上有两部正在连载的稿子，已经不堪重负了，此事非他查良镛莫属。查良镛无奈，只得先报了一个《书剑恩仇录》的题目给报馆，2月7日是交稿的日子，编辑派一个老工友上门坐等，金庸方始动笔，写了一千来字。第二天，《书剑恩仇录》见报，直到1956年9月5日，共连载574天。一代大侠，应运而生。

金庸自1955年2月的《书剑恩仇录》开始，至1972年9月的封笔之作《鹿鼎记》结束，历时17年，陆续创作了15部武侠小说（12部长篇、2部中篇、1部短篇），按完成的顺序，分别是《书剑恩仇录》《碧血剑》《射雕英雄传》《雪山飞狐》《神雕侠侣》《飞狐外传》《倚天屠龙记》《鸳鸯刀》《白马啸西风》《天龙八部》《连城诀》《侠客行》《笑傲江湖》《越女剑》《鹿鼎记》。

金庸武侠小说在全球传播之广，恐怕连作者本人也始料未及，除中文版外，还有日文、韩文、越文、马来文、英文、德文等版本。就中文版而言，在海峡两岸暨香港乃至东南亚，金庸武侠小说出版数量之巨，恐没有其他任何一部现代文学作品能出其右；金庸武侠小说版本之多样、体系之复杂，恐怕也只有中国古典四大名著之一的《红楼梦》或可与之匹敌。

金庸武侠小说的版本是许多"金学"研究者和爱好者专攻的课题，相关论著和文章颇多。笔者只能将个人粗浅的研究做一梳理，不一定严谨、准确，权当作"金学"中版本学的入门常识吧。

一、金庸作品集版本历史性研究

按内容，金庸作品的版本可划分为三大类（三个阶段）。

（一）旧版（连载版、结集本）

金庸武侠小说初始均是在报刊上连载发表的，后因读者追捧，金庸又授权一些书局定期或不定期地结集发行单行本，未经授权私自盗印的也为数不少。"金学"研究者将此期间的版本统称为"旧版"。

金庸开山之作《书剑恩仇录》于1955年2月开始在《新晚报》上连载。此作开始并未引起读者太多的关注，连载约一个月后，出现了争相阅读、传播的轰动效应，金庸声名鹊起，时年31岁。

此后，金庸手不停歇地不断推出新的作品，分别在《香港商报》《明报》《武侠与历史》等报刊上连载。令人称奇的是，"金大侠"并非写完一部再写一部，许多时候是同时创作两部且在不同的报纸上连载。金庸的每一部作品都力求新变化，不断突破与超越。《书剑恩仇录》已是光芒万丈，其后的《碧血剑》毫不逊色。"射雕三部曲"（《射雕英雄传》《神雕侠侣》《倚天屠龙记》）之后，当时许多人认为金庸的创作将难以为继，但《天龙八部》再掀狂飙，《笑傲江湖》又起巨澜，直至《鹿鼎记》的"返璞归真"，金庸将新派武侠小说推上了一个难以逾越的高峰。

《书剑恩仇录》连载后，《新晚报》一纸难求，一时间洛阳纸贵。面对广阔的市场前景，将报纸连载转化为单行本出版乃顺势而为。在正式出版单行本时，金庸重新划分了章节，拟订了回目，并对文字做了必要的修订完善，有的还重新配以插图。一般3—5回结为一册，如《书剑恩仇录》8册、《碧血剑》5册、《射雕英雄传》16册，并授权三育图书文具公司发行，其后又由"邝拾记""胡敏生"两个书局正式发行其他作品。

金庸武侠小说的市场效应太好，香港武史、武功、三民等大小书局以及许多民间书坊虽未获授权，也大肆刊行"结集本"。盗版的出版速度甚至远远超过正版。他们直接将报刊内容进行排版付印，甚至自拟回目、自配插图，通常每周出一小册或每三四万字结为一小册，再后来，将几册"薄本"合并后再出"厚本"，不一而足，大赚其利。

报刊连载的版本也被称为"连载版"或"刊本"，是最原始也是最珍贵的版本；结集发行的"结集本"鱼龙混杂，有经过金庸修改审定授权发行的正版，也有形式内容各异的盗版。

或许当时没有谁能够预料这些"旧版"书的文学价值，如今在香港，无论是官方（如图书馆、明河出版社及其他报社）还是民间，完整的"连载版"和"结集本"的资料寥寥无几。其实在20世纪70年代，金庸开始系统修订小说时，"旧版"资料就已经捉襟见肘，金庸往往还要向好友（如倪匡、蔡澜等）借来一用，用后完璧归赵。今天，"旧版"的珍稀程度就更不用说了。

有"金迷"耗费无数心血及财力，搜寻"旧版"资料并予以复制刊印，尽管其价值与原"旧版"不可同日而语，文本质量也未见得尽善尽美，但由此使得我等"金迷"有缘得窥"旧版"的风貌，已是善莫大焉，当可稍补缺憾。

（二）修订版

1972年金庸封笔后并未退出江湖，他着手对15部武侠小说进行系统修订，并从1974年起以《金庸作品集》的总称正式出版、陆续发行，至1981年全部出版完成。《金庸作品集》总计36册，其中2部中篇《白马啸西风》和《鸳鸯刀》附于《雪山飞狐》之后，1部短篇《越女剑》附于《侠客行》之后，《素心剑》改名为《连城诀》。金庸将14部中长篇作品的首字结为一联，曰："飞雪连天射白鹿，笑书神侠倚碧鸳。"这一版本是在中国乃至东南亚流传最广、影响力最大的版本。

在最后一部武侠小说《鹿鼎记》的后记中，金庸宣布从此不再写武侠小说，尽管众多"金迷"呼吁"金大侠"能再度出山，但金庸始终不为所动。

此时，金庸不仅确立了一代武侠小说宗师的地位，还是一位报业巨头。他于1959年创立的《明报》日渐壮大，成为香港最有影响力的报纸之一。明河社是金庸自己的出版社，修订后的作品由明河社发行是金庸的不二选择。直到今天，明河社依然是《金庸作品集》在香港的唯一出版发行机构。

（三）世纪新修版

20世纪90年代末，金庸再次对15部武侠小说进行修订。这次修订，按金庸的说法是修改了一些不合情理的情节、文字，也广采博纳了"金迷"的诸多意见、建议。这一版称为"新修版"或"世纪新修版"（1999年开始修订）。这次修订，金庸依然按当初写作的顺序进行，2001年4月《书剑恩仇录》新修版问世，2006年7月《鹿鼎记》新修版完成。这一版本无论是人物命运，还是故事情节发展，都发生了"大转变"，例如：《射雕英雄传》里黄药师爱上梅超风，《天龙八部》里王语嫣回到慕容复身边，等等。该版本的出版虽得到许多认同，但也遭到众多"金迷"的吐槽、诟病，可以说是毁誉参半。这或是金庸未曾预料的。

二、金庸作品集版本地域性研究

（一）明河版

金庸的第一次修订工作前后花了7年时间，自1974年开始至1981年全部完成，以《金庸作品集》的总称由香港明河出版社陆续出版发行。大致的情况是：1974年出版《雪山飞狐》，1975年出版《飞狐外传》《书剑恩仇录》与《碧血剑》，1976年出版"射雕三部曲"，1977年出版《连城诀》（"旧版"名为《素心剑》）与《侠客行》，1978年出版《天龙八部》，1980年出版《笑傲江湖》，1981年出版《鹿鼎记》。

这一版本是流传最广、影响力最大的版本，通常称为"修订版"。"金大侠"之后对作品又做了一次修订，并自2001年起正式推出"世纪新修版"，但不及"修订版"受欢迎。

明河社的"修订版"尽管是平装本，但采用了内外封面的装帧，不失精美。外护封为宋元明清及近现代名家画作，彰显出中国传统文化的气质；内封纯白，配以金庸题写的书名和落款，典雅端庄；扉页上有不同年代名家的金石篆刻；书前有文物、史料插图，与小说内容相得益彰。

（二）远景版

金庸武侠小说问世后，亦流传至台湾。但因台湾当局对出版物审查很严，金庸武侠小说均被打入禁书之列。由此，台湾出现了大量盗版的金庸武侠小说。与寻常翻印盗版不同，台湾的金庸武侠小说盗版是改头换面，换书名、换作者、换人物姓名等等，盗版方式五花八门。有爱好者专事研究金庸武侠小说的台湾盗版系列，竟也颇具心得，此乃题外话。

台湾远景出版事业公司时任总经理沈登恩在偶见《金庸作品集》之后，大有相见恨晚之感，遂致力于引进出版发行。在与金庸达成一致后，沈登恩经过数年奔走呼号、上下斡旋，终于在1979年9月取得了当局准予发行的批文，并于次年开始出版发行。但发行过程也是一波三折，台湾当局对金庸作品是"禁了又解、解了又禁"，每一部小说出版都要再次审查。远景出版事业公司先从容易通过审查的书目开始陆续出版，故出版次序与"标准"的《金庸作品集》不同。"标准"次序以《书剑恩仇录》打头，以《鹿鼎记》结尾，而远景版的出版次序为《侠客行》《天龙八部》《连城诀》《射雕英雄传》《神雕侠侣》《倚天屠龙记》《笑傲江湖》《书剑恩仇录》《飞狐外传》《鹿鼎记》《雪山飞狐》《碧血剑》。此外，为了通过审查，不得不将《射雕英雄传》改名为《大漠英雄传》；又因"恩仇"二字过于敏感，将《书剑恩仇录》更名为《书剑江山》。

远景版的样式与明河社的经典"修订版"基本一致，除书脊标示不同外，都是外护封、内白皮，书前彩页，故"金迷"以"白皮版"称之。但为何称远景版为"白皮版"而不称更早的明河版为"白皮版"，则不得而知。远景初版，也是金庸武侠小说中的"天王级"藏品，原因有三：一是初版的印量少，物以稀为贵；二是初版的品质的确比后来的版次高出一筹，内页纸质较厚且有韧性，手感极佳，印刷也十分精致；三是远景版一出，乱七八糟的盗版便无市场，有些奸商唯利是图，直接改盗远景版。故远景初版之后的版本鱼龙混杂，非资深研究者难辨真伪。由此，远景初版一纸难求，单套尚能偶见，全套几乎绝迹，而其后的版本收藏价值便小了许多。

（三）三联版

20世纪90年代初，金庸正式挺进内地市场。金庸选择的合作伙伴是有着悠久历史的三联书店。三联书店全称为生活·读书·新知三联书店，其前身是20世纪三四十年代活跃于中国出版界的三家著名出版发行机构——生活书店（创办人邹韬奋等）、读书出版社（创办人李公朴等）、新知书店（创办人钱俊瑞等），这三家书店于1948年合并而成立三联书店。

三联书店以出版高品质的人文科学专业图书形成了独特的文化品牌，受到读书界的广泛尊敬，被誉为"中国知识分子的精神家园"。三联书店不仅是一家出版社，而且代表着一种文化、一种公共的知识精神。金庸选择三联可以说是独具慧眼，既确保了出版质量，也确保了自身作品的文化品位。三联版采用规范的横排简体，在装帧上与明河版、远景版一样，采用了内外封形式，提升了书的品位与档次。外封的封面、封底为北京故宫收藏的历代名画，配上金庸亲笔题写的书名，古朴大方，韵味十足；内封为纯白底色，配以黑色的书名和金庸落款，与明河版、远景版如出一辙。该版用纸考究、印刷精美，无愧于经典版本的美誉。

三联书店与金庸的签约时间是1991年，但直到1994年小说方才正式出版发行，可见花了极多的时间进行策划与准备，三联书店的严谨由此可见一斑。三联版自1994年到1999年共印刷了9次，是内地印量最多、影响最广的版本。其中，一版一印的品质最好，也最具收藏价值。

三联版被盗版也是最严重的。如果说20世纪80年代的"盗版"是因为缺乏版权意识，那么此时的"盗版"完全是假冒伪劣！盗版书的层次也五花八门，有一眼可辨、粗制滥造的山寨，也有难辨真伪、令人防不胜防的"高仿"，故圈内都盛传"三联水太深"！

三、金庸作品集文学研究

金庸懂得挖掘现实，懂得挖掘远离现实生活的"真实"（人的情感、性格、道德、信仰等）。然而，梦回江湖后，在金庸用小说特有的形式和语言引领读者进行想象并把握历史脉搏的同时，理想却只能一点一滴地沉淀于现实，因为理想永远只能走在现实的前面引导现实，却不能完全代替现实。金庸小说的主人公无论多么叱咤风云，最终还是以各种方式离开了江湖这一"母体"。如郭靖与黄蓉，他们的爱情以牺牲黄蓉为代价来对郭靖做出一种虚幻的补偿，令一个活泼、轻柔、聪慧、灵敏的女子来向木讷、刚毅、质实、朴拙的男性做出一种超乎生死的承诺，这本来就是浪漫主义的产物，但是我们却无法不看到郭靖在许多时候都可以"抛弃"黄蓉。所谓"巧妻常伴拙夫眠"，本就是儒教文化中类似于"书中自有颜如玉""仁中自有颜如玉"的麻醉剂和兴奋剂而已。又如，"自由之神"令狐冲，他生性率直随意，活得潇洒，是金庸小说中最洒脱之人。但他又是最遵守中国传统文化之人，他依恋师门，极力维护师傅、师弟，他交友只讲情义，不分正邪，他受到委屈从来是反躬自问，不责怪他人。个性的张扬与道德的完善在他身上得到最完美的结合。不过，令狐冲也毫无振奋的勇气和信念，倘若不是作者及时安排任我行之死，他必定也死了；倘若不是作者安排岳灵珊对令狐冲的背叛，令狐冲的爱情也必将在对岳灵珊和任盈盈的无法取舍中终结。这就意味着令狐冲的结局实际上是一种"虚假性的结局"，他的归隐和乔峰的死毫无区别。

金庸武侠小说的艺术价值又恰恰在于此。他以武侠小说的幻景形式和生花妙笔有效地掩盖了现实处境的严峻，完美地补袚了来自现实的矛盾的裂缝，而向世人昭示出一种理想化、和谐化的世界的可能性，并防止历史文化语境的印痕和创伤的暴露，充满激情地言说着20世纪交托给文人的侠客梦。陈平原说："不敢说没有江湖就不存在侠客；可武侠小说中倘若没有一个虚拟的'江湖世界'，侠客就不可能纵横驰骋大显神威。"[①]正如《西游记》写得最好的是孙悟空"大闹天宫"一样，金庸武侠小说的美在那浪漫主义建构的艺术画廊里，是乔峰大战于聚贤庄、少林寺之时，是郭靖在华山论剑之日，是令狐冲挥舞独孤九剑之际，是杨过携手小龙女的刹那，是李莫愁吟唱《摸鱼儿·雁丘词》的瞬间，是韦小宝脚底抹油的顷刻……正是"成也萧何，败也萧何"！金庸武侠小说的"仁者见仁，智者见智"，也正在于此。

本文原载于海宁市文学艺术界联合会、海宁市名人研究院主编：《海宁名人（第6辑）》，浙江古籍出版社2020年版。

① 陈平原：《千古文人侠客梦：武侠小说类型研究》，百花文艺出版社2009年版，第154页。

上海，时空深处的喧嚣与沉默

——读禹风长篇小说《大裁缝》

山　尹①

一

　　1860年，浙江奉化乡村青年乔方才（茄生）跟随舅父去新开埠的上海寻找发展机遇，经同乡王小虬引荐，师从英国传教士麦肯西牧师，很快就熟练地掌握了英文，成为一名通事。洋人独特的相貌服装、王小虬夫人对丈夫纳妾的抗议、太平军的前朝装扮等等，冲击着他的旧有观念。在强烈的中西文化冲突中，他的自我苏醒了，在陪伴牧师去南京的路上，他不由得为自己茫然："我是谁？我为什么在此时此地？为什么同一个洋人守在一起？"

　　《大裁缝》描写的是19世纪60年代到20世纪40年代中国的历史变迁，这个时期是西方资本向全球扩张的时期，也是现代化进程全面展开的时期，世界上许多不同地区、不同民族、不同国家都卷入了一个大旋涡。世界上众多的国家（不仅仅是中国），都有向一个更开放、更广阔，联系更密切，物质生活更丰裕的社会转型的需要。这是一个前所未有的开放时期，个体发展存在着无限的可能性。《大裁缝》写的是乔氏家族三代人在剧变中的命运，乔氏家族第一代人乔方才在牧师远赴云南传教后，转赴日本学习西式服装制作，娶

---

① 山尹，1976年生，原名王芳，绍兴文理学院人文学院教授，主要从事外国文学与比较文学研究。

了师傅的女儿米慧为妻，生下双胞胎。他目睹了日本人的革新求变，深知大清的腐朽闭塞，心中立下为中国的开化革新尽绵薄之力的志向，年高时从横滨回到奉化，开办西式裁剪学堂，为上海的服装业输送人才。从传统行会式的父子相承，到最后创立现代西式职业学校，显然，这个在西风刺激下的浙江男人，最后解决了"我是谁"以及"为什么同洋人守在一起"的问题。

　　和乔方才相对照的，是他的妻子米慧、小舅子潘则仁和同村伙伴乔四。潘则仁早于日本大多数男子穿西装、留短发，米慧紧随其后，迷恋上了日本和服，兄妹二人最终加入日本籍，终老异乡。乔四远赴哈尔滨，从推车裁缝做起，后与犹太人约瑟华签订契约，开店扩张，开枝散叶，清亡后长时间留着辫子，人称"辫子裁缝"，颇有遗老之风。

　　从宏观视角看，现代性是一个复杂的多重建构，涉及政治、经济、社会和文化四个主要的社会进程，它们的交互作用构成了现代性；从微观角度看，现代性的根本在于人的现代性，是一种思维、感受及行为方式。《大裁缝》对近代中国现代性进程的展示，既有宏观上对政治、经济变迁的观照，又有微观上对现代主体生成的展示，是综合立体的。以乔方才为首的第一代人的现代化，始于乱世谋生的经济动机和弱国图强的民族之志。他们从小乡村走向大世界的时候，与外族劈头相逢，各种可见可感之"异"刺激着他们的三观。因此，他们的现代化程度，视与外族接近的程度而有不同的层次。没有与洋人产生亲密关系的乔四，以"阿拉宁波人也向来算个明白账"的心理，接受了犹太人的现代商业契约模式，他的现代化更多地停留在向往更丰裕的物质生活这一日常生活层面上，在观念、思维方式层面并未深入。乔方才跟着麦牧师习英文做通事有两年时间，又在异国谋生，其观念受到了极大的冲击，尤其是日本明治维新时期民众的狂热对他的影响，使他对于政治、经济的现代化有深切体会，这导致他携子回国发展时做出了堪称典范的家族实业发展部署：长子保守稳重，去北京发展；次子活跃圆通，在上海发展；自己在乡村奉养老母，开新式裁剪学堂。这个规划兼顾中国人的孝道与家族实业的可持续发展，显示了乔方才过人的才智。然而在文化归属层面，他却退回了地方认同。这一点可以和第一代上海买办王小虬做比较，王小虬是乔方才的同乡长辈，是宁波旅沪同乡会副会长，他于20世纪20年代去世，选择葬在静安寺对面的外国人公墓。显然，他彻底放弃了田园牧歌的幻想，拥抱了快速发展的国际大都市——上海。

乔方才选择宁波，和情感上的挫折不无关系：米慧抛夫弃子，与日本人樱井私奔，"自从米慧裹在和服里变得越来越陌生，茄生就越来越主动归依宁波的诸般老法"，他给两个儿子娶了宁波媳妇，孙子都说宁波话。乔方才不仅对"服装乃国家大制"深有体会，更深刻地意识到了语言、文化及地理空间对身份认同的重要性。小说没有详尽铺叙乔方才的心路，却用了一长串"茄生，……"的句子来展示乔方才返乡的情形。这个段落以精练的文笔交代了乔方才的人生选择、返乡规划、灵魂归宿，以及乡邻对他的信赖与尊重。一长串奉化乡音的问询，对于一个久居异国、带着隐秘心理创伤返乡的男人而言，恐怕只有记忆中母亲怀抱的温暖可资比较。

《大裁缝》所描绘的时代，是一个除了稳定什么都有的时代，人类因为各种原因背井离乡，开始在世界范围内迁徙。米慧、则仁姐弟和葬在静安寺对面墓园中的外国人一样，只是当时因各种原因走向更广阔的世界的普通人，民族身份对于当时绝大多数人而言既不那么重要，也不那么确定。回到中国的乔正冠，在北京东交民巷以日本侨民身份开了家西服店，米慧与樱井守一的私生子樱井小川，在中日战争期间声称"我既是日本人，也是宁波人……我要去浦东，在厂子里同我的工人们在一起"。

然而，世界的广阔与社会的加速发展，除了给人更多的机遇与选择，更增加了人类的焦虑、紧迫与不安。人类放弃了和平、开放与宽容，选择了暴力、压迫与排斥。上海，逐渐成为战争旋涡中的一个孤岛，在风雨中飘摇。

二

乔百祥是《大裁缝》中的灵魂人物。

他肖似祖父乔方才，有过人的语言天赋和裁剪天赋，也和祖父一样，有中西两位父亲：父亲乔端冕为他找了一位寄爹——在上海沉浸多年的美国人阿瑟——《大陆报》记者兼专栏作家。乔家两代三地耕耘，视野和财力均已蓄足，只待破茧而出、独领风骚。乔百祥正是家族和时代共同孕育出来的英雄人物：他有裁剪天赋，自己设计服装，创立海派西服，引领时尚；任职于工部局，处理事务举重若轻，精明干练；他有纨绔子弟的习气，"到处赌狗赌马"，却"是个有分寸能把握自己的人，输钱有节制，赢钱能住手"；他衣冠楚楚，却没有花花公子的轻浮孟浪，"但凡恒必祥西服公司这位少东家出场，永远头势清爽，面目整洁，西装革履，心平气和，还待人有礼"；他爱跳舞，是上海滩各大国际舞厅的常客、红人，但"从不调戏女人，只很有礼仪地邀请她们跳舞，很傻气很诚恳地同她们交往，在金钱上大方"。总之，在日常生活的各种细节之中，乔百祥都显得自信平和、理性节制，处处显出一种优雅、时尚、品位与力量来。

乔百祥极像波德莱尔笔下的浪荡子，"如天空之于鸟，水之于鱼，人群是他的领域"，他衣着考究，周游于各种娱乐场所，喜欢金钱，渴望爱情，声色犬马，但并不把这些东西当作本质的东西来向往。这一切对乔百祥而言与其说是放纵享乐，不如说"是一种强化意志制服灵魂的锻炼"（波德莱尔《现代生活的画家》）。他向往高雅和独特，反对平庸，"富有天生的力量"，这力量源自过人的天赋。除了裁剪天赋，乔百祥还有惊人的洞察力，心思细密，处事灵通，能看清上海滩各路洋人的人种，甚至能从英国人里头挑出不是伦敦人的英国人。

乔百祥在思维层面已经是一个完全的现代主体，他没有乔方才"我是谁""为什么和洋人守在一起"的问题，"同自己的洋朋友们处得格外自在"，"没了绝大多数中国人执念的华洋之别"。人家叫他"花花公子"也罢，"南洋乔"也罢，"上海滩小开"也罢，"他自己知道自己的志向。人必须干自己觉得般配、又愿意为之努力的那番事业"。这番事业，就是熟谙上海滩规矩，"早点在上海滩上吃开"。在小说中，乔百祥第一次露面是在镜子前，他对着镜子扮演一个面对"危亡大局"的老成持重的军阀政客，想象自己是重要人物；与此同时，他却是个"细眉俊眼""鬼精灵""有点女里女气"的男人，这种反差暴露了他那天真、富有浪漫激情的自恋倾向。

浪荡子热衷火热的现实生活，是都市真相的探索者，乔百祥也不例外。美国老油子记者阿瑟在收他为寄子的仪式上，送了他一台"照相机"，把自己混迹多年琢磨出来的"上海滩名人表"亲授给他，使他早早地对上海滩各种势力之间的微妙关系有了心理准备。很快他就得着机会，成为工部局董事卫惕南爵士的家庭教师，并抓住"蓝钢皮"事件中需要精通中国文化的斡旋者的机会，进入工部局任职。从寄爹那里得来的理论知识、父亲的家教，再加上卫惕南爵士的偶尔点拨，乔百祥迅速成长，很快就因为精明强干升为工部局总办处的帮办，这是整个工部局里本地华人获得的最高职位。

然而，世故老练、理性高效只是乔百祥的一面，他还有着鲜为人知的另一面。紧接镜前出场那一段的，就是对乔百祥遭遇苏北难民的描写。面对触目惊心的苦难，"乔百祥瞬间惶恐不安"，"凄惶之下，掏出了自己的皮夹子，把里头所有大小面额的纸币都施舍给衣不蔽体的男女"。另一次"突然袭击"是与桃丽丝的突然相遇，乔百祥从男孩变成了男人，这一次不是苦难，而是让人难忘的快感冲击了他的理性。同样，乔百祥打开了自己的钱包，试图把桃丽丝从妓女的处境中救出来，却被告知"你是中国人。没中国人跟白种女人混到一起的"。这种遭遇突袭、情感失控的瞬间，为读者展示了乔百祥那隐藏至深的一面。

苏北难民事件与桃丽丝事件，撕开了乔百祥武装到牙齿的理性，露出了一点感性的微光。在战乱频仍、渗透着种族歧视的上海，这个自恋者意识到了自身英雄主义的无力。上海这个名利场促成了乔百祥的"全套实用逻辑"，也宣告了它的局限性。苏北难民事件后不久，乔新吾从北京抵沪，与乔百祥倾向于逃避不同，乔新吾选择了"为中国工人和难民求福利的无偿工作"。那被乔百祥选择性屏蔽的租界外的苦难现实，就这样如影随形，让乔百祥在努力经营一己福祉的同时，也在能力范围内为更广阔的世界提供庇护，从而奠定了小说"血浓于水的同胞之情"的基底。在这一点上，乔百祥开始突破波德莱尔笔下都市浪荡子形象的窠臼。

乔百祥的另一个突破是通过和桃丽丝、英国巡捕汀康构成的三角关系完成的。美国妓女桃丽丝用她娴熟的"工作流程"，夺去了乔百祥的童贞，开启了他的发现与挫折之旅：桃丽丝让他成为男人——告别天真，进入成年男人——统治者的行列，同时标出了他"中国的"种族身份，画出了他无法跨越的边界。有别于苏北难民事件带来的无序、暴力和苦难的租界外剧烈动荡的世界，桃丽丝指向的是旧上海本身，包括它的商品文化、色情魅惑和秘而不宣的种族冲突。妓女（商品的性）、白种（统治者）、年轻（童贞与浪漫）、美国（实用原则）等标签标示着她在乔百祥身上激起的复杂情感——放纵者对色情的迷恋、世故者对天真的怀念、自恋者英雄主义幻想的挫败，以及刚刚崛起的神秘的女性力量带给他的震惊。桃丽丝揭示了这座城市的色情本质与其中复杂、多元、动态的关系，象征了这座城市对乔百祥的诱惑与疏离。

桃丽丝遭遇了两次暴力，一次来自有性虐偏好的顾客，这让她寻求乔百祥的庇护，住进了乔百祥的霞飞路公寓；另一次是街头抢劫，让英国人汀康像个英雄一样从天而降，松动了她对乔百祥的依附关系。与乔百祥只是目睹难民的惨状不同，来自兰开夏小镇的汀康是第一次世界大战的幸存者。乔百祥从偶遇难民的震撼中"挣脱出来，觉得自己是蝉蜕后的新生命，有了某种免疫力"，汀康则"在大战中见惯了死亡""眉宇间有种极其忧郁的神色"。乔百祥痴迷于上海的真相，意欲在上海滩大展宏图，汀康则"心里耸动着好奇和期待"，意欲凭侦探证接触上流人物，"从他们身上探听到这城市的内情"，他相信"在上海，迟早有自己该得的一份"。他身上有古老欧洲的英雄主义倾向和人道主义精神，以骑士精神护卫着桃丽丝，也对日本军队屠杀平民感到由衷愤怒。但是死亡的阴影、被女友抛弃的挫败感，隐秘地销蚀着汀康的意志。上海复杂的种族环境刺激着他的神经，让他在酒精与暴力中沉沦，古老欧洲的世故和"一战"后的躁狂，让他困惑于来自亚洲的善意："这个亚洲人乔打什么算盘？难道我汀康身上还有其他可利用的价值？"

和乔百祥在镜子前出场一样，汀康也更多地以镜中幻象的方式出现，从穿着英国军服到穿便装走在家乡的路上，以及穿着巡捕制服落魄于亚洲小城……镜中幻象呈现的不仅是汀康的堕落史，也是大英帝国的没落史。桃丽丝在离开上海前给了汀康一笔钱，阻止汀康告发乔百祥与共产党的关联，而乔百祥则聘请沉沦的汀康做男模，给了他重生的机会。乔百祥—桃丽丝—汀康这个看似俗套的情爱三角，实则蕴含着性别、种族与权力的多重逆转，而其中起核心作用的是商业实用主义精神，这正是《大裁缝》幽深迷人之处。

乔百祥是近代中华民族资本所能培育出来的最好的青年典型，他"华洋铺陈，中西合璧"，善良和平。波德莱尔笔下的浪荡子的意义主要体现在美学领域，而禹风笔下的乔百祥则跨入了社会、政治、经济与文化等多个领域，是货真价实的"东方巴黎"的产物。

三

翻开《大裁缝》，读者劈头撞见的不是乔家裁缝，而是时间与上海，小说共11章，每一章标题里都有上海，这意味着上海才是本书的主角。

在《创作谈》里，禹风称自己的目的是再现："再现我寄身的城市在1860年至1943年间的市政、经济、城建与战争，场景、气息、人事与悲喜，再及市民的发达毁失爱恨情仇。"细细梳理《大裁缝》，读者确实能够得到近现代上海发展的概况。禹风关注西方制度文明、观念文明对中国现代化进程的影响，做了大量史料的梳理工作，并且把它们很好地织进了乔氏家族企业发展故事的经纬之中。

《大裁缝》写的是上海租界的近现代史。这个主题的故事，极容易被处理为怀旧文本，然而翻开小说，却很难察觉它的怀旧情愫。《大裁缝》里有四次游览上海滩的情节：1875年茄生携妻子米慧到上海；1905年乔正冠、乔端冕兄弟回国创业时的游览；1919年乔新吾从北京抵达上海的游览；最后是乔新吾和孔繁玲婚后移居上海时的游览。这四次可以大写特写上海风光的机会，小说叙述都轻巧地一笔带过。《大裁缝》几乎不对上海的物质外观进行描绘，对于作者来说，上海是一个有机体，它会生长、壮大。一方面，它是人类活动的产物，是在不同范围的社会进程中与人类干预下形成的；另一方面，它又是一种力量，反过来影响、指引和限定身在其中的人的行为方式。因此，《大裁缝》有一个宏大的时空框架，横滨、哈尔滨、北京都赫然出现在目录中，与上海并置。横滨的维新、东北的日俄战争、北京的学潮等，都是刺激上海生长的因素。进入小说文本，我们能够看到中国南京、天津等城市，英、法、美等强国，甚至非洲和拉丁美洲的国家，等等。显然，上海处在一个联系日益紧密的人类社会网络之中，开放性是它的首要特点。然而，世界各地都处在互相联系之中，为什么单单是上海如此繁荣？小说告诉我们，上海的独特性在于，在租界这个弹丸之地，不仅有现代管理秩序，还有治外法权作为屏障让它偷安一时。因此，它在一次又一次的战争中迅速旺发，"故人来，故人去；兵火开，兵火缓，上海从来不怕乱。每次重归太平它就旺发，这城市像是在血水里发大的"。

人类文明史上最古老的城市，是靠它周围的土地供养的，乡村与城市有着紧密的亲缘关系，但上海是一座无根的城市，它起源于被征服后的不平等条约，是按照启蒙理性和商业实用精神模式建立起来的，与孕育万物、充满活力的大地失去了联系，发的是"战争财"。从"熵"的角度来看，从环境中所取走的能量最终都会以这样或那样的方式耗散，结果导致混乱的增长，能量转化得越迅速，消耗得越快，混乱就积累得越多。上海吸收了如此广大地方的财富，并且急速地流转，它所积累的混乱也必定是巨大的、惊人的。这惊人的毁灭性力量，其实就潜伏在租界周围——"扬子江浩荡两岸的庞大内陆以及它沉默了很久的无数子民"——甚至租界之中每一位以精明著称的上海市民内心的最深处。

上海形成了一个封闭的"熵增"系统，它看似繁华，其实极其荒凉；它的市民为了理性，牺牲了本能，金钱膨胀成巨大的怪兽，吞噬一切。

乔百祥热爱工部局的管理秩序，梦想着成为上海滩的主人，与此同时，他也在和乔新吾的比较中，意识到自己的失血，失去了桃丽丝的他，时常"感到一阵无奈的深广的虚空，感到自己什么都已失尽，其实了无生趣"。和乔百祥相对照的是姚远纶，她明白自己没有得到丈夫的激情，但她和丈夫乔百祥一样理性、精明，她热爱金钱，轻易就被上海这"立体的金钱旋涡"卷了进去，投身股份公所，"那股份公所就像庄稼地，钱投入进去会自己长出收成"。从王小虬到乔百祥、姚远纶，包括汀康、法国人范里克斯等外族人，每一代上海人，都希望自己能够找到上海的隐秘钥匙，并驾驭上海滩，他们成就了上海，上海也塑造了他们的性格和行为方式。

《大裁缝》中的上海，进入20世纪后，就没有了四季轮回。19世纪上海那"春花开又落……天就一日比一日暖""桃树挂了果子，金橘树也在香喷喷地扬花，白花招来青蜂"的田园美景，已经消失在了时间的深处。长袖善舞、在内外各种势力之间游刃有余的乔百祥，这个真正的世界主义者——魔都上海最好的产品，在日本人占据了上海后，带着家人黯然离去，远赴英伦。在日本交还公共租界给汪伪政府的仪式上，他俯身相框看一眼，"看见一个无头女孩走动了起来，朝着相框深处越走越远，渐渐成了飘动的虚影……"。

本文原载于《文学艺术周刊》2022年第8期，收录时略有删节。

她有一双阿小的眼睛

——张爱玲在《桂花蒸 阿小悲秋》中的身份置换

任茹文①

阿小在城市的背面出场。20世纪40年代的老上海有漂亮的脸，那是有轨电车、橱窗、时装、时髦人和法国梧桐的前门脸。背面是由后弄堂、后楼梯、后窗、后阳台和后院组成的落木悲秋的生活芯子。《桂花蒸 阿小悲秋》开场是一串关于后院、后窗、后拱堂、天也背过脸去的形容，明确了城市人群的活动界限，划出一个困难的生存空间，说明了阿小的处境。

> 丁阿小手牵着儿子百顺，一层一层楼爬上来。高楼的后阳台望出去，城市成了旷野，苍苍的无数的红的灰的屋脊，都是些后院子，后窗，后烘堂，连天也背过脸去了……②

阿小的老家在苏州吴县的乡下，她的妈妈爱她，定期找人用半文半白的文字给她写信，上面写着"丁阿小女仕玉展"，信中说需要她挣钱买药和绒线衫来帮助她，"交女带点三日头药"和"一件绒线衫"，落款是"九月十四日母王玉珍寄"。寄来的家信，是阿小的人生一头，那是在苏州吴县乡村的过往岁月与亲情。"丁阿小手牵着儿子百顺，一层一层楼爬上来"，高楼上的新式

---

① 任茹文，1974年生，女，文学博士，浙江越秀外国语学院教授，稽山学者，硕士生导师，研究领域为中国现当代文学与文化、海外华文文学与海外汉学。
② 金宏达、于青编：《张爱玲文集（全本）》，安徽文艺出版社1996年版，第109页。

城市公寓是阿小工作的地方，她为一个生活在上海的年轻的穷而吝啬的洋人哥儿达工作，他提供给她的是有时间限定的家政服务——洗衣、做饭、打扫卫生和接电话。

《桂花蒸　阿小悲秋》写于1944年9月，是张爱玲上海时期的小说中很特殊的一篇，过去被注意得不多。张爱玲到美国后，于1962年将这个小说改译成英文版 *"Shame, Amah!"*（Amah意为阿嬷，是亚洲国家的女佣、保姆或奶妈之意），可见她自己对这个作品的重视。张爱玲只有极少量作品写社会的底层人物。为回应她写作题材狭窄的问题，她在《写什么》的开头说"要末只有阿妈她们的事，我稍微知道一点"。

阿小应该能代表张爱玲所写的极少数城市底层的一类人，她们算不得赤贫，因为住在东家有衣食保障，有佣工收入；但也算不得有产者，她们靠劳动为生，年事一高即告老还乡。阿小也不是富人家里长期雇佣的固定仆人阿妈，而是在大上海这个繁华都市里靠着勤劳聪明自由流动的临时雇佣工人。她从苏州吴县乡下来，是长相清秀、手脚伶俐、适应力强、肯学习、悟性好的苏州姨娘，是20世纪三四十年代华洋杂处的大上海劳动群体中帮佣的上层结构一分子。

《桂花蒸　阿小悲秋》的叙事角度准确、有力度，张爱玲借阿小之眼看到20世纪三四十年代上海各国流浪人的生活真相。阿小有聪明的大脑、锐利的眼睛，还有菩萨心肠。她既会和小姐妹用家乡话聊小姐妹要不要回乡下去成亲，也会用不同的声音说各种"哈罗"帮助雇主应付各色各国的女人。雇主和帮佣之间有着社会阶层的大差别，但生活贴近无隐私。

张爱玲手笔老辣，不绕弯子，不浪费笔墨，她向来如此，因此在这一篇里写主仆二人一点不手软。阿小是称职敬业的帮佣，她有能干的双手，帮哥儿达打扫做饭；有玲珑的嘴，帮他圆谎应付。哥儿达肮脏堕落，贫穷悭吝，谎言成篇，简直一个"脏"字了得。东家的屋子就是外国："这时候出来一点太阳，照在房里，像纸烟的烟的迷迷的蓝。榻床上有散乱的彩绸垫子，床头有无线电，画报杂志，床前有拖鞋，北京红蓝小地毯，宫灯式的字纸篓。大小红木雕花几，一个套着一个。墙角挂一只京戏的鬼脸子。桌上一对锡蜡台。房间里充塞着小趣味，有点像个上等白俄妓女的妆阁，把中国一些枝枝叶叶衔了来筑成她的一个安乐窝。"[1]

阿小既看穿哥儿达，瞧不起他；又同情哥儿达，带着悲悯帮助他。哥儿达生活堕落，经济窘迫，女人换个不停，招待女友却连面粉都没有，只能做甜鸡蛋。于是阿小倒贴上自己的面粉，做了鸡蛋饼端进房间，自己和儿子百顺吃菜汤面疙瘩。她在中国的底层嘲讽地看着已日落西山的各国流浪人，又在自己的地盘上死死地撑住尊严，像母亲一样不能忍受所有她管得着的孩子丢脸出丑。

嘲讽不留情面，悲悯铺天盖地。阿小自己的生活那么寒碜，她还要拼尽全力顾全雇佣她的人，还要提防剥削她的人。她结了婚，丈夫跟阿小到上海做裁缝，因丈夫没有钱，得不到家里的承认。乡下母亲寄来的信里从不问候她的男人。孩子已经读书，但夏天热得要死的亭子间仅够母子二人容身，她的丈夫回家，她就要把孩子寄放在对过人家的阿妈那里。她本想将孩子暂寄在对门，回家和丈夫团聚。等到伺候完主人，深夜回家的阿小因一场大雨折返，将孩子接回一起蜷缩在哥儿达的厨房里，那张招待客人的折叠旧式大菜台成为阿小母子二人在夏天深夜的栖身之所，"瘦小得像青蛙的手与腿压在百顺身上，头上的两只苍蝇，叮叮地朝电灯泡上撞"[2]。

无家可归、自尊异常还不忘怜悯他人的阿小多像张爱玲。大家通常误会张爱玲出身高贵、性格清冷，事实上她在很多作品中都有一双阿小式的眼睛，看得清，看得深，虽飘零落难、身处艰难，但仍怀着广大的悲悯，她希望世界上的人们都在自己可能的地盘上好好地活着，正常地活着。

她一直有一双阿小的眼睛。写于1944年的《谈跳舞》回忆她在香港大学读书时遇到的俄国女孩："有一年暑假里，修道院附属小学的一群女孩搬到我们宿舍里来歇夏……俄国女孩纳塔丽亚跟着唱片唱：'我母亲说的，我再也不能……'"纳塔丽亚的耳朵会动，她和她姐姐都是孤儿，被美国人拣去，美国人回去后，把她留在修道院，她"自己也不明白怎么会落到这凄惨的慈善的地方"。暹罗女孩玛德莲，"家在盘谷，会跳他们家乡祭神的舞……然而家乡的金红煊赫的神离这里很远了。玛德莲只得尽力照管自己，成为狡黠的

---

[1] 金宏达、于青编：《张爱玲文集（全本）》，安徽文艺出版社1996年版，第112页。
[2] 金宏达、于青编：《张爱玲文集（全本）》，安徽文艺出版社1996年版，第119页。

小奴才"。马来亚的华侨，"淡黑脸，略有点刨牙的金桃是娇生惯养的"。从另一个市镇来的月女，她的空虚"像一间空闲着的，出了霉虫的白粉墙小房间，而且是阴天的小旅馆"。①

张爱玲幼年时，她母亲用首饰当钱给她请钢琴老师，她在《谈音乐》中写小时候教琴的俄国老师，"宽大的面颊上生着茸茸的金汗毛，时常夸奖我，容易激动的蓝色大眼睛里充满了眼泪，抱着我的头吻我。我客气地微笑着，记着她吻在什么地方，隔了一会才用手绢子去擦擦"②。张爱玲说："华侨在思想上是无家可归的，头脑简单的人活在一个并不简单的世界里。"③在沪港两地的生活经历使张爱玲熟悉全世界城市里的流浪人，他们的现实困难和尴尬心境天底下都一样，好比从吴县乡下来到繁华大上海的阿小。

20世纪40年代在沪港两地的生活经历教张爱玲早早认识和读透了这样一些人。《沉香屑 第一炉香》里她写得多透彻："这儿的白种人哪一个不是种族观念极深的？这就使他本人肯了，他们的社会也不答应。谁娶了个东方人，这一辈子的事业就完了。这个年头儿，谁是那么个罗曼蒂克的傻子？"④《连环套》里藏着张爱玲一厢情愿的深情和对众生的悲悯。霓喜，腌臜人生，历经千劫，孰料她最后来到日本长崎。在长崎，霓喜是神秘的赛姆生太太，避暑的西方人全都很注意她，猜她是大人物的下堂妾。冒险小说里的不可思议的中国女人，夜礼服上满钉水钻，像个细腰肥肚的玻璃瓶，装了一瓶的萤火虫。有时霓喜也穿中装，因为没裹过脚，穿的是满洲式的高底缎鞋。

《倾城之恋》中的白流苏从没落的上海旧家庭里来，一到香港，就被艳光四射的印度萨黑夷妮公主比下阵去。经过战火洗礼，看穿浮生若梦，幸借时局成全，白流苏终于成为范柳原太太，在家招待落魄三天没有饭吃的黑公主。黑白斗法，白胜黑输，不能不说是张爱玲在她的时代里表达对同族人情感的最后一点挣扎。

在艰难的时代里受五四一代影响而成长起来的张爱玲，她当然知道唤醒

① 金宏达、于青编：《张爱玲文集（全本）》，安徽文艺出版社1996年版，第778—780页。

② 金宏达、于青编：《张爱玲文集（全本）》，安徽文艺出版社1996年版，第786页。

③ 金宏达、于青编：《张爱玲文集（全本）》，安徽文艺出版社1996年版，第780页。

④ 金宏达、于青编：《张爱玲文集（全本）》，安徽文艺出版社1996年版，第191页。

国人民族自觉、去除民族自卑的迫切需要，但她那为流落人设身处地的宽容，使她不能赶尽杀绝，要给他们一条生路，使他们在各自可能的地盘里最低限度地好好活着。

在张爱玲写过的所有女性中，底层女性——贫苦的阿小异常闪光，称得上伟大，虽然张爱玲自认不会写伟大的好人，只会写时代纪念碑下沉默的大多数。阿小是宽容的、奉献的、隐忍的和自我牺牲的母亲，隐喻着人类原始的"无邪的子宫"，是给在大地上辛苦活着的人们提供生存营养的沉默的母亲，在人性的广大上体谅和照顾卑微众生。

在士气低落的20世纪40年代早期，张爱玲带着近乎原始的朴素的尊严，借由阿小，表达中国女人如大地一样的坚韧、包容，以及她们的命运挣扎和尊严自救，阿小如同"有着无瑕的子宫的圣母"，"说到欧洲的圣母，从前没有电影明星的时候，她是唯一的大众情人，历代的大美术家都替她画过像"。①天下所有的母亲尽力自己过好，也希望所有人都过好。管得着的地方，她都想带着怜悯去拯救，不能忍受人类的任何自我堕落。比如阿小这个"伟大的圣母"原谅并尽力拯救她愚蠢的孩子。

《桂花蒸　阿小悲秋》的结尾："阿小向楼上只一瞥，漠然想道：天下就有这么些人会作脏！好在不是在她的范围内。"②阿小给洋人哥儿达帮佣，她清洁他的房间，如圣母一样清洁他的生活和形象，维护他的体面和尊严，就如张爱玲受不了任何人的堕落和愚昧。写于1946年的《异乡记》记录了张爱玲一路上看到的满目疮痍的底层民间，记录了士兵、农民、小市民、小军官、医院里的普通医生、世代居住在乡下的乡民的战后生活。火车"在上海边缘的一个小镇上停了一会，有一个敞顶的小火车装了一车兵也停在那里……看他们嘻嘻哈哈像中学生似的，却在灰色的兵车上露出半身，我看着很难过"③。

不自觉的生活，没等到老去就死亡，蒙昧成这样，令人难过，他们自己却并不知道难过，实在更令人难过。人间的悲苦太多，只得往回缩，管好自

---

① 金宏达、于青编：《张爱玲文集（全本）》，安徽文艺出版社1996年版，第774页。
② 金宏达、于青编：《张爱玲文集（全本）》，安徽文艺出版社1996年版，第120页。
③ 张爱玲：《异乡记》，北京十月文艺出版社2010年版，第4—5页。

己的地盘。张爱玲后来的避世，不是因为"冷"，而是因为懂得和彻悟。

2012年，我在加州大学伯克利分校寻访张爱玲的痕迹，寻找张爱玲受陈世骧先生邀请在中国研究中心工作时的旧址。当时，中国研究中心已搬迁至学校外面大街上的一栋独立楼宇里。从中国研究中心出来，经过伯克利地铁站，不远处有一幢巧克力色的大楼，据说是张爱玲在伯克利期间居住的地方，那是在1971年。1972年，张爱玲移居洛杉矶，开始过半隐居生活。伯克利中国研究中心的安德鲁教授曾翻译过张爱玲的《流言》，她说，那时张爱玲走在伯克利周围的大街上，是一个不受人注意的平常老太太。她淹没于人群，是平淡的一滴水，是清洁的一滴水。无论到哪里，张爱玲都带着一双阿小的眼睛，看到别人所看不到的，她锐利、自尊，坚守内心又体谅他人。

从苏州吴县的乡下来到大上海的阿小，从上海到香港又从香港到美国的张爱玲，在异乡的天空下，在流离的生命里，有着生命的尊严、母性的坚韧和精神的洁癖，清洁自己管得了的地方，放弃自己管不了的地盘。张爱玲在人生后二十年的避世隐居或许可以由此得到一点解释："好在不是在她的范围内。"

本文原载于《印刻》第207期，收录时略有改动。

第三部分　书画评论

舍形取意　独抒性灵

——徐渭大写意花鸟画的艺术张力及其心学基因

刘孟达[①]

徐渭（1521—1593），字文长，号天池山人、青藤道士、署田水月等，明代中晚期绍兴府山阴县人，与解缙、杨慎并称"明朝三大才子"，是中国古代十大画家之一。他一生怀才不遇、命途多舛、穷愁潦倒，却以奇崛的构思、精湛的运笔、独特的墨法开创水墨淋漓、气韵超逸的大写意花鸟画风之先河，对后世中国绘画的影响极为深远。

一、徐渭大写意花鸟画的艺术张力

艺术张力就是通过艺术作品新颖的视角、唯美的形态、独到的技法、卓殊的造型等因素给观者带来的视觉冲击力和情感感染力。艺术家在创作过程中通过制造艺术张力来抒发真性情，人们也通过体验艺术张力来品鉴作品的艺术美感。

作为大写意花鸟画派的一代宗师，徐渭以奔放不羁、激狂奇险的笔墨语言，在"似与不似之间"营造出酣畅淋漓、奇逸洒脱的审美空间。从其艺术特质来看，徐渭的大写意花鸟画彰显出无与伦比的艺术张力。

1."草书入画"的动势张力。在很大程度上，徐渭的大写意花鸟画得益于

---

① 刘孟达，1963年生，男，中共绍兴市委党校教授，绍兴市文史研究馆馆员，绍兴市文艺评论家协会名誉主席，主要从事地方文化研究。

书法功底。在徐渭笔下，所有的花卉物象（葡萄、荷花、芭蕉等）都被转化为随意挥洒的草书的点画使转。他将恣肆的笔法、自如的意态、波动的狂草线条，连同他的水墨笔法、精巧的构图及内涵融会贯通，使整个画面跌宕纵横，具有强烈的节奏性和律动感。在《雪竹图》（图3-1）中，徐渭先画山石，侧锋铺毫往下一刷，蘸墨后中锋顺下，转腕又侧锋铺毫做顿；继续蘸墨，侧锋铺毫，向上顿挫做冲；再蘸墨，逆锋入纸下写做提、转、拧、扭等。此时，行笔速度渐快，各种动作无不喷薄而出。整个画面充满着草书的节拍和旋律，中锋、侧锋交错使用，线条律动感十足。在《榴实图》（图3-2）中，画法与右上方草书题诗的笔法一致，圆笔中锋采用逆锋入纸，运用从上向下顺势的笔法写出石榴的枝干，其中包含了破笔、断笔，笔断意连，其动势张力跃然而出；以湿墨撇出榴叶，笔法纵逸，圆笔侧锋撇画，顺势短捺，极具书写气息。笔跟墨走、墨随笔生，使画面形成以笔墨

图3-1
徐渭《雪竹图》，
77 cm×119 cm，
关广志藏

图3-2
徐渭《榴实图》，
26.6cm×91.4cm，
台北故宫博物院藏

为主的骨气，产生变幻莫测的动态感。

2. "狂扫涂抹"的移形张力。"移形"就是在绘画造型时，运用拟人手法对自然物象加以改变。为了宣泄自己的非理性情绪，徐渭喜欢用"醉后狂扫""小涂大抹"等夸张手法，以改变绘画物象的比例来增加其在"视觉场"中所生成的移形张力，营造出一种"意料之外，情理之中"的冲突之美。对那些

司空见惯的梅兰竹菊等花木，以及鱼虾、蔬菜、水果等，徐渭总是有意以劈头盖脸、疾风暴雨般的书墨泼洒和粗笔横扫的方法，构建与众不同的"异化"意象。与别人画竹意在颂扬其挺拔高雅的品质不同，徐渭画竹，多画断竹、雪竹、风竹、雨竹、枯竹等，意在表现竹子在自然生长过程中经风吹、雨打、雪压的摧残与折磨，仍傲然挺立的顽强精神。徐渭的《竹石图》（图3-3）画的是"雨中竹石"，他以饱蘸水墨之笔，抓住竹石的湿润形态，所画枝叶圆润灵动；那块以淡墨染面、以浓墨积阴的石头，更是玲珑剔透，象征着画家虽然历经雨横风狂，却仍然像雨中竹石那样傲然挺立、坚忍不拔。

3. "以墨代色"的色彩张力。在徐渭的花鸟画中我们很少看到色彩。他独爱墨色，不仅用纯墨描绘山水、人物，还用它描绘花鸟。在徐渭笔下，即使象征雍容华贵的牡丹也是纯墨色的，如《水墨牡丹图》（图3-4），充分表现墨色的浓、淡、干、湿，没有丝毫拖泥带水，潇洒自如，一气呵成，使牡丹

图3-3
徐渭《竹石图》
38 cm×122 cm，
广东省博物院藏

淡雅中不失高贵。徐渭用墨色表现本来色彩绚烂的牡丹，除了源自他对墨色的偏爱，还源自其内心的孤独、抑郁与悲凉。徐渭曾赋诗云："五十八年贫贱身，何曾妄念洛阳春？不然岂少胭脂在，富贵花将墨写神。"吐露他苦闷的心境和对命运的无奈。在《墨葡萄图》（图3-5）中，徐渭用五色墨点的笔触技巧画出倒挂枝头的葡萄，造成鲜嫩欲滴、晶莹透彻的效果；葡萄藤则用干墨勾勒，错落低垂，枝叶纷披；以浓淡相间的大块墨色展现出斑驳的叶片，层层叠叠的叶子在画面右上角形成了一片黑色的面，而画面中间的空白被错落的线条分隔，使空白处也不失单调。在《黄甲图》（图3-6）中，两片行将凋零的肥阔荷叶之下，一只螃蟹缓缓爬行。画家留出大片空白表现秋水，荷叶、螃蟹墨色淋漓，整幅作品干湿浓淡恰到好处，饶有笔情墨趣。此作以泼墨泼水而成，几乎没有线条，看上去墨分五色、浓淡有致、形态生动。侧面荷叶用大笔横涂，数笔连排成一片大叶，未勾叶筋；正面荷叶则以墨笔侧锋由外

向中心横涂，如车轮状，中间留出一片空白，然后从中间向四周画出叶脉，略呈辐射状；叶柄以水墨中锋一笔而成，加小点以示梗上刺毛。这说明，徐渭对墨色浓淡燥润的把握是精到绝伦的。他大胆运用浪漫主义的墨法和画风，拓展了古人的用墨空间。

图 3-4
徐渭《水墨牡丹图》，
33 cm×109.2 cm，
故宫博物院藏

图 3-5
徐渭《墨葡萄图》，
64.3cm×116.4cm，
故宫博物院藏

图 3-6
徐渭《黄甲图》，
29.7cm×114.6cm，
故宫博物院藏

4. "黑白对比"的明度张力。徐渭不仅关注画面的虚实、开合、主次、疏密等关系，还巧妙地利用空白形成奇妙的意境。他还讲究画面的黑白对比关系，通过有意夸大黑白对比强度来增强明暗度。在许多画作里，徐渭不但用墨色来体现石头，而且有时也用白色来处理。在《芭蕉梅花图》（图3-7）中，画面的左侧边缘有两枝芭蕉出势，出枝处大致处于黄金分割点位，画家用墨色润染出白色的太湖石来做布景衬托，石头像一个矩形，整个画面黑白对比十分明显。在《蕉石图》（图3-8）中，石头以浓墨画在画面的左边，黑墨块形成一个大三角形，使画面产生张力，余下的空间则通过石头背后不完整的芭蕉叶分隔开来，以细小的芭蕉叶来构成灰色块面，自然地与白色的背景和黑色的石头进行过渡。浅墨色的芭蕉叶则用大面积的白和小黑块来烘托，使之成为画面的重心；黑色的石头与右上方的题款遥相呼应，使画面的重心不会产生偏移，形成画面的平衡。在《蔷薇芭蕉梅花图》中，徐渭题诗曰："芭蕉雪中尽，那得配梅花？吾取青和白，

图 3-7
徐渭《芭蕉梅花图》，
35.5cm×160cm，
辽宁省博物馆藏

图 3-8
徐渭《蕉石图》，
91cm×166cm，
瑞典斯德哥尔摩东方博物馆藏

霜毫染素麻。"他将芭蕉叶（青色）与梅花（白色）放在一起，取青媲白，暗示自己不肯同流合污、清白立身的浩然正气。

　　5. "乱而有序"的空间张力。貌似纷乱、实则有序是徐渭大写意花鸟画的构图特点。以《墨葡萄图》（图3-5）为例，乍看整个画面纷乱、杂沓、无序，实则如此"门"字形画面构思巧妙，不落窠臼。画家将独特的笔、墨、题款综合运用，形成了和谐、平衡、相互呼应的画面效果。主干和叶子间的墨色形成一个三角形的区域，而画面下方空白区域则被两条小的分枝切割成三个不同的三角形，给观者以强烈的视觉感受。而纸张边沿四分之一处是主干的出枝点，呈现黄金分割比例，两条细枝遥相呼应。矩形的题款不仅与画中的三角形形成鲜明的对比，而且画面中上部的留白位置分隔开，使三角形区域和矩形题款相互呼应，从上到下、自左及右，达到了空间的平衡。徐渭还常

常将不同时序、不同特性的物象杂糅到一起，营造出幻境般的视觉空间。在《蕉石图》（图3-8）中，芭蕉叶中伸出一枝梅花。梅花应在冬天开放，而芭蕉一般到了秋季就会枯萎，可在徐渭的画面中，芭蕉在冬天依然生机盎然，看似无章无序，却"无法中有法""乱而不乱"。徐渭手握表现主义的魔棒，将积压于心头的愤懑情绪具象化，绘写出自己当时失意落寞的心境。

二、徐渭大写意画艺术张力的心学基因

徐渭出生那年，49岁的王阳明已在绍兴完善了他的心学谱系。徐渭涉世不久，又适逢阳明心学风靡天下。这在客观上为他形成"独抒性灵""狂狷率真"的人格特质提供了丰腴的精神营养。王阳明倡导"修身，必先修心"，他"把儒学固有的'有'之境界推至至极……从儒家的立场出发，充分吸收佛道的生存智慧，把'有我之境'与'无我之境'结合起来，以他自己的生命体验"[①]。可见，阳明心学是儒释道思想精髓的融会贯通，其核心是强调个体价值，高扬主体意识。阳明心学给晚明一些文人士子崇尚自我的心态提供了理论依据，也给任性自适、狂放不羁的徐渭从事特立独行的艺术创造，带来了极大的心理慰藉和情感支撑。

在阳明心学思潮的浸润下，作为王阳明的同乡和得意门生季本、王畿的嫡传弟子，徐渭常以"王学传人"自居。他将心学称为"圣学"，在书画创作中自觉秉承了阳明心学的核心要义。可以说，阳明心学是造就徐渭大写意花鸟画艺术张力的"内在精神"。

1.徐渭"本色自然，破除诸相"的绘画主体观，源自阳明心学的"无相为宗"说。阳明心学吸收了禅宗"以知为心体""无相为宗"等思想，认为事物的"相"是由心造成的，只有摆脱了这些具象的"相"，才能认识到"真如实相"。良知具有超乎想象的认识能力和洞察能力，它本身能自觉分别善恶，而不为是非所囿，不为外物所累。与此相类似，徐渭向往返璞归真，崇尚自然本色。他主张绘画要"破除诸相"，以还原其"本色"与"真我"。他在

① 陈来：《有无之境——王阳明哲学的精神》，人民出版社1991年版，第8页。

《金刚经跋》中说："妄意必谓无实无虚中直得把柄，方是了手。"①于是，一张画纸，寥寥数笔，或浓墨勾勒，或淡墨烘托，徐渭总是在洒脱的笔墨中率真而无所顾忌地抒写"本色"性情，宣泄积压在他内心的愤懑情绪。他在画作《水墨牡丹》中题诗云："腻粉轻黄不用匀，淡烟笼墨弄青春。从来国色无妆点，空染胭脂媚俗人。"②只有褪去色彩的牡丹，才能展现其"本色"，真切地表达了徐渭孤芳自赏、宁愿忍受孤独也不愿随俗沉浮的傲人心态。

2.徐渭"随手所至，出自家意"的绘画创新观，源自阳明心学的"心外无物"说。在王阳明看来，"心外无物""身之主宰便是心"。当心灵安定下来，不为外物所动时，本身所具备的巨大智慧便会显露出来。人们不必从心以外去寻找"真理"，因为心以外的认知都是自己内心感知的映射。与此相契合，徐渭认为，绘画的创新点就在于"随手所至，出自家意"③。在他看来，唯有摒弃僵化的"法度"，才能气韵超逸、生动传神。他时常怀着"戏谑""玩世"的心态绘画，在题画诗中称自己是"戏涂"。"世间无事无三昧，老来戏谑涂花卉……葫芦依样不胜揩，能如造化绝安排。不求形似求生韵，根拨皆吾五指栽。"④徐渭画梅，却不关注画梅花的画谱，只须"信手拈来"便足以表现梅花的神采，他在《墨花图卷》中题诗曰："从来不见梅花谱，信手拈来自有神。不信且看千万树，东风吹著便成春。"⑤不求形似，不拘泥于"程式化"的古法，就能描绘出绘画对象的神韵，体现出徐渭不肯受传统法度的约束、笔下自由无碍、以无法为法的那种睥睨千古的气度。在《墨葡萄图》（图3-5）中，其用笔看似不经意、若断若续，实则笔与笔之间有"笔断意连"的"气"贯通着；其用墨看似狂涂乱抹、满纸淋漓，实则墨团中有墨韵，墨法中显精神。这正是徐渭毕生追求的审美境界，更是他"崇尚自由、追求个性"人格取向的折射与映照。

正是基于对"随手所至，出自家意"的审美追求，徐渭的绘画创作无不体现出对创新的尊崇，为传统的写意绘画开辟出了气韵生动的创作空间。在

① 徐渭：《徐渭集》，中华书局1983年版，第505页。
② 李德仁：《徐渭》，吉林美术出版社1996年版，第411页。
③ 李德仁：《徐渭》，吉林美术出版社1996年版，第388页。
④ 徐渭：《徐渭集》，中华书局1983年版，第154页。
⑤ 李德仁：《徐渭》，吉林美术出版社1996年版，第373页。

徐渭看来，"绘画艺术的简与繁、重与轻、纤与秾是各有其美的，最重要的是要有'妙于鉴者'之心，即依据艺术家内在的情感意绪特质表现出对象的生命与活力，使其生动感人"①。徐渭善于运用笔墨语言抒发内心的真挚悟性，使自己在情和理中找到平衡。笔墨成了他体悟人生最好的媒介，彰显出"真我"的心智绝响。在《风竹图》中，徐渭用幽静的竹子表现稍纵即逝的声音，让画面与内心的真切感受融会贯通，让人感受到风吹竹梢时那种"君听竹梢声，是风还是哭"的悲凉之境。徐渭还认为，抒写"胸中逸气"是绘画的最高境界。"酒醉饭饱后，随手所至，出自家意，其韵度虽不能尽合古法，然一种山野之气不速自至，亦一乐也。"②这是徐渭狂放不羁的个性与向往自由的人生理想的真实坦露。

3.徐渭"舍形悦影，幻中求真"的绘画造型观，源自阳明心学的"格物正己"说。阳明心学认为"心正即物正"，只须开启"良知"，"心"就是标准。与此相呼应，徐渭提出了"舍形悦影，幻中求真"③的审美意境。他追求茫茫的"淡烟光"，所绘物象多经主观处理，花草可以杂四时，天气可以阴晴不定，枝叶可以随便安排。他在《十二墨花诗画图卷·竹》上题诗云："枝枝叶叶自成排，嫩嫩枯枯向上裁。信手扫来非着意，是晴是雨凭人猜。"④在这里，徐渭试图用幻而不实的"影"取代具象化的"形"。影子虽虚，却能传神，表达出生命里微妙的、难以模拟的真。徐渭《山水》诗云："冻云漠漠影模糊……为写寒塘雪霁图。"取象模糊的"影"，是为了强调存在的非真实感，表明绘画要超越具体形象。其目的就在于化具体为虚灵，让绘画成为心灵栖居的空间，即将外在客体形象变为心象。形貌绰绰的"影"与外在物象拉开距离，天真淳朴，而更接近内在真实。在《芭蕉梅花图》（图3-7）中，徐渭借助淋漓的水墨，恣意任情，横涂大抹。在一块太湖石前，一株叶片稀疏的芭蕉挺拔直上，几枝梅花从蕉叶丛中伸展出来。画面中，虽然作为自然物象的芭蕉、梅花、太湖石以曲线为主，但画家通过草书的用笔化曲为直，通过墨笔的干湿浓淡挥洒自如，使得画面造型影影绰绰，似花非花，似叶非叶，

①　傅合远：《论徐渭的艺术美学取向》，《山东大学学报（哲学社会科学版）》2012年第4期。
②　徐渭：《徐渭集》，中华书局1983年版，第1324页。
③　徐渭：《徐渭集》，中华书局1983年版，第572—573页。
④　徐渭：《徐渭集》，中华书局1983年版，第84页。

给人以浑沦之感。在《驴背吟诗图》（图3-9）中，画家用水墨写出人物和树的影子，甚至用扭曲的线纹画驴的四蹄，不写实，却令人感到驴从容前驰的节奏，仿佛听到蹄声滴答，使画面更为生动而有音乐感。在这里，徐渭将外在表象虚幻化，以逸笔草草的绘画形式，在非形与形之间形成了似幻似真的关系，以此超越外在的色空之辨，不黏滞于物，使人由幻返真、离相为本，彰显生命本色。

客观地讲，徐渭的大写意花鸟画既缺乏当时社会所认同的吴门画风中温和平顺、儒雅端庄的气质，也缺少浙派画风所具备的各种题材皆擅长、画什么像什么的娴熟技法。而且，徐渭习惯于运用简单的构图（如长卷形式的间画间题分段折枝花卉的构图法）；"泼墨"采取大笔或简笔挥写，往往以一种非主流的、近乎"狂纵"的面貌示人。他的大多数画作是为了排遣自己心中的块垒。徐渭的山水画、人物画很少，这是因为绘画毕竟是造型艺术，完全脱离形式不可能也不可取，山水画须要掌握太多的专业技法，人物画须要形似，这都不是徐渭一个半路出家的画家所擅长的。他的绘画不为时人所关注和器重，似乎是情理之中的事。尽管如此，徐渭大写意花鸟画的艺术张力确实具有深层次的精神意蕴。它以"阳明心学"为内核，以"本色论"为要旨，以"狂禅者"气象、"愤乐派"品格、"逍遥游"姿态等为外在表现，各种元素之间互为生成、互相影响。这正是徐渭人格特质的思想投影，也是他笔墨世界里的一角文化缓存空间。

图3-9
徐渭《驴背吟诗图》，
30cm × 112.2cm，
故宫博物院藏

本文为"徐渭诞辰500周年纪念活动"特稿，原载于《中国书画报》2021年3月24日。

更有谁相比　脉脉同谁语

——周文郁、周世昌、周英杰、周鹏程书画作品臆评

王　伟①

　　我在与一些朋友闲聊从家族史视角来看待文学艺术传承现象时，常常用绍兴的民间谚语"富不过三代"来借喻。此话意思是，家庭财富从无到有再到富足，是个积累的过程，但财富积累至三代，肯定要走下坡路，乃至家道败落。这话虽没有科学依据，但是从无数实际事例中总结出来的，有一定统计学上的意义。不要说财富积累，其实各行各业都存在这样的情况，如我们熟悉的近现代的一批书画名家和著名学者，他们的后代有几个仍在从事与上一代同样的事业？即使从事同样的事业，有几个人的成就能超得过他们的前辈？所以说，"富不过三代"还是有一定的道理的。但谈及绍兴书画世家的周文郁、周世昌、周英杰、周鹏程的四世传承，我以为"富不过三代"这话失灵了。所以，面对书画艺术在周氏四世的传承与发展，我觉得其中诸多因素都值得我们去深入了解和思考。

　　由浙江省书法家协会、中共绍兴市委宣传部、绍兴市文学艺术界联合会、民盟绍兴市委员会联合主办的"濂溪渊远——山阴周氏四代书画作品展"，向人们展示了书画艺术在这个家族中的传承与发扬光大。书画展主题中出现的"濂溪"一词，昭示山阴周氏的远祖是北宋以《爱莲说》一文名世的儒学大师周敦颐。周敦颐时称濂溪先生，他的一句"予独爱莲之出淤泥而不染"不知

---

① 王伟，1966年生，男，中国书法家协会会员，浙江省书法家协会学术委员会委员，主要从事书画评论。

影响和勉励了多少代人，至今为人称颂。

那么，我可以先下结论：是生生不息的文脉维系着周氏四世的书画艺术。要对周氏四世的书画艺术做出恰如其分的评价，我以为着笔时不能离开渊远的文脉，也就是说，要着眼于文化的笔调和意境来评说。故我对四人的述评均借用宋词来点题，以期与他们的书画意境、人生感悟相契合。

一、关于周文郁：似曾相识燕归来

周文郁生于清末。清政府被推翻、中华民国成立时，周文郁正是20岁出头的青年。从时间段来说，周文郁当属民国时期的书法家；从书法风格来说，他的作品也深深地烙印着民国书法风范。我以为，民国书法的特征可以用一句话来概括，那就是将清末碑学推至极高境，渐开辟碑帖相融之道。纵观书法史，每个书法家无论个性风格如何突出、如何别开生面，总逃脱不了时代风尚沐浴下的痕迹，只不过表现强烈程度不同而已，说得更直接些，每个书法家不可能挣脱时代气息的笼罩。基于此，我们就可以将周文郁的书法放在整个民国书法的时代背景下来评述，来衡量他的书法艺术成就的高低。民国书法承清末碑学猛烈之余绪，所以那个时期，周文郁也与许多绍兴书法家一样，以碑学立基。而绍兴书法家中当以徐生翁为杰出代表，以生翁先生的眼格，他看得上的书法家肯定也是出类拔萃的。生翁先生当年用"高古"两字来概括周文郁的书法，我以为这个评价是恰如其分的。现在我借"高古"一词，略作评述。

周文郁书法"高古"之品位在于丰厚，显示在两个方面：一是从其人生经历和学养来看。周文郁早年毕业于浙江大学前身浙江求是学院。生于清末的周文郁考中举人后，又在拔贡考试中取得全浙江省第一的成绩。他曾任吴兴县地方法院首席检察官、绍兴县箔税局总务科长，又曾应徐树兰之邀，助其整理图书典籍，并任教于绍郡中西学堂。周文郁的一生多浸润文事，书卷气由此深深地融入了他的碑版书风之中。二是从其书学取法和创作实践来看。我以为，远绍古迹是他一生的书学宗旨来源；也就是说，他在书法上的取法是能直接取源头就坚决不扫尾。现在周文郁书法的研究者多认为他于《祀三公山碑》《好大王碑》《娄寿碑》用力甚多，这当然不错。其实从他遗存的书迹来看，他取法的古迹是相当宽泛的，他于两周金文和其他一些汉隶经典的功夫也极深厚。他所临的汉隶目前可见的有《开通褒斜道刻石》《礼器碑》《孔宙碑》《校官碑》《石门颂》等；他所取法的两周金文目前能见得到的是《齐侯铭》《王子申盏铭》等。周文郁也常以所临两周金文、汉隶赠送朋友。由此可见他一生临池之勤奋及对古代经典的用心和用意。以《祀三公山碑》为例，他不是呆板地临习和下死功夫，事实上，以他的悟性，他也不会完全落入此碑的窠臼。每一阶段他都有自己的新意和理解，可谓"一日有一日之境界"。早期取法《祀三公山碑》时，是忠实于原碑的结构和线质；及后，化入自己的理解，将《祀三公山碑》方扁的结构调整得渐趋灵动，线质也融入了金文意绪，更加沉厚，将其他碑版的"高古"元素融入《祀三公山碑》，这样"高古"意态愈加强烈。

周文郁书法"高古"之特征在于打通篆隶行草。也就是说，他取法篆隶行草时，没有将它们隔离开来，而是将各类字体融会贯通，书写金文时见汉隶线质，行草书的落款也是一派温柔敦厚的篆隶意趣，使通幅作品气息格调极为和谐。慢慢品读其作品，阵阵民国风扑面而来，极易使人联想起胡小石、台静农诸大家的风采，但又与胡小石、台静农拉开了距离。其作品的气息比胡小石、台静农更具古意，其作品的线质比胡小石、台静农更厚重；其古拙厚重，极易使人品味出李瑞清、曾熙等人的味道。据周文郁后人回忆，周文郁与李瑞清、曾熙多有交往，尤其与李瑞清交谊深厚，难免受其影响，但他避免了李瑞清、曾熙因一味追求金石味而使线质过涩的弊端。总体上，周文郁书法的线质是涩中求畅，不刻意于刀意而力求表现笔意，所以自具"高古"面目。

我始终持这样的观点：有清一代虽说是碑学中兴，但碑学的真正高峰其实在民国，渐有碑帖融合之趋向。民国出了那么多的书法大家，无一不具碑版特征。现在，当我们欣赏周文郁作品时，其民国风味往往给人熟悉的感觉，似曾相识燕归来！

二、关于周世昌：且向花间留晚照

从辈分来说，周世昌是周文郁的孙辈，从小即跟随爷爷周文郁去参加书画雅集活动，周世昌现在的书画成就按照绍兴人的通俗说法是"脚娘肚里窜出来的"，优雅的说法是"幼承庭训"。周世昌至今还依稀记得爷爷周文郁带着他与当时书画名人交往的情景，他常与儿孙津津乐道周文郁在书法活动中的种种雅事。总之，周世昌书画艺术的种子是周文郁亲自"种"下的。周世昌生于1927年，一生历经坎坷。他年纪轻轻就从事教育事业，生性耿直的他在"文革"期间被错划为右派，后被下放务农，默默承受生活的磨难，后得平反，重执教鞭。豁达乐观的周世昌将人生的幸与不幸都化作笔端的感悟，倾注于书画艺术，以先祖"独爱莲之出淤泥而不染"的立世原则，在书画中寄托自己的精神追求，并自觉架起家族的书画艺术桥梁，使书画之艺脉不断。

对于周世昌的书画艺术，我用这样的词来评价：扎根传统、自抒胸怀。

所谓"扎根传统"，一是在书法上，周世昌早年从唐楷起步而转入二王，中年于汉隶狠下功夫，晚年则恣意于历代草书大家，可谓路数广、功力深。二是他在中国画上，不断地在徐渭、陈洪绶、恽南田、新罗山人、八大山人、石涛之间游走，汲取历代大师的笔墨精华，化于自己的腕下，可贵的是至今不肯"结壳"。

所谓"自抒胸怀"，表现在画风上，特别是他的花鸟画走的是雅俗共赏一路，说得直白一点，走的是老百姓喜闻乐见的路数。他笔下的花卉表达的完全是平民心态，不故作高深。士大夫有士大夫的画风，老百姓有老百姓的喜好，两者并不矛盾。我以为"平常心是道"是对周世昌画风的最好诠释。他的画作没有矫揉造作，完全是一派自抒胸怀的表白。

相对来说，周世昌更多以画家的身份立世。在题材上，多以梅兰松竹和四季花卉入画；喜鹊、秋果、枇杷更是周世昌经常表现的画题；莲荷可以说是他最钟情的题材了，以寓其高洁之志。在笔墨上，以书法之线质入画，深得墨分五彩之要旨，用色大胆，不避原色，如《蕉梅图》中的红梅，梅朵所赋之色，纯是原色，与蕉叶的黑色形成强烈对比。在意境上，着意表现恬淡、冷峻、喜庆、高洁或热烈的意境，常以田园书屋落款，将对美好生活的追求倾注于笔端。

我以为周世昌的画最可贵的是，画家虽过耄耋之年，画面的气息依然年轻，没有一丝老气横秋，有的只是清新可人。周世昌将年轻时生活给他的磨难，转化为美好的画图！当我欣赏他的新作《菊香蟹肥》时，不禁感叹周世昌书画艺术生命力的旺盛。其画作具寿者相，"且向花间留晚照"，可谓对周世昌书画艺术的最好写照。

三、关于周英杰：依依似与骚人语

与周英杰的交往，给我一个强烈的感受是，周英杰是绍兴当代书法家中最具诗人气质的，他自信、自励、认真、谦逊，自谓深耕书学四十七载，可见其执着。我觉得一个书法家的天赋当然是重要的，但若徒有天赋，不肯花费时间耕耘，也是不可能在书学上功名成就的。周英杰的身上体现了天赋与功夫的比较完美的结合，所以他成功了，或者说离成功的彼岸越来越近。其实周英杰不光是在书法创作上有所建树，他在书法教育事业和书法学术研究上也是颇有成绩的。他教过的许多学生加入了中国书法家协会；他主编的浙江省基础教育地方课程教材《书法》（第五册），成为地方上学校书法教育的必备教材；近几年更有多篇书学文章发表于《书法报》《书法导报》《中国书画》等专业报刊。他对书法孜孜不倦的追求，使得他被浙江省书法家协会授予"2012年浙江省书法年度奖"。近年来，他在书法创作上更是成绩颇丰，其作品入选由中国书法家协会主办的全国首届行书大展、全国首届册页书法作品展、全国第二届册页书法作品展、全国第二届草书艺术大展、全国第三届行草书大展，以及其他各类全国性书法大展，可谓成绩斐然。

我觉得周英杰在书法艺术上取得这样的成绩，有两个最主要的原因：一是其书法学习上的"海绵性格"；二是其书法学习上的人文情怀。

先说他书法学习上的"海绵性格"。此处的"海绵性格"是我生造的词语，是想表达他对书法传统知识的吸收是极为"贪婪"的，也是十分宽广的。他学习书法入手处与大部人没有什么两样，习汉隶从《曹全碑》《张迁碑》《礼器碑》《石门颂》入手，而他的"海绵性格"使他始终不肯给自己在临习传统经典上设置局限。就学习隶书而言，他要溯源，也要掌握汉隶的延伸、支流和汉以后的发展状态，所以，清代隶书的代表人物伊秉绶、金农、郑谷口、何绍基等也同时成为他取法的对象，因为他的志意是想形成隶书书写的独到技法。此外，他不满足在隶书一种字体上"单打独斗"，在隶书打下极为深厚的功底后，他涉足两周金文、秦砖汉瓦、秦诏版、钟繇小楷、二王书法、孙过庭《书谱》、米芾书法、抄经体、明清行草书等等，如海绵一样汲取书法史上的经典，化于自己的腕下。他能恰当处理杂与精的关系，尽量达到既取法宏博又面目精深，如：他的隶书线质融入金文意绪，结体融入秦诏版；他的行草书线质融入碑版特征，结构除了略存何绍基意味，还将历代行草书大家的精粹融入其中。欣赏者须慢慢品味，才会感受到书法史上的名家大师的精要处在其中的水乳交融。

再说他书法学习上的人文情怀。"学，然后知不足"在周英杰身上体现得最为充分。特别是退休后有了更充裕的时间，他不断充实自己，去美术学院进修，参加文史方面的集训班。体现在近年的书法创作上，他的作品落款往往有感而发，书写出自己对书法艺术的诸多感悟，如：他对《张迁碑》的评价是"雄厚高古，方整劲挺"；而对汉隶的总体评述是"汉隶上承篆籀，下启行草楷书，留周秦文字庄穆之气，融楚汉书体方劲古拙之风"；等等。有的作品落款也表达了他在书法创作中探索的心路历程，如在创作《不知篆籀》作品时写道："近年迷上秦诏版，诏版书体在篆隶之间，书法拙中寓巧，率意质朴，天趣盎然，线条纤而刚劲，余称其为铁线篆隶，应是泰山刻石等玉筋书风脱变而出，此作以李斯小篆为基调，借鉴诏版、泰山刻石之意，用羊毫中锋，以大胆尝试，求正于诸方家。"近年来，他多以自作诗词入作品，如近作《沁园春·天使吟》讴歌党和政府在新冠肆虐期间，以人民生命为第一，动员全民打赢疫情防控阻击战，讴歌医务人员白衣执甲、逆行无畏的精神。词作与书写感情深挚，融入了周英杰深沉的人文情怀。

周英杰深知，书法最后比拼的是学问。近年来，他除了坚持临池、创作，还将更多的精力花在读书、吟诗、写文章上，不断地将书卷逸气充盈进书法作品中。周英杰经历"衣带渐宽终不悔，为伊消得人憔悴"的境界后，我们有充分的理由相信他在书法艺术上会更上层楼。依依似与骚人语！不断神交古人的他，定能找到书法艺术的知音！

四、关于周鹏程：湖上风来波浩渺

"八零后"书法家周鹏程，除具有这个时代年轻书法家取法广博、多思敏捷的优点外，还有诸多与同龄书法家不一般的地方。

一是早慧。鹏程书法的启蒙和进步主要得其父亲周英杰的熏陶和亲自指导，这是他的优越处。因为许多小朋友在书法上的"第一口奶"，往往因为家长不懂书法，而得自书法老师或是一些混迹书坛的江湖写字匠，或者是略知书法笔画的学校语文老师。而鹏程在书法学习上甫一入门，便得其父严格的书法艺术的正道教育，用时髦的话说就是学院派式的书法教育。内因、外因都促使鹏程在书法道路上茁壮成长。果不其然，他十七岁时，作品参加由浙江省书法家协会主办的展览；十九岁时，其作品入选由中国书法家协会主办的展览，二十五岁就加入中国书法家协会，这也成就了一段绍兴书法界父子同为中国书协会员的佳话。

二是沉潜。鹏程学书也是从汉隶入手，于《石门颂》《张迁碑》《衡方碑》诸碑浸润日久，同时旁涉金文，其目的是遥追其先祖周文郁的高古气象。近期他于《石门铭》尤其用心，其隶书和楷书在结体上紧敛中显宽博，如所题"牛头山仙岩寺"等作品，碑意中显灵魂；行书得何绍基神韵，但鹏程不肯为何绍基所束缚，在近年来行草创作中渐渐脱去何绍基皮相，只留其神采，更多地融入历代诸行草书大家的意蕴；在以碑版面目出现的作品中，鹏程欲以帖意之柔劲化解碑版之刚强，渐成自己面目，如从他的自作词《忆旧游》可见他在这方面的用心与着意。忆昔少年时，许多小朋友都以学"颜柳欧褚赵"沾沾自喜时，独独鹏程以《石门颂》风格示人，此证他从小就有别开生面的理想。

三是全面。鹏程在书学上全面地汲取历代经典名作，不仅擅长大字，小楷的功夫也到位，如以碑意面目出现的《兰亭序》，用笔厚实之中显轻灵，整体意象兼具碑之雄、帖之秀。他的全面还体现在对字外功夫的追求上，他不仅自己创作诗词，且每有学书心得，便记于《学书札记》中，与其父一样，也常常将创作心得落款于作品之中，如在临作《杨淮表记》这样落款："此刻石体格开张，圆劲古雅，笔意灵动又不失厚实，参差稚拙，其章法因石势而书，纵成列，横不成行，字态因势立形，疏宕天成，诸如六行'也'字，体势雄杰恣肆，七行'过此追述'四字，波磔舒展，极尽不羁之势……"可见他不光临习，更在思考。

鹏程正当青春好年华，爷爷周世昌对他寄予厚望，为他取字"翔之"，寓意能大鹏展翅。父亲周英杰对他鼓励有加，希望他超越父辈乃至前人。鹏程确实也有实力向更高的境界迈进，期待书法小青年鹏程不骄不躁、勇猛精进，更美好的境界在等着他，且看他展翅飞翔，风鹏正举，湖上风来波浩渺！

　　以上对周氏四代人的书画作品逐一做了臆评，对我而言也是一个学习的过程。近段时间，我无意间看到"学习强国"学习平台"凡人凡事"栏目里的文章《祖孙三代挥洒笔墨扬家风》。该文从华舍街道西周社区的文化长廊里周英杰家祖孙三代撰写的"不忘初心方得始终，但行前路无问西东""夫立身先应立其学，盖治学首当治于德"等四副对联谈起，借此着重谈文化、谈艺术、谈家风。文化是一个国家、一个民族的灵魂，而书法艺术是中华优秀传统文化的一个瑰宝。书法艺术要代代相承，就要不断地创造性转化、创新性发展。正如习近平总书记在教育文化卫生体育领域专家代表座谈会上指出的："要坚定文化自信，推动中华优秀传统文化创造性转化、创新性发展，继承革命文化，发展社会主义先进文化，不断铸就中华文化新辉煌，建设社会主义文化强国。"书法艺术在建设社会主义文化强国中应发挥更加积极的作用！期待周世昌、周英杰、周鹏程在书画艺术上站在前人的肩膀上，登高望远，勇猛精进！

　　本文原载于《濂溪渊远——山阴周氏四代书画作品集》（西泠印社出版社2020年版）。

一片赤心在丹青
——蒋雪平水墨人物画印象

孟　坚[①]

【人物名片】

蒋雪平，绍兴人，1989年毕业于浙江美术学院（现中国美术学院），现为浙江画院研究员、浙江省美术家协会会员。作品《厚土》《芭沙汉子》《芭沙枪手》《悠悠乡情》等先后入选全国画展。《芭沙汉子》被中国美术家协会收藏。

初识蒋雪平，大概在二十年前。因为工作的缘故，我们常常在采访中相遇。蒋雪平不善辞令，言语不多，轻轻一笑，便算问候。那时候，他的拍摄任务很多，中国美术学院科班出身的他，对电视画面比常人有更多的悟性，所以他承担了新闻、专题的摄像重任，也算得上人尽其才。前后约十年的时间，他佳作迭出，令人赞许。

令人始料不及的是，2016年底，进入不惑之年的他竟突然放弃相对稳定的工作，孤身一人虔诚地投奔到著名人物画画家吴山明的门下，拜师学艺，专心致志地钻研起丹青笔墨来。看似决绝的人生选择，其实是他内心对中国人物画艺术虔诚向往的真情流露。

通往艺术象牙塔的道路上，并不都是掌声鲜花。人到中年，再去中国美

---

① 孟坚，1962年生，男，浙江省文艺评论家协会会员，主要从事电视艺术及电视新闻研究。

院研修班坐两年的"冷板凳"学习深造，对于不善机巧圆滑的蒋雪平来说，实际上是一次苦心修行。所幸的是，蒋雪平得到了恩师吴山明的亲自指点，加上池沙鸿、董文运、徐默等一批名家的授课、点拨，蒋雪平寒窗苦读，潜心研习，勤勉作舟，翰墨为伴；通过对浙派人物画源流特征溯源认宗，领悟真传，眼界大开，技艺渐精。这为他日后走上中国人物画创作道路打下了坚实的基础。

中国人物画源远流长，两汉的帛画、壁画已现端倪，至魏晋唐宋日臻繁盛，"以形写神""悟对神通"，无论工笔、写意，各有其妙。明清以来，更是画派丛起，画法革新，异彩纷呈。尤其是在绍兴这方沃土上，出现了徐渭、陈洪绶、任伯年等一大批名师大家，开宗立派，高峰迭起，对中国人物画产生了深远而持久的影响。20世纪50年代以来，李震坚、周昌谷、方增先、顾生岳、宋忠元等一批画家继承传统、开拓创新，关注民众，讴歌时代，形成以现实主义题材创作为特征的浙派人物画。其后，浙派人物画开枝散叶，人才辈出，吴山明、吴永良、刘国辉、王庆明、尉晓榕、池沙鸿等一批新锐异军突起，成就斐然。对于蒋雪平来说，在这样的文化源流中学习人物画既是一种福音——他可以博采众长、兼收并蓄、为我所用，也是一种挑战！要赶超前人，就要比常人付出更多的艰辛与勇气。

"学我者生，像我者死"，这是亘古不变的道理。一笔一画间，没有扎实过硬的基本功，没有质朴至臻的真性情，没有开阔的大胸襟，人物画的创作就很难做到笔简意赅、形神兼备、意趣盎然。蒋雪平深谙此理，常常身居陋室，心无旁骛，笔耕不辍。他一方面从前人画论技法中汲取营养，一方面在写生、素描的基础环节上狠下苦功，朝着自己心中的艺术"圣境"踽踽独行……

人物画难，写意人物画更难，而写意人物小品更是难上加难！数年的淬炼，使蒋雪平的写意人物画水平大有长进。他笔下的人物写生线条洗练，笔墨酣畅，其中的写生人物画造型精准、特色鲜明，乍看与炭精素描异曲同工，实则有天壤之别。寥寥数笔，墨到形出，水至意生，或丰腴，或健美，充满生命的气息。这种落笔成画的功力，体现了他水墨技法的修为与练达。而他笔下神佛题材的弥勒、观音等造像，用笔简洁，线条清丽，结构空灵；辅之淡彩，气韵顿生，既有禅意的高古与庄严，又不失世间的祥瑞与温和。他的"禅"系列作品在山西省图书馆举办的"笔墨寻源"画展中一经展出，便广受好评。

"纸上得来终觉浅，绝知此事要躬行。"如果画家闭门造车、故步自封，或自命不凡、拒谏饰非，是绝难创作出具有时代气息的优秀艺术作品的。只有不断地投身火热的生活，师法自然，亲近民众，投身时代的大洪流，才能找到源源不绝的创作灵感。新闻工作"走转改"的历练，启发了蒋雪平的艺术实践。近年来，蒋雪平几次三番南下云贵，北上太行，走山村部落，问百姓疾苦，写民俗风情，悟艺术真谛，步履坚定，乐此不疲，不断地从现实生活中汲取艺术创作的源泉。在黔东南的大山深处采风时，蒋雪平偶然走近了一群至今仍然保持着古老遗风的岜沙人。在原始静美的自然环境中，热情好客的岜沙人头顶长长的发髻，身穿靛蓝色的宽松衣裤，腰刀、火枪随身，芦笙、鼓舞伴宴……千百年来世代传承的民俗民风，古老独特，原汁原味。当蒋雪平亲身融入当地的原生态人文环境中时，他的心潮久久难平。他怀着虔诚之心静静地倾听着来自远古的节拍，默默地捕捉着岜沙人生生不息的审美符号。回到浙江，蒋雪平迫不及待地把在岜沙采风写生获得的触及灵魂的感动与感怀诉诸笔端，于是，一个个鲜活的少数民族人物形象跃然纸上，古朴率真，奇丽生动。2017年，蒋雪平创作的《岜沙汉子》入选由中国美术家协会主办的2017"万年浦江"全国中国画人物作品展，并获最高奖、入会资格奖，他成为绍兴市唯一入展并获奖的画家。

蒋雪平对艺术创作的虔诚和执着，换来一个个沉甸甸的艺术果实。他创作的《厚土》入选由中国国家画院主办的"以心接物——走进学院·2015全国高校青年教师中国画作品展"，《岜沙枪手》入选由中国美术家协会主办的2018"墨香诏安·中国画作品展"，《悠悠乡情》入选由中国美术家协会主办的2018"伯年国艺"全国写意人物画展。

2019年，中华人民共和国迎来70周年华诞。蒋雪平激情满怀，他一直寻思着如何用手中的画笔来讴歌强大的祖国，讴歌伟大的时代。共和国"两弹一星"元勋们无私奉献的高尚情操、报效祖国的伟大功绩，深深感动着蒋雪平。为"两弹一星"元勋"塑像"，为民族精英"立传"，为中国精神"树碑"，这是艺术家的责任，也是艺术创作的方向。于是，蒋雪平开始从浩如烟海的文献中寻找"两弹一星"元勋们的相关资料。郭永怀、王淦昌、赵九章、钱学森、钱三强、邓稼先、程开甲……当蒋雪平将"两弹一星"元勋们的人物影像、生平资料悉数收入囊中时，这些大国功臣的音容笑貌也在他的脑海里变得愈发清晰起来。蒋雪平饱含深情，笔蘸浓墨，开始了"两弹一星"元勋系列的人物画创作。笔墨随时代，赤心绘丹青。他凭着对艺术创作的虔诚和执着，用"真性情"，下"真功夫"，废寝忘食，夜以继日，全身心地投入一场人物画创作的大考。经过一个多月的"忘我"创作，数易其稿，他终于完成了《"两弹一星"元勋图》。在这幅作品中，蒋雪平用精妙娴熟的人物画技法，细致生动地刻画了23位不同年龄、不同阅历、不同气质的"两弹一星"元勋的形象，或英姿勃发，或和蔼慈祥，刻画细微，精妙传神。当"两弹一星"的"群英谱"以这种艺术的方式呈现时，一股浓浓的爱国情、英雄气扑面而来，直指心底。中国美院教授、博士生导师吴山明对蒋雪平的艺术实践给予了充分的肯定，他认为蒋雪平有较强的造型能力，笔墨写实功底也不错，并勉励蒋雪平要不断创作出更多的优秀作品，在更广阔的艺术舞台上展示自己的艺术才华。

写意人物画不仅仅是以书入画的潇洒，是墨色淋漓的浩荡，也是绘者主观精神的写照、胸中逸气的抒发。在一次次的人物画艺术创作的历练中，蒋雪平的内心世界经历了一次次的感动与洗礼，他的写意人物画创作达到了一个更高的艺术水准。2020年初，新冠疫情暴发，全民抗"疫"。在这场没有硝烟的战争中，广大的白衣天使临危受命、逆向而行，火速驰援、殊死奋战……蒋雪平被这种舍生忘死、救死扶伤的英雄壮举深深打动，他以笔为枪，在第一时间主动加入中国美术家用文艺作品助力战"疫"的行列中来，以极大的热情，在短短的一周时间里完成了《前线》《小别离》《生死相托》《社区防疫》《坚守每一刻》等系列抗"疫"题材的人物画。在他的笔下，既有在一线拼搏的院士、医生，也有在基层守护的干部群众，他在生活中捕捉到了一个个感人"瞬间"，将之倾注笔端，挥洒纸上。其作品构思巧妙，笔法细腻，真挚地抒发了对"最美逆行者"的深深敬意！这些情真意浓的艺术作品很快被《中国文化报》、《中国美术报》及各地媒体纷纷转载，进一步凝聚起万众一心、战"疫"必胜的信心和勇气。

"文艺创作方法有一百条、一千条，但最根本的方法是扎根人民。只有永远同人民在一起，艺术之树才能常青。"正是遵循着"以人民为中心"的创作方向，蒋雪平继往开来、大胆实践，在现实主义人物画创作的道路上砥砺前行。蒋雪平深知：艺海无涯，要攀登中国人物画高峰，未来的道路还很漫长。而"随时代而行，为人民而歌"，就是源泉，就是方向。

夏日荷风三章

徐显龙[①]

一、山野奇葩，本色摇曳——读徐渭《五月莲花图》

明代徐渭的作品《五月莲花图》（图3-10），高103厘米，宽51厘米。画面只取景荷塘一角，却开合有致，境界旷远。右上角有荷叶斜进，与莲花呼应而向。周遭有蒲草飘摇错落，有俊逸之美。大块面的荷叶用笔扫出，八面出锋，有着徐渭式的燥灼、速度感与风力。它与线条勾勒的空灵的花，组成一种虚实关系，俯仰向背，相互呼应。底部点出墨团，似是田田荷叶，生机于捷笔间洋溢而出，令人有清风十里之想。全画不刻意经营，带着通透与酣畅感，一纸的本色摇曳。

徐渭自称："随手所至，出自家意，其韵度虽不能尽合古法，然一种山野之气不速自至，亦一乐也。"

这种山野之气，他颇为自得。在他笔下，不似倪瓒的冷寂枯静、吴门画派的园林气势，画作率真质朴，粗头乱服，豪放不羁，像山民焙的粗茶一样酽出火气，回味却甘，也如绍地加饭酒一样，醇厚耐品。

左上角有题诗："五月莲花塞浦头，长竿尺柄挥中流。纵令遮得西施面，

---

① 徐显龙，1989年生，男，编辑，绍兴文艺评论家协会会员，主要研究方向为艺术鉴赏与策展。

遮得歌声渡叶否?"他把莲花比为西施面容。虽则荷叶粗糙,但花朵显是细细勾勒,恰似西子淡抹,容貌在荷叶间隐隐约约,但歌声的弥散总无法阻挡,在水面上舒展着。我猜想,那歌声,或许是莲花香气的诗化形影。若干年后,同一个季节,朱自清在清华园的荷塘月色里漫步,写下文字,简直给这幅画作解:"曲曲折折的荷塘上面,弥望的是田田的叶子。叶子出水很高,像亭亭的舞女的裙。层层的叶子中间,零星地点缀着些白花,有袅娜地开着的,有羞涩地打着朵儿的;正如一粒粒的明珠,又如碧天里的星星,又如刚出浴的美人。微风过处,送来缕缕清香,仿佛远处高楼上渺茫的歌声似的。"

看来古今莲花袅娜的丰姿与气息,都有着相同的神韵与美感。香气与歌声能够通感为一种纯洁至贞的旋律美、意态美,在人心头盘桓。

这当然是一首明志诗,这也是一幅托物言志的画。徐渭的一生极为悲惨,程度远超于常人。他以极度敏感之心、高蹈之才,遭特殊之世变,一生跌宕起伏,是以"佯狂"。

图3-10
徐渭《五月莲花图》,
51cm × 103cm,
上海博物馆藏

他的狂,是畸形社会压抑下个性得不到自由发展的结果。他须要吐露,须要抒发,须要喷薄,因而作文、写诗、作画。他身在崇尚个性的晚明,同邑阳明先生的遗泽仍在,而他又为阳明再传,亦与李贽同时。李贽说得好:"夫童心者,真心也……夫童心者,绝假纯真,最初一念之本心。"人活一遭,总不能为外物所羁绊。政治是无望了,抱负是无门了,只好择一纸,磨好墨,将这才情与酸楚、狂傲与自尊,尽数在纸上涂抹。这一刻,重重苦涩和块垒显是冲决而去了,否则,他就成了鲁迅笔下长吁短叹的祥林嫂了。

这绘画,于他,是屏气凝神的自由,是孤注一掷的沉寂。面对他的画作,无疑是美的享受。那种郁躁,无论如何也不会感染我们这些看客,反倒吸引我们一遍遍地回看、一遍遍地凝视。目光顺着笔迹游走,将尘世烦恼忘个精光。身在酷暑，如豪雨浇头，痛饮美酒。这幅画是"夫子自道"，他以残破的人生，权当荷叶，精粹滋养并衬出艺术奇葩之美。

二、真正的造物主，是虚空造化——读恽寿平《山水花鸟图册》

打开这件册页，眼前仿佛舞会现场，两组花叶，一前一后，左右倾倒，似离还合，欲说还休，俨然万种风情在骀荡。

左前的荷花，"冲泥抽柄曲"（见图3-11），于画面底部将优雅的身段旁逸斜出，蓦然舒展了舞姿。她的花瓣映着霞光，圆润、饱满，有脸颊绯红的羞怯，也有按捺不住的火热，是袅袅舒展、荡漾哀愁的红妆水袖，是翕张的烈焰红唇，也是昏黄烛光里的恋人肚兜……那莲瓣上的笔触里，有着水一样的温柔。画家一笔笔轻轻画出，那一刻，他会否化身成汉代为妻画眉的张敞，在进行着一场乱世红尘里的坚守与修行？

图3-11
恽寿平《山水花鸟图册·出水芙蓉》，27.5cm×35.2cm，
故宫博物院藏

荷叶倚着波澜，贴着水面，伸展开怀抱。"贴水铸钱肥"，在古人看来，圆嘟嘟的荷叶可比作铸钱的样子——"长江春水绿堪染，莲叶出水大如钱"（唐代张籍《春别曲》）；"荷钱浮翠点前溪"（宋代赵长卿《朝中措》）；"四月圆荷钱学铸，鳞鳞波暖鸳鸯语"（宋代洪适《渔家傲》）。这铸钱，因是用

来形容荷叶，便没有了铜臭，而是令人想到儿时，祖母将一枚铜钱套入毛线绳，郑重挂在孩儿胸前，驱邪保平安。兴许在画家看来，莲花旁的"铸钱"，也可为铠甲，为盾牌，为护花使者——他缓缓写道："西风吹不入，长护美人衣。"

荷叶上，朝露在滚动，水汽在升腾，光在荡漾，摇曳幻化为笔触里的斑斑光影。荷叶在倾吐爱意，也在谛听花语。

身后，是另一组花叶，花瓣已落，小小莲蓬兀自带着蕊，焕发着童稚，面对着浩大的世界，露出怯生生的惊喜，俨然无赖小儿溪头卧剥的那一盏莲蓬。身旁的荷叶还未舒展，是否尚未从夏日清晨里的酣睡中苏醒？

册页上，恽寿平自题："拟北宋没骨画法。"他给没骨的定义是："不用笔墨，全以五彩染成。"他认为，北宋徐崇嗣的没骨"独称入圣"。但这纯属"旧瓶装新酒"。"没骨"实为恽寿平自己的创新，将此法安在徐崇嗣的头上，并推高徐崇嗣的地位，"是为自己寻找一个来路，使其画法面对受众时更有说服力"①。恽寿平认为："写生之有没骨，犹音乐之有钟吕，衣裳之有黼黻，可以铸性灵，参化机，真绘事之源泉也。"所以他自己斟酌今古，将创作方向定在了没骨画上。他的没骨写生的基本立场是"得造化之意""不为刻画"。

恽寿平热爱自然，取法造化。他在《南田画跋》中写道："北郭水亭，莲花满地。坐卧其上，极游赏之乐。残墨颓笔，略为伸纸，遂多逸趣也。"好一个夏日清趣画面，而画家绘就的是否就是这图册呢？

在这幅画中，花花叶叶都含着动势，画家将观众的视线自然地引导扩散到画面整体，并且引向空白处乃至画幅之外。画面带着天然的生气，仿佛在谦卑地告诉你，真正的造物主，是虚空造化。

怎奈，画面上凌空添了一首乾隆御制诗："初发芙蓉出水鲜，纤尘不染净而娟。设方明远评诗语，应致延年愧自然。"

恽寿平身处明清易代之时，随父兄投身反清斗争。后来长兄殉难，二兄失散，父亲避祸出家。他身陷囹笼，却被闽浙总督收为义子。后在杭州灵隐寺巧遇父亲，遂抛弃荣华。此后一生不仕，隐于常州市井，卖画终老。或许，此幅作品中，画家是在赞美这"美人之贞而极丽者"的荷花，亦是在表白自

---

① 卢辅圣主编：《中国花鸟画通鉴13·写生正宗》，上海书画出版社2008年版，第57页。

己的情怀——自屈原以来，就有把气节比作荷花者。百年之后，画作藏于玉府，供帝王把玩，其中况味，"十全老人"怕是不能读懂罢？

三、"自我代入"的确幸之美——读吴应贞《荷花图》

此为清代女画家吴应贞所绘《荷花图》（图3-12），画面描绘荷塘一角。五柄荷叶，亭亭如盖，错落支起整幅画的块面。有风吹来，荷叶翻卷出动感的翠绿，撩出叶片后的四朵羞颜。荷花红彤彤的，敷色艳丽而不浓腻，如嫣然的笑，美得可喜。视线从右下角出发，逆时针上移，几乎可以看到荷花从冒出花骨朵到发育成莲蓬的"全生命周期"。高处那朵花，一瓣将落未落，恰似红妆花旦将身子宛然一斜，玉臂轻展，款款递出水袖，袅袅荡着余韵。

立在水中的荷茎，柔若无骨，俨然已经化为透色。一片莲花瓣仰落水中，寂然无声，三条小鱼从各自方位游来窥探。水未画而自无形，游弋的力量与速度感却历历可见。周遭水草舒展，情趣盎然。蜂儿也来凑趣，想要停在花朵隐秘的心坎里。

在中国画中，不同于人物画的"成教化，助人伦"、山水画的"骀荡胸襟"，花鸟画的作用是"愉悦性情"，作为人格的比兴之物。梅兰竹菊常侧重于表现男性傲然的精神气质。而荷花则常用来比喻女性——徐渭题画诗："五月莲花塞浦头，长竿尺柄挥中流。纵令遮得西施面，遮得歌声渡叶否？"恽寿平题画诗："冲泥抽柄曲，贴水铸钱肥。西风吹不入，长护美人衣。"刻画荷花，简直就是在刻画心目中的美人形象。如此，画幅成为画家自我内心独白的场所。她们真诚投射，自我代入，创造出了女性笔触独有的美学气质。

图3-12
吴应贞《荷花图》
58.5cm × 130cm，
故宫博物院藏

作者以谨严的小楷题跋:"庚子桂月写,延州内史。"钤印"吴氏应贞""一字含五"。关于作者生平,泛黄的资料只留下了寥寥数语:"吴应贞,字含五,号课花女史,江苏吴江人,生卒年不详。"翻览画史,大多女性画家都"生卒年不详"。如果没有作品,她们可能连名字也留不下来。在中国古代,女子学画非常艰难。女性教育家冼玉清谈女子学艺的情形:"其一名父之女,少禀庭训,有父兄为之提倡,则成就自易;其二才士之妻,闺房唱和,有夫婿为之点缀,则声气易通;其三令子之母,侪辈所尊,有后世为之表扬,则流誉自广。"[①]我们找寻她们事迹的坐标,往往却发现她们是哪位男性的母亲、内人、子侄。"(吴应贞)同邑赵王佐室。又为徐釚(1636—1708)内侄女,由此可知,吴氏当为康熙朝人。"此外能获知的资料是:"(吴应贞)工写生,风神婉约,自是闺房之秀。""闺房之秀",意味着她的作品并不是形而上的"创造",而更像是一种形而下的技能训练,功能上与女红、歌舞并没有太大的差别。她的状态,恰似徐渭《剪春罗垂丝海棠》中说的:"美人睡不足,春愁奈若何。垂丝绿窗下,聊为绣春罗。"她在闲静无聊中打发着时间。于是,我们从这幅柔婉、谨严、内敛、纯粹、隽永的《荷花图》中,隐约可以见到一位温婉的女子坐在17世纪的时光里,用彤管轻轻染着纸本——不传于世也罢,留名青史也罢,能画画即是一种幸运。她只在那一刻,享受着生命本然的美。

本文原载于《美术报》2021年8月7日、14日、28日,第24版"赏析"。

---

① 冼玉清:《广东女子艺文考》,商务印书馆1941年版,"后序",第1页。

参悟画史，体察生活，以人民为中心
——谈花鸟画的时代精神

张东华①

花鸟画要发展，要创新，首先画家要了解花鸟画与原始图腾中的鸟兽、博物图谱中的画花画鸟的区别。距今约5000年的新石器时代的陶绘《鹳鱼石斧图》，虽然以鹳、鱼为题材，但肯定不是花鸟画。《历代名画记》载"陈敞、刘白、龚宽并工牛马"；陆探微有《蝉雀图》；"武帝尝赐何戢蝉雀扇，是（顾）景秀画"，且顾景秀有《蝉雀麻纸图》。这些也很难说就是花鸟画。

那么，什么是花鸟画？

根据我的观察和研究，花鸟画最终成熟于宋徽宗赵佶时代。其特征是画与诗的完美结合。这里有两个前提条件：一、此画家必须是诗人，通过画花画鸟产生诗的灵感，发而为诗；二、此画家又必须是书法家，才能把诗题于画中。这样的画家只有文人士大夫才够格。

唐代诗人就有大量的题画诗，如"诗圣"杜甫有《通泉县署屋壁后薛少保画鹤》诗，盛赞薛稷画鹤的水平，但杜甫不是画家本人，诗人对画的感受并非画家真实的感受。当然，对于古代的儒生（读书人）而言，书写（书法）肯定都是精通的，但要诗画结合则不容易。

众所周知，花鸟画史的叙述都是从"黄家富贵、徐熙野逸"开始的。但是，黄筌存世的唯一有较高可信度的《写生珍禽图》，我们很难判断其是博物图谱还是花鸟画，抑或是史官文化的图像记录。因为作为宫廷画家的黄筌要

---

① 张东华，1967年生，男，博士、教授，主要研究方向为中国思想与绘画。

承担为外族所进贡物做图像记录的任务。

而从赵佶的画中题诗可以判断，他画的就是花鸟画。从赵佶的画中之诗可以看出，他的画是他"格物穷理"的结果。如赵佶《芙蓉锦鸡图》的题诗："秋劲拒霜盛，峨冠锦羽鸡。已知全五德，安逸胜凫鹥。"赵佶以锦鸡代表文、武、勇、仁、信五德，蕴含着深刻的象征意义。可以说，花鸟画是宋代理学观的图像显现（相关论述可参看拙著《格致与花鸟画》）。宋代画家多有这样的题画诗和画论。与赵佶的题画诗相比，徐渭则代表了另一种形式。徐渭的《墨葡萄图》题画诗云："半生落魄已成翁，独立书斋啸晚风。笔底明珠无处卖，闲抛闲掷野藤中。"徐渭以墨葡萄自喻，叹息自己前半生的不得志。这完全是以墨葡萄画抒发个人情性的经典例子，与赵佶题画诗呈现的完全是两种情境。如果对应到宋明理学结构中，徐渭的画可以说是阳明学"致良知"观念在绘画中的反映。如果把阳明学观念中"冥想"的成分去掉，那么，徐渭的绘画就是他个人情感的抒发，这又完全符合现代的审美学原理。

从创作角度讲，中国传统文化注重对"理"的观察体悟。《易·系辞上》云："仰以观于天文，俯以察于地理。"到了宋代，"理"被上升为一个哲学命题。程朱理学讲"性即理"，而陆王心学讲"心即理"。《说文》云："理，治玉也。"即通过玉石表面的纹理来判断玉质的好坏，后引申为物质组织的纹路，再引申则为条理、整理、道理等。宋代理学家就是通过"格"物质组织的脉理来体悟"道"，体现在绘画中，就是宋代"写生"一词大量出现。宋画"写生"之线条，就是"物之脉理"的图像呈现。到阳明心学那里，"格物"转换为"格心"，也就是通过内心（所具有的常识）来判断事物、体察天理，表现在绘画中，就如徐渭式的"写生（写意）"是游山玩水、灵感涌现时一挥而就。

因此，不管是宋元时的工笔画（写生），还是明清时的写意画，花鸟画要创新，要呈现出时代精神，就要深入观察、体验，在观察、体验的基础上或写生或写意，把花和鸟的结构搞清楚；同时又要有如庄子"游于濠梁"的体验，身与迹化。也只有身与迹化，才能为之兴、为之观、为之群、为之怨。发而为诗，图而为画，真正做到"诗是有声画，画是无声诗"。

石涛的这句"笔墨当随时代"已成为传统中国画紧跟时代、有时代精神的代名词。我认为，当下花鸟画的时代精神是在传统的基础上，以人民为中心进行创作而体现出来的。要做到以人民为中心，必须深入生活，到生活中去，去写生、去发现，创作出人民喜闻乐见的合乎时代的作品。

就题材而言，与人民生活最接近的肯定是人民最喜欢的。齐白石能成为家喻户晓的大画家，与他的创作题材取材于人民的生活息息相关，也与他对花草虫鱼的生动呈现有关。齐白石笔下的虾是人们的常见之物，如水中真实的游虾，生动自然。这种生动性不是根据照片创作所能达到的。

2019年举办的第十三届全国美展，有多幅作品因涉嫌画照片而被撤去，可见有些画家深入生活和写生做得不够好，甚至曲解了"深入生活"。我在《画照片的危害性》一文中谈到："如果以'画照片'代替写生，意味着隔断了艺术家与生活的联系"，正如西方神话故事中与大地隔离的巨人安泰俄斯，"因无法从大地吸取能量而变成一个失败者"。①在中国传统绘画中，通过写生体察"物之理"，犹如拥有了朱熹笔下直达"源头"的"方塘"。

中国传统绘画十分重视写生。据记载，北宋画家赵昌常常在晓露未干之时，绕阑槛观察写生，调彩描绘，自号"写生赵昌"；明代徐渭常常登高游观，写诗作文，灵感涌现时一挥而就，这种方式被称为"写意"；据潘天寿的学生回忆，潘天寿到雁荡山写生，很少拿纸笔直接写生，而是边看边作诗，回家后才有大件作品的创作。因此，只有深入生活，通过这样的写生或写意，花鸟画才能焕发出时代活力，展现出时代精神。

花鸟画最终成熟的标志是画与诗的完美结合，真正达到唐代王维所说的"诗中有画、画中有诗"的境界。这里所说的画中之诗，不是如唐代诗人因画家的画有感而发，而应该是画家在"庄周梦蝶"式的体悟的基础上的有感而发。这样的诗画结合，光靠走马观花式的拍照或无病呻吟式的吟诵是不可能达到的。

众所周知，传统的诗词有严格的格律，这种格律在本质上与花鸟画的程式是一样的。花鸟画的这种程式必须通过临摹才能悟解，正如写诗必须从吟诵开始一样，正所谓"熟读唐诗三百首，不会作来也会吟"。两者的最高境界则如孔子所说的，都是"从心所欲，不逾矩"。要做到诗、画的"从心所欲"，必须先熟悉诗之"矩"和画之"矩"。这意味着临摹功夫越深，对传统的理解

---

① 张东华：《画照片的危害性》，《美术报》2020年1月18日，第6版。

也就越深，也就越能创作出具有时代意义的作品。

当然，在新时代，不一定要学作古体诗，但必须多读书，多研究画理。古代画家与画工的区别主要在于能否彻悉画理，能否用诗文来传达对于真实和画理的理解。黄宾虹在画史上的地位便与他饱读诗书有关。

从绘画理论层面讲，笔墨是中国画的核心语言。要体现花鸟画的时代精神，就必须使笔墨自觉地紧跟时代，反映时代的审美趣味。可以肯定，紧随时代的笔墨有价值，不随时代的笔墨则无价值。从技法层面讲，花鸟画的笔墨是通过书法来实现的。由于毛笔这一独特的书画工具，配上宣纸的渗化功能，可以把书画过程很好地保留在画面中。因此，在提倡无纸化办公的当下，画家的书法训练十分重要。当然，书法的训练并非"为书法而书法"，而是要注重和体悟书法的用笔。优秀的画家肯定是书法家，如齐白石、黄宾虹等，他们虽然以画家称誉于世，但书法毫不逊色。

总之，花鸟画要创新，要呈现出时代精神，画家就要深入生活、体验生活，同时要加强基本功的训练。而更重要的是，要懂得艺术创作并非自娱自乐式的无病呻吟，而是为人民服务式的、以人民为中心的创作。

本文原载于《美术报》2020年6月13日，第7版"时评"。

第四部分 戏剧影视评论

论陆帕改编话剧《狂人日记》的不足
——兼论中国话剧的发展路向

刘　璨①

集编剧、导演、舞美和灯光设计师等身份于一身的波兰戏剧家克里斯蒂安·陆帕（Krystian Lupa），将鲁迅小说《狂人日记》改编为话剧，成为纪念鲁迅诞辰140周年的一个重要活动，被认为是2021年中国话剧演出市场的一个重要文化事件。②该剧先后在哈尔滨大剧院、上海大剧院、苏州湾大剧院、阿那亚戏剧节和湖南大剧院上演。在前两地演出后，相关研讨会分别举行，许多戏剧艺术大家和戏剧理论家参与了研讨，发表了高见，但褒贬不一。综合起来看，学界对这部话剧的看法基本上分两种倾向：持有传统戏剧观念的人难以接受这个戏，而持新的戏剧观点的人很欣赏这个戏。③

与话剧理论研究者和话剧爱好者的热议氛围不同，普通民众大多似乎对这部话剧无动于衷。他们不是更加"冷静"，而是似乎更加"冷漠"地不进剧场或是进剧场看一会儿就退场了。这自然是一个值得我们深思的问题。尤其值得我们注意的是，对于陆帕导演话剧的热议，论者更多地显示了因其与中国话剧不同的演出形态而产生的兴奋与激动，进而显示了他们对中国话剧出路的思考。当陆帕的《酗酒者莫非》演出后，有人就说"陆帕用中国演员成

---

① 刘璨，1989年生，女，绍兴文理学院元培学院副教授，主要从事中外戏剧与比较研究。

② 濮存昕：《这部作品迟到太久》，《话剧〈狂人日记〉演后谈》，《艺术管理（中英文）》2021年第2期。

③ 韵丰：《〈狂人日记〉带给戏剧界什么启示？——话剧〈狂人日记〉上海研讨纪要》，《上海戏剧》2021年第3期。

功地将中国小说搬上舞台……确实是给中国戏剧人做了一个很好的示范"，使"我们的戏剧也得到了告诫"，也"让我们看到了中国当代戏剧的可能性"。[①]言下之意是，陆帕的戏给中国当代戏剧带来了希望。陆帕的话剧《狂人日记》演出后，有论者说他"给我们带来了完全不同的戏剧，也许这正是它们之于中国戏剧的意义"[②]，"又一次给我们提供了这方面的范例"[③]，还有论者认为他"为中国话剧的现代性追求提供了一种美学的方向和可能性"[④]。这种发现新大陆式的激动，的确显示了一部分人对他的肯定，但难免带有个人化的偏向。

克里斯蒂安·陆帕是波兰20世纪三大著名导演之一，先后学习过物理、美术、电影与剧场，为他成为著名导演奠定了基础。他先后导演了《马耳他》《卡拉马佐夫兄弟》《假面·玛丽莲》《卡普里，逃亡者之岛》《伐木》《英雄广场》等一批作品，获得了第13届欧洲剧场奖终身成就奖。他的戏剧多采取比较典型的后现代戏剧演出方式，不过这次《狂人日记》的演出似乎走得更远，其中自然有成功之处，也有不可漠视的缺陷。

陆帕改编《狂人日记》，不光是话剧改编成败得失的问题，而且涉及鲁迅作品在西方社会的传播与接受的问题，也是一个影响中国接受和理解鲁迅作品的问题，是一个不容忽视其存在的问题。因此，本文从这部改编的话剧作品在绍兴的观演状况入手，论述其存在的不足，为鲁迅作品的接受和传播清除一点迷雾，进而就中国话剧的发展路向谈点看法，以求教于方家。

一、陆帕的艺术努力与接受状况的巨大反差

陆帕改编的话剧《狂人日记》不仅显示了陆帕的胆识与技艺，更显示了陆帕的艺术追求与努力。2021年3月14日和16日，话剧《狂人日记》在哈尔

---

① 王沭文：《陆帕让我们看到什么……》，《上海戏剧》2017年第12期。
② 吕效平：《〈狂人日记〉及其他——克里斯蒂安·陆帕导演访谈录》，《戏剧与影视评论》2021年第3期。
③ 刘杏林：《装满时间的神奇盒子》，《话剧〈狂人日记〉演后谈》，《艺术管理（中英文）》2021年第2期。
④ 彭涛：《从鲁迅的〈狂人日记〉到克里斯蒂安·陆帕的舞台呈现——兼谈中国话剧的现代性追求》，《戏剧艺术》2022年第1期。

滨大剧院演出，号称试演；同月26日至27日又在上海大剧院演出，仍号称试演；同年5月20日和30日在苏州湾大剧院演出，还是试演；直到同年6月10日、11日和12日在秦皇岛阿那亚戏剧节才进行世界首演；约一个月后的7月9日和10日又在湖南大剧院演出；同年9月参加绍兴纪念鲁迅诞辰140周年的展演活动，于9月27日晚在绍兴大剧院演出。

（一）陆帕改编的艺术努力

话剧《狂人日记》是陆帕根据中国原著改编的第二部作品。第一部是根据史铁生的原作改编的《酗酒者莫非》。该剧演出后获得业内人士关注，自然激发了陆帕的创作激情，使他产生了改编鲁迅《狂人日记》的欲望。从选材而言，陆帕选择改编的作品，都是具有哲学思想深度、有一定接受基础的名作。这样的选材自然是对接受市场做了主观性的预设的。改编名著，自然是以挑战者的姿态出现的，尤其是改编鲁迅的作品，这实际上能够激发熟悉鲁迅的接受群体再次参与其中的欲望。鲁迅的《狂人日记》，是接受了中等教育的人都熟悉的一部作品。在鲁迅诞辰140周年之际改编这部作品，等于给潜在的接受市场注入了兴奋剂，预期了理想的接受效果。当然，陆帕的努力并没有停留在选材上，他在改编艺术上用足了心力。

小说《狂人日记》是一篇故事套故事的小说，属于叙事文本，是"余"讲述的狂人的故事，但叙述的内容只是一个框架，非常简略，并没有很强的故事性；其主体文本是狂人的自叙传，是一种意识流式的心理小说，是狂人自己对外界的心理反应。将小说《狂人日记》改编为以视觉接受为主的舞台话剧，是有一定难度的。陆帕运用"舞台写作"的艺术理念，突出他一贯的"做剧法"，努力将它改编成具有较强视觉审美刺激的话剧。首先，他将小说主人公狂人的心理感觉转换成视觉化的图景和影像，并自由放大，且以立体式的架构和"三三制"的层级布局，将舞台布景设置为上下三层、前后三进的封闭的老房子，巧妙地将鲁迅的"铁屋子"意象具象化，使观众一进剧场就受到刺激，甚至产生心灵上的震撼。其次，他充分利用舞台布景色彩与舞台光色强化剧场的接受效应。舞台场景配色"是创设戏剧情境气氛的手段"，"也是帮助受众进入戏剧的基础"，[①]因此陆帕精细地设置了舞台场景的色彩，

① 刘家思：《论曹禺戏剧场景的色彩艺术及其剧场性追求》，《四川戏剧》2020年第7期。

以形成视觉刺激，强化剧场引力。同时，他出色地运用了光色艺术制造视觉效果，以营造剧场性。在剧场中，光色"不仅是艺术描写的重要手段，也是影响受众接受情绪的重要因素"，而"巧妙采用自然光，灵活使用电灯光线，控制光色亮度、强弱及其变化的节奏，可以激起观众的想象力，激发他们的主观联想，使他们获得审美的愉悦"。①陆帕精心设置光色，增强了剧场效果。并且，他大量运用现代影像技术，制造了舞台动感。最后，陆帕充分施展故事文本建构的主观能动性，采用拆散、糅合和填补的方式进行多维构建，并以不同的视角反复讲述一个故事，将简单的文本内容进行循环表现，使小说原作得到大幅度的扩张，从而构成一个独特的舞台文本，显示了陆帕对小说的理解与认知。

可以说，陆帕在改编这部作品时，艺术上是做了很大的努力的。他以原作者鲁迅的人生与文学世界为基础，糅合了《阿Q正传》《风筝》《故乡》《影的告别》《社戏》等作品中的情节与意象，对故事内容进行自由组合与重构，并运用强调的艺术手法，反复表现原著的核心内容，不断突出其艺术指向，以貌似零碎的人事展示来凸显主观取向，强化思想表现。对此，有的学者肯定其"显示了'灵魂的深'，以及对人性的敏锐洞察和深刻揭示"②，有的学者则肯定其"剖析了'狂人'及其家族的'心灵史'""以充满现代色彩的舞台语汇，挖掘了作品的当代价值，批判了现代家庭与威权制度对于个体生命的暴力戕害"③。应该说，陆帕以自己的理解和独特的艺术方式，进一步阐释了《狂人日记》，重塑了狂人形象，创造了一个陆帕式的鲁迅世界，取得了一定的成功。但是，这种成功是有限度的，因为这部作品并没有受到普通观众的青睐。

（二）陆帕《狂人日记》的接受状况

话剧的生命力在于剧场，在于获得广大普通观众的喜爱。这是检验一部

---

① 刘家思、刘桂萍：《论曹禺戏剧的光色艺术及其剧场性追求》，《浙江社会科学》2021年第4期。

② 胡志毅：《叙事、意象与替罪羊的献祭——克里斯蒂安·陆帕导演作品〈狂人日记〉的跨文化阐释》，《戏剧艺术》2022年第1期。

③ 彭涛：《从鲁迅的〈狂人日记〉到克里斯蒂安·陆帕的舞台呈现——兼谈中国话剧的现代性追求》，《戏剧艺术》2022年第1期。

作品是否成功的基本前提。曹禺先生指出："一个弄戏的人，无论是演员，导演，或者是写戏的，必须立即获有观众，并且是普通的观众。只有他们，才是'剧场的生命'。"①话剧一旦没有了观众，就失去了生命，更失去了意义。自然，检验一部话剧，观众是重要的权衡因素。因此，我们评价一部话剧时，可以从观演状况来获取一些信息。陆帕改编的话剧《狂人日记》的接受效果是怎样的呢？自然，从宣传的角度来看，可以说"演出获得巨大成功"。的确，从演员扮演情况来看，"演出是很成功的"，每个演员都对角色予以了很好的阐释。但是，从接受状况来看，至少就该剧在绍兴演出时的接受状况而言，结果并不理想。

该剧在绍兴演出之前，先后在哈尔滨、上海、苏州分别演2场，在秦皇岛的阿那亚戏剧节演了3场，观众反映并不理想。2021年9月27日晚上，该剧在绍兴大剧院演出时，最后留下来的观众只有60%左右。按常理来说，一部长达5小时的戏剧，最后还有60%的观众，应该是很好的。然而，值得说明的问题是，绍兴大剧院总共有1349座，其中池座857座（共22排），楼座472座（共16排），两侧包厢20座。当晚演出时，总共落座600人左右，到演出结束时，剩下不到400人。应该说，这种结果是不理想的。

绍兴大剧院为了上演该剧，投入了大量的经费，采取了很多灵活的营销措施。一是剧院为来自绍兴市区以外的观众提供餐饮和住宿；二是团体购票打折；三是到处游说友好单位和高校支持，提供购票协议价，包车接送；四是给上级主管部门和单位送票。绍兴交通方便，经济发达，文化气息浓郁，素有"戏剧之乡"的美誉，又是小说《狂人日记》作者鲁迅的故乡，具有很好的接受基础。然而，"左拉右扯"而来的观众，并没有被这个话剧吸引，许多人没有看到最后就提前走了。这种接受状况，与曹禺的戏剧在上海一公演就是几十场，而且场场爆满的情形相差甚远。

戏剧史告诉我们，凡是借用接受基础较好的故事文本改编成的舞台话剧，一般都能够获得较好的剧场观演效果。鲁迅是中国现代最著名的作家、思想家之一，是新文化的旗手，他的《狂人日记》是中国现代白话小说的开山之作，在当代中国可谓家喻户晓，自然有较好的接受基础，符合戏剧改编规律。

---

① 曹禺：《日出·跋》，《曹禺全集》第5卷，花山文艺出版社1996年版，第38—39页。

第四部分　戏剧影视评论

按理说，这种理性选择应该获得较好的观演效果。尤其是鲁迅的故乡绍兴具有更扎实的接受基础，在此地演出更应该有好的效果。然而，陆帕改编话剧《狂人日记》在绍兴演出时，却出现了这种出乎意料的不理想的接受状况，原因恐怕是多方面的。但是其中最主要的原因，还是应该从这部话剧本身的角度来思考。

二、陆帕文化观的符号化表现与话剧《狂人日记》的不足

任何文艺作品都是作者主观思想精神的表达，话剧作品也是这样。曹禺说："一个剧作家应该是一个思想家才好。一个写作的人，对人，对人类，对社会，对世界，对种种大问题，要有一个看法。作为一个大的作家，要有自己的看法、自己的思想，有自己的独立见解。"[1]陆帕作为欧洲剧坛巨人，喜欢改编具有思想深度与张力的作品。他希望在改编中驰骋自己的思想，与原作者对话，与受众对话。因此，每一部作品都是他的思想的符号化表现。陆帕倾力改编的话剧《狂人日记》，实际上是在跨文化的语境中符号化地表达他的思想立场、文化观与戏剧审美趣味。然而，恰恰是思想立场的差异、文化观的差异、戏剧审美创作理念的主观性导致了这部作品的不足。著名戏剧家濮存昕在座谈会上发问："陆帕先生做的《狂人日记》，是大家想看到的鲁迅作品吗？"[2]显然，这个发问的蕴涵是非常丰富而深刻的。我们无意于否定陆帕的努力，但我们冷静地审视这部作品，审视其不受普通观众青睐的原因，起码有三个方面的不足值得注意。

（一）冗长而混杂的叙事

不管陆帕自己是否意识到，也不管喜欢陆帕的观众是否认可，都改变不了一个事实：陆帕改编的话剧《狂人日记》冗长而庞杂，叙事缺乏应有的心理逻辑。这是陆帕导演话剧的艺术风格，也是他不可回避的局限。他为了延长话剧的时间，用杂糅的方式添加了许多内容，而叙述中又没有一条顺理成

---

[1] 曹禺：《我对戏剧创作的希望》，《曹禺全集》第5卷，花山文艺出版社1996年版，第323页。

[2] 王润：《这是大家想看到的鲁迅作品吗——波兰导演陆帕中国执导戏剧〈狂人日记〉引热议》，《北京晚报》2021年3月22日，第9版。

章的线索。陆帕没有节奏分明地演绎这个故事，而是执拗地坚持自己后现代的创作理念，展现自己的个性，打破受众的接受耐力，重复地呈现某些同一内容，造成观众审美接受的心理障碍。

鲁迅小说《狂人日记》的篇幅很短，只有四五千字。客观上讲，要将它改编成一个时间长度为2小时30分钟的话剧，是有一定难度的。然而，陆帕充分发挥他的"创造力"，以"填补空白"的方式，将它改编成了一个非常冗长混杂的文本，演出时间达到5小时。这么长的演出，不仅普通观众坐不住，就是专业研究者也疲惫不堪。他以鲁迅的生平和文学作品为基础内容，充实小说原有的故事文本，以延长演出时间，扩张演出文本。不仅移植了《风筝》《故乡》《药》的内容，而且从《坟》《阿Q正传》《野草》等作品中获得启示，添加相关内容，故意延宕，令观众抓不住要领，造成了一些沉闷感。虽然演员高度紧张，表演很出色，但怎么也遏制不了普通观众的审美疲劳。一些观众看了半个多小时还不得要领，就失望地退场了。普通观众要去看这部话剧，前后需要6—8小时，多数人都忍受不了。显然，冗长是该剧一个致命的不足。有人说："之前很多报道都聚焦在5小时的时长上，但再长的戏我们也看过，譬如《2666》《如梦之梦》，所以戏的外部时长不应当成为我们谈论的焦点。""5小时长吗？作为观众，我感觉一点儿也不长；而且5小时是越看越来劲。"①也有人说："陆帕最伟大的地方，就是他永远能够瞬间地制造你我此时此刻心灵的质感。他找到一种窍门，他把1秒钟变成30秒钟，让我们感受到语言难以表达的东西。"②这种理解与赞赏显示了戏迷和粉丝的心理特质。对中国普通的接受大众来说，这种冗长混杂是不适合的。因此，更多的普通观众不是批评陆帕将剧场变成导演"私人"舞台任意而为，无视观众心理期待，"名导光环成为凌驾于观众之上的'审美胁迫'"③，就是抱怨"看不懂"和冗长拖沓，"太拖沓了，……好多地方都是静止画面一样，不知道在干什

① 王沭文：《陆帕让我们看到什么……》，《上海戏剧》2017年第11期。
② 吕效平：《这不是一个传统的表演》，《话剧〈狂人日记〉演后谈》，《艺术管理（中英文）》2021年第2期。
③ 张梦婕：《陆帕的狂人梦境：从创作与接受谈陆帕版〈狂人日记〉》，《上海戏剧》2021年第3期。

么"①。鲁迅长孙周令飞明确指出："在这样的一个节奏当中观众可能不太容易被带入，特别是那几场独角戏，观众在下面坐着会比较闷。"②这个评论是非常到位的。

同时，话剧《狂人日记》在叙事上没有梳理出故事的情节线，更没有梳理出清晰的人物性格与命运的发展逻辑，而是用学术剖析的眼光来打乱原著，重新按照自己的方式予以结构和组接，从而形成了一个重复混杂的舞台文本。全剧分三幕：第一幕写了第一次拜访、日记、风筝等；第二幕写了满月、笑声、狼子村、夜晚等；第三幕写了鱼和大夫、火车上的年轻人、母亲、发烧、救救孩子等。纵观全剧，其故事叙述的思路不清晰，情节的起承转合不明确，剧场性的集中度和话剧情节的高潮不明显。因此，整部话剧演出时并不流畅，暴露出后现代话剧演出最典型的缺陷。吕效平指出："陆帕的《狂人日记》不是一个传统的表演，他对塑造人物性格、对于讲故事、对于这个人为什么疯掉了没有兴趣。"③也就是说，陆帕的这部话剧是"现代"的表演，是与以往不同的，因此没有情节线和性格逻辑是有意为之的，是可以理解的。但这也是一种缺陷，这种文本故事不能满足中国普通观众的要求。杨扬指出："原本在救救孩子这一幕当中，还有很多的人在银幕上出现，很多人涌上来，但在试演中没有出现。实际上这里应该是全剧的高潮，边上都是拥众，充满了嘈杂的人声，八个人的呐喊声淹没在里面，表现了狂人和拥众的对抗。这一部分没有展示出来非常可惜。"④小说接受是个人化的，小说可以是精英化的，可以没有很强的故事情节，甚至可以杂乱一些，受众可以慢慢琢磨和品味其中的奥妙；但是，话剧接受是集体化的，话剧必须将精英化与大众性融合在一起，让不同的接受群体都能够入戏。

后现代话剧是反文学文本的，以剧场艺术为主，但是话剧再怎么扭曲"以话成剧"的特征，也还是有一定的人物台词的。但是，该剧的语言混乱，

① 豆瓣网：《狂人日记》（陆帕版），https://www.douban.com/location/drama/33426108/。
② 周令飞：《这个世界一定会更好》，《话剧〈狂人日记〉演后谈》，《艺术管理（中英文）》2021年第2期。
③ 吕效平：《这不是一个传统的表演》，《话剧〈狂人日记〉演后谈》，《艺术管理（中英文）》2021年第2期。
④ 杨扬：《这是一个世界性的现象》，《话剧〈狂人日记〉演后谈》，《艺术管理（中英文）》2021年第2期。

没有感染力。狂人说话的混乱、颠三倒四都可以理解，因为大家都知道他是一个狂人。然而，这个作品中的哥哥和讲述者等角色的语言也重复啰唆，不少地方很混乱，没有精彩诱人的桥段。刘杏林很智慧地指出："如果说改进，我感到目前不乏精彩有趣的段落，但需要更密切地衔接，同时仍有部分表达重叠的地方。"①

客观地说，陆帕没有对小说《狂人日记》进行深度的研究，赋予其创造性的表现，从而形成一个既能受精英阶层青睐，又能使普通受众满意的简洁清晰而有深度的舞台文本。陆帕只是利用了鲁迅的文学作品，以及现代剧场技术与技巧，对小说《狂人日记》进行了扩张化的重新组接，做了属于他自己的后现代艺术处理。如果摆脱后现代的混杂，进行适当的集中，那么这个剧的演出时间完全可以控制在150分钟左右。

（二）隐藏的乱伦故事

戏剧改编允许改编者根据需要对原著进行一定的改动，或虚构情节、增加人物，或删除情节、减少人物。只要不改变原著精神，不太离谱，都是会受到认可的。陆帕在改编《狂人日记》时主要是虚构和添加了一些内容，如讲述者向哥哥问询八都芥的情节、哥哥的独白；从《风筝》等文章中移植一些内容，增加京剧唱段和里克尔诗歌《布里格手记》等。这些都是可以理解的。因为不补充情节内容，一篇四五千字的小说要排成一部话剧，是很难的。但是，陆帕作为一个西方人对于中国文化认识的偏狭与不同于中国人的审美情趣，也影响了他在改编《狂人日记》时的艺术处理。其中，虚构狂人与嫂子乱伦的线索，就是不当的处理，无疑是对狂人形象明显的扭曲与矮化。

嫂子这个形象是贯穿始终的，这是陆帕增加的人物。如果将嫂子进行辅助性艺术处理，使其成为串场人物，以营造剧场气氛，增强剧场性力度，那是没有什么问题的。然而，陆帕将她设置成与小叔子——狂人乱伦的异类形象。对此，陆帕可以说是煞费苦心，细致谋划。在第一幕第三场《风筝》中，一开始就是哥哥对讲述者周先生说："是的，没错，这太令人痛苦了……"讲述者周先生说："你弟弟身上发生的这一切，对你而言也非常痛苦……"哥哥

---

① 刘杏林：《装满时间的神奇盒子》，《话剧〈狂人日记〉演后谈》，《艺术管理（中英文）》2021年第2期。

说:"你为什么要对我说这些?……我知道我经历了什么……""现在我的生活一切都好……"在一定意义上说,哥哥的这种话语是自我防卫,不愿意再被人戳破伤疤。至于是什么伤疤,则是一个悬念。只有接着看下面的内容,才能慢慢清楚哥哥痛苦的是弟弟与自己的妻子乱伦。后面,他说:"你可以把这些日记都烧了,就像他们从没存在过一样。我不想把它们放在家里了。"为什么?因为"我太太最近不舒服……为了这件事她很不安……"这是能指非常丰富的台词,但是其所指只有一种确定的答案,就是太太与弟弟发生乱伦怀孕了,所以她很不安!这在后面的情节做出了很多的阐释。在这一场第五节中,陆帕运用了《雷雨》的情节模式,恰恰说明了嫂子牵挂着狂人:嫂子要求把日记早点拿回来,并问周先生看懂了什么:"您的好朋友真的得了精神病吗?"哥哥赶紧说:"周先生累了,你也病了……我和周先生说你病了。"嫂子说:"我没病……"哥哥说:"你自己说你病了,并且……你已经躺在床上一周了……"嫂子说:"因为我不想跟你……"哥哥说:"别说了……"他们发生冲突后,周先生说:"我有这样一种感觉,他看上去像是被逮了个正着……"这里"被逮了个正着"显然指嫂子与狂人苟合被当场抓到了。可以说,这个乱伦故事交代得非常明确。

对于这个添加的虚构情节,陆帕将它做得很实,不让受众有任何质疑的可能。在第二幕最后一场戏中,陆帕设置了狂人与嫂子的一场戏,无论是舞台造型,还是言语交流,都非常明确地显示了这一点。其舞台造型是狂人一阵躁动之后,嫂子外衣敞开,着肉色的连衣裙,头发散乱地坐在床头,狂人侧卧着,头却枕在嫂子的大腿上,嫂子将他搂在怀里,两人下面的对话既隐晦又明白:

嫂子:我们走吧,这里有一股腐朽的气味,像毒药一样可怕……你必须离开这里……

狂人:请你读一下……你读啊!给我读……给我读……

嫂子:这里太黑了。

狂人:你看看这里……给我读。正义……不是这个……等一下,从这边开始读……

嫂子:我在你身边,你冷静点!把它放下给我,请躺下来,别动它，我什么都看不见……

　　狂人：我大哥马上要来了……

　　嫂子：你大哥在睡觉。

　　狂人：我害怕……

　　嫂子：不要害怕，没有什么可怕的。

　　显然，这里的狂人与嫂子的关系绝不是一般的正常的叔嫂关系。在这里，如果观众品味不出曹禺《雷雨》中周萍与繁漪关系的影子，起码也应该看到《北京人》中的愫芳与曾文清关系的情状。后面嫂子自言自语："你曾经说男人……出于对自己的恐惧……把女人不当回事……你也说你讨厌他们这样做……因为，女人和男人都是人……甚至也许女人比男人好多了……"这与繁漪对周萍说的某些话语十分相似。而嫂子还说："你给我读过那些来自遥远世界的人的想法……你给我看了相册里的画……给我讲了远方的音乐……因为你不能给我听这首歌也不能演奏……我记得这些……你的故事美丽又奇怪……你给我翻译了一些外国人的诗歌……"让我们想起周冲对四凤说过的海边畅想曲。尤其是狂人给嫂子翻译的诗歌——里克尔《布里格手记》，隐喻着对嫂子的爱恋："我没有告诉你 / 每个夜晚我都在哭泣""当你守候着我 / 我们能承受恐惧和痛苦 / 我们心中成长的奇迹……"应该说，这一节是对狂人与嫂子乱伦关系的较为直接的表现。

　　有人这样质问："话剧中还有一些谜也非常有趣，而且我也不认为这些谜是一定要破解的，比如嫂子和狂人到底是什么关系，比如哥哥到底是一个什么样的存在。"[1]显然，这种质问显示了艺术接受的敏锐性。很有意味的是，陆帕在这儿的描写明显借鉴了曹禺的戏剧故事。这种情节的虚构与增加，也许是为了丰富狂人的性格，是对封建伦理道德的撕裂与反抗，但实际上对狂人作为启蒙者的形象予以了矮化，无疑背离了原著的精神。

　　（三）东方主义的不实描写

　　艺术创作总是会自觉不自觉地呈现出创作者的立场。这种立场既可以是

---

① 张敞：《小说和剧场本身就是意义》，《话剧〈狂人日记〉演后谈》，《艺术管理（中英文）》2021年第2期。

审美立场，也可以是政治立场，还可以是一种社会立场。通常，审美立场是指创作时预设的兼具精英性和大众性的审美指向与审美接受立场，政治立场是指民族、国家和政党的立场，社会立场是指社会阶层、群体或区域的立场。任何艺术家的艺术创作都有自己的立场，这种立场通常与特定时代的社会状况、民族国家的政治情势，以及创作者的思想倾向和认知习惯有密切关系。汤因比指出："文明的交流可以产生积极或消极的影响"，而"文明形态是政治、经济和文化的共同体"。①陆帕的话剧《狂人日记》在改编中显示出明显的褒欧贬中的东方主义立场，有着十分明确的不实描写。

东方主义的含义可以从不同角度来理解。作为话语系统的东方主义，是介于学术的与思维的两种含义之间的，就是"通过做出与东方有关的陈述，对有关东方的观点进行权威裁断，对东方进行描述、教授、殖民、统治等方式来处理东方的一种机制：简言之，将东方学视为西方用以控制、重建和君临东方的一种方式"②。它"是一种统治东方、重新建构东方、对东方行使权威的西方权力话语系统。欧洲文化正是通过这套权力话语系统并以政治的、社会的、军事的、意识形态的、科学的和想象的方式来处理甚至创造东方的。因此，东方学成了帝国主义的一套权力话语系统"③。东方主义认为，无论是在技术上还是政治上，甚至在文化上，西方都处于优势地位。陆帕在话剧《狂人日记》中也显示了潜在的东方主义的傲慢与偏见。首先是夸张地表现中国人的野蛮无礼。该剧中，市民咬骨头的影像表现，以及狂人在水街遇到的妇女对孩子歇斯底里的殴打，不仅充分显示出中国人野蛮、残暴和愚昧的吃人状态，而且直接表现了中国人自觉地津津有味地吃人的自私。陆帕试图将《狂人日记》中"吃人"的主题进行显性呈现，实际上自觉不自觉地丑化了中国民众形象，显示了他的东方主义的傲慢。其次是第三幕"火车上的青年大学生"中的污名化描写。大学生一上火车，就坐在狂人旁边。他笑着，狂人问他乐什么，他说："我昨天被学校开除了，因为我们教授口误……我忍不住笑了……"在这里，陆帕似乎是以艺术穿越来表现五四时期人们对封建权威

① Arnold Joseph Toynbee, *East to West: A Journey Round the World*, Oxford University Press, 1958, p.vii.
② 萨义德：《东方学》，王宇根译，生活·读书·新知三联书店2019年版，第4页。
③ 袁金刚主编：《当代西方文化批评理论名著研究》，复旦大学出版社2014年版，第164页。

的反抗，显示民主自由思想，映衬狂人崇尚自由的心理。实际上，这是风马牛不相及的。因为，这个大学生并不具有狂人的精神。他只是被教授的口误刺激，情不自禁地笑了一下，就被学校开除了。陆帕虚构这样一个情节，具有明显的东方主义的偏见，是对中国教育制度的污名化的表现。最后是将中医何先生改为西医黑塞大夫。这自然是对中医的否定。黑塞作为一个医生，面对一个疯子时非常有耐心，对他循循善诱，看病非常仔细，服务周到。他不管狂人说什么，都忠实于自己的职业要求，这与前面各种咬骨头和打小孩的市民形成鲜明的对照。作为西方人的代表，黑塞还与中国的教授对照。无论是教授还是大夫，工作的对象都是人。一个是启迪思想，教授知识；一个是医治疾病，给人健康。工作内容不同，但性质一样，职业要求也是相似的。可是与黑塞大夫比较起来，中国的大学教授就有明显缺陷。这也许是迎合西方人的东方主义立场的自觉选择，也许是陆帕潜意识中的东方主义偏见不自觉的流露。

总之，陆帕改编的话剧《狂人日记》是存在明显不足的。这是陆帕根深蒂固的西方思想立场与文化艺术观念导致的。这不仅撕裂了鲁迅的原作，混淆了鲁迅作品的思想取向，拉低了鲁迅原作的审美品位，矮化了鲁迅的精神思想，制造了混乱错杂的审美世界，也违背了中国人的审美感受。这是造成该剧接受效果不理想的主要原因。

三、现实、现代、后现代与中国话剧之路

如前所述，陆帕改编的话剧在中国出现后，不少人为陆帕这种后现代话剧的演出激动不已，有一些理论研究者将陆帕看作中国话剧的引路人，似乎他为中国剧坛送来了一盏指路的明灯。但是，某些理论家的点赞和期待与普通受众的接受状况，实际存在明显的反差。观众的接受状况给我们提出了警示。我们有必要对中国未来的话剧之路进行一点思考，是沿着陆帕的后现代方向前进，还是继续走中国的现实主义话剧道路？我们有必要进行一些探讨。

（一）正视与纠偏：陆帕的话剧模式不切合中国大众的审美需求

有论者指出："带着古典现实主义的要求去看他的戏，一定会失望的，一定会发现他误读了鲁迅，一定会发现他没能抓住清末民初的时代特征，也一

定会不满意于他呈现在舞台上的那一群模糊不清的、善恶不明的、暧昧的人。"①无论什么戏，受众喜欢、入座率高、中途不退场是创作的基本追求，至于观众带着什么主义来看，审美观念是不是前卫，并不是创作者能驾驭的。某部话剧的接受状况不理想，我们不能归因于观众。话剧作为一种大众化的文艺样式，首先必须考虑普通观众的审美需求。

陆帕以纯西方眼光和西方话语方式构建的后现代舞台环境，既与中国民众的审美接受心理有距离和隔阂，也泄露了东方主义的偏见与失误。从舞台演出形态上看，除时间冗长使人坐不住之外，这种后现代主义的排演方式也不对中国普通观众的胃口。有观众这样描述自己看话剧《狂人日记》的情景："很坦率地说，我感觉陆帕的戏是高冷的，看多了有审美疲劳，那天看《狂人日记》时打了几个盹，但发现闭眼和睁眼之间戏还停在那没有变化。"②显然，它不能使观众进入话剧中去，自然不能获得中国普通观众的青睐。整部话剧没有激情，人物安静得像一潭死水，情节静止不动，舞台灯光始终昏暗不清，语言琐碎，缺乏咀嚼的余味。一般来说，动作和声音是话剧中最具有剧场性张力的因素。然而陆帕改编的话剧《狂人日记》，动作缺少性格的活性和心理的含量，声音缺乏心理的沉淀与思想的张力。他以外在的声响刺激受众的大脑，最典型的就是火车行进中发出的噪声，与人物的心理、情感和思想缺乏必然联系。整部话剧缺乏中国普通观众所喜欢的活性。这种活性不是指肤浅、庸俗、滑稽的插科打诨，而是指人物思想灵魂、精神性格和人生命运的活性展示与交流。自然，话剧《狂人日记》不能紧贴注重体验的中国民众的接受心理。一部话剧不能从情感心理上打动观众，激发其接受情绪与欲望，使其进入话剧之中，自然就不能牵引住观众。中国话剧一旦失去了普通观众，无论多么先锋，其路子都只会越走越窄。

著名戏剧家濮存昕指出："看完戏之后，我想为这个戏提出一些建设性建议。首先，我希望演员们不要被陆帕的叙述方式影响，他说话方式太冷静了，是平均的、静静的。我喜欢李彬老师的戏，她一上来，整个生命是活的、是

---

① 高子文：《先锋现实主义和它的世界——评克里斯蒂安·陆帕〈狂人日记〉》，《戏剧与影视评论》2021年第4期。

② 韵丰：《〈狂人日记〉带给戏剧界什么启示？——话剧〈狂人日记〉上海研讨会纪要》，《上海戏剧》2021年第3期。

生动的，台词是清楚的，一定让观众听见，每句台词都说清楚，比如'快吃啊，拿筷子'，太多的演员没有这个嘴上的力量。很多演员在台上的生动是陆帕先生喜欢的，但是演员们在台上太平静了，我希望他们像一个皮球一样被弹起来。我希望台词能够让所有的观众都听清、听懂，然后被感触。没有台词是没有戏剧的，不要轻视台词。陆帕先生是一个外国导演，他对中国台词的判断力也许有隔阂，所以演员互相之间一定要听，要指点，所有演员要把台词清晰地送到观众席里，这是我的戏剧观念。其次，我们要有时间概念，因为这个世界由两大概念构成，一个是空间，一个是时间。我认为这部戏的节奏感应该控制在三个小时，这将让观众感觉特别好。我们尽可能地让这部戏不损失品质，在不损失陆帕先生直觉的同时，要把戏剧的时间控制在可控的时间里。昨天这部戏是近五个小时的时间，这样下去会损失观众。"①这是对中国话剧的关爱，也是对中国话剧发展路向的指正。

客观地说，陆帕话剧《狂人日记》在绍兴演出时尴尬的接受状况，不是因为话剧表演存在问题，表演者是用心用力、很出色的。那么，原因在哪里呢？陆帕式的所谓"舞台写作"的后现代话剧的排演方式不适合中国观众的审美口味，也就是说，后现代话剧理念与中国观众的审美接受习惯相左。中国话剧除非不要大众化，除非不要走商业化的道路，才可以一味地照搬所谓后现代话剧观念进行同人化的话剧试验。如果是在话剧爱好者之间进行小范围试验，那么就可以照搬欧美流行的后现代话剧排演模式。如果是要获得中国普通观众的喜爱，走产业化的路子，那么这种后现代话剧模式是走不通的。

（二）开放与涵容：在吸收世界优秀文化中壮大

在中国话剧的发展历程中，我们有过不少经验教训。100多年来，对于现代话剧的发展路向，话剧创作者一直在探索。当话剧从西方舶来之后，如何使之在中国生根发芽，壮大成林，话剧界付出了艰辛的努力。这里既有成功的经验，也有失败的教训。在20世纪，无论是10年代文明戏的盛行与没落，还是20年代爱美剧的成功与式微，以及30年代左翼戏剧的兴起与坚守等，都有过不少的教训。《华伦夫人之职业》1920年在上海演出失败，一个重要的原

① 濮存昕：《这部作品迟到太久》，《话剧〈狂人日记〉演后谈》，《艺术管理（中英文）》2021年第2期。

因就是照搬外国戏剧模式，造成了水土不服。尤其是20世纪80年代以来，受电视剧的冲击，话剧事业走向低谷，话剧界一时不知所措，但并没有等待，而是向世界戏剧界寻找药方，积极探寻出路。于是，现代先锋实验剧迅速崛起，甚至一度也出现过后现代话剧。但历史事实证明，先锋实验剧并没有抢占到中国话剧主体地位。中国话剧是走现实主义道路还是走浪漫主义道路，是走现代主义之路还是后现代主义之路，长期以来并不明确，事实上也很难明确。在一个现代艺术多元的时代，要绝对统一是做不到的。但是，从话剧接受的效果分析，我们还是可以看出孰优孰劣的。陆帕的话剧《狂人日记》在绍兴演出时尴尬的接受状况，再次给中国话剧创作者提了个醒：后现代话剧不适合中国普通观众的审美口味。

但是，我们是不是就可以闭关锁国、故步自封呢？当然不是。习近平总书记指出："我们社会主义文艺要繁荣发展起来，必须认真学习借鉴世界各国人民创造的优秀文艺。只有坚持洋为中用、开拓创新，做到中西合璧、融会贯通，我国文艺才能更好发展繁荣起来。"[1]因此，我们在话剧创作中，应该以开放涵容的姿态，运用拿来主义，接受外国戏剧的精粹，抛弃不适合中国话剧的糟粕。对于后现代话剧模式，不要照搬，而是有选择地吸收其中合理的先进的因素。我们要能涵容试验性的先锋戏剧，使之成为中国话剧发展的一种辅助性推力。陆帕的话剧《狂人日记》代表了当今西方的后现代话剧模式，自然有值得我们学习的地方。陆帕本人经历了物理、美术、电影的学习和训练，能够综合运用多学科的原理与技术来营造话剧环境，这是值得我们借鉴的。一是富于象征意味的舞台布景。那"三三制"的铁屋子和严实的高墙，具有很强的象征性意味。二是现代电子科技手段的运用。那个红色的电子方框与高墙的巧妙切换，独具匠心；那些影像拓展了话剧舞台表现生活的范围，形成了现场感。三是丰富多样的色彩艺术。利用电子投影技术不断地改变舞台的色彩，写实与写意融合，形成了变幻莫测的视域场景。四是思想精神的思辨性追求。陆帕努力将自己的独立思考植入作品，做一种思辨性探索，虽然不很成功，但也有借鉴意义。总之，这部作品"能够为中国话剧艺

---

① 习近平：《在文艺工作座谈会上的讲话》，人民出版社2015年版，第26页。

术功能、创作观念、美学表达等的变化演进留下宝贵的他者参照"①，但我们不应照搬。

因此，对于外国话剧，我们应该有自己的准则，要学会鉴别和选择，广泛地吸收外来营养，致力于构建有中国特色、符合大众审美情趣与要求的话剧的发展模式与基本体系，这样才能避免水土不服的问题。有的论者指出："戏剧的健康发展，是各种样式的共生共存，只有在共生中碰撞才可以保持一种理性的认识，这就是我从看这个戏延伸出来的一个想法。我们正处在社会转型时期，应该拥抱任何激情，这是这个时代赋予我们的使命。"②中国话剧必须以开放与涵容的态度面对世界优秀文化，广泛吸收其精华，丰富自己的营养库，从而发展壮大自己。

（三）守正与创新：坚持中国特色的民族化话剧之路

陆帕的话剧《狂人日记》演出后，引发了人们对中国话剧之路的思考，成为一个重要的文化事件，这是一种可喜的现象。中国话剧自然应该与时俱进地吸收世界戏剧优秀元素，以期得到更好的发展。然而，值得注意的是，虽然人类在情感、心理和思想上有相同性、共感性，但是由于地域的差异、时序轮换的不同、历史文化背景的不同，民族的性格心理、思想情感、思维方式和趣味兴奋点也会有所区别。不仅一个时代有一个时代的文学艺术，而且一个民族也有一个民族的文学艺术。在探索中国话剧发展之路时，最重要的是要守正创新，走中国特色的民族化话剧之路。这就要求话剧创作者牢固树立民族话剧意识，充分考虑民族的审美心理需求和人民的欣赏习惯，努力创新具有中国特色的民族化话剧。

话剧是一种大众艺术，中国话剧主要应该以满足中国人民的审美需要为基本目标。习近平总书记指出："艺术可以放飞想象的翅膀，但一定要脚踩坚实的大地。文艺创作方法有一百条、一千条，但最根本、最关键、最牢靠的办法是扎根人民、扎根生活。"③因此，要"坚持以人民为中心的创作导向"，

---

① 徐建：《从密茨凯维奇到陆帕——波兰戏剧在中国的传播与接受》，《戏剧艺术》2019年第5期。

② 韵丰：《〈狂人日记〉带给戏剧界什么启示？——话剧〈狂人日记〉上海研讨会纪要》，《上海戏剧》2021年第3期。

③ 习近平：《在文艺工作座谈会上的讲话》，人民出版社2015年版，第19页。

"反映中国人审美追求"。中华民族与西方世界有着不同的生存环境，不仅形成了中华民族独特的性格心理和思想情感，也形成了中华民族独特的审美心理结构。"中国人喜欢听故事"①，这就要求中国话剧创作者要独具匠心地在作品中建构民族审美机制，这样才能赢得中国话剧的市场。陆帕的话剧《狂人日记》以冗长混杂的舞台演出模式，挑战受众的忍耐力，控制受众的审美注意力，这体现了西方后现代话剧的创作理念，显示了西方人在审美心理、审美兴趣和审美方式上与中国人的差异，明显疏离了中国普通观众的审美接受心理和审美要求。由此可以看出，后现代话剧之所以在中国始终只能作为一种先锋性戏剧试验品，一直不能抢占现实主义话剧的主体地位，其原因就在这里。

因此，我们认为，中国话剧必须坚持中国特色社会主义的审美路向——走诗化现实主义道路。诗化现实主义是著名戏剧理论家田本相先生在研究曹禺戏剧时归纳总结出来的。它要求剧作家将"诗人的创作个性与中国现实结合起来"，不仅要以诗人般的热情拥抱现实，而且要带着理想的情愫去观察现实和描写现实，倾心于塑造典型形象，关注人类命运与精神世界，致力于探索人物的灵魂，深刻描绘人物的心灵，并以自主的民族灵魂和艺术传统，以及剧作家的艺术个性去涵容、消化和吸收外国戏剧有益的艺术元素。②中国话剧的诗化现实主义是经过曹禺、焦菊隐等一批戏剧家的艺术事件探索出来的。曹禺的诗化现实主义是在充分吸取了中国话剧的历史经验教训的基础上做出的审美选择。"它既继承了中国话剧的现实主义传统，又摒弃了以往话剧作者将现实主义简单化的做法，既融入了浪漫主义的诗情，又扬弃了以往浪漫主义剧作家脱离现实而沉迷于主观情感抒发的弊端，既吸取了现代主义的营养，又避免了以往现代主义剧作家反传统、远离现实和晦涩难懂的局限，赋予了中国话剧以新的审美特质。"③习近平总书记指出，文艺创作"应该用现实主义精神和浪漫主义情怀观照现实生活，用光明驱散黑暗，用美善战胜丑恶，让人们看到美好、看到希望、看到梦想就在前方"④。实际上，习近平总书记

---

① 曹禺：《雷雨·序》，《曹禺全集》第5卷，花山文艺出版社1996年版，第1页。
② 田本相：《前言》，曹禺：《曹禺全集》第1卷，花山文艺出版社1996年版，第3—14页。
③ 刘家思：《曹禺戏剧的剧场性研究》，中国社会科学出版社2010年版，第471页。
④ 习近平：《在文艺工作座谈会上的讲话》，人民出版社2015年版，第20页。

指出了诗化现实主义的基本原则，指明了中国话剧人创新艺术的重要方向。诗化现实主义不仅能赋予人们审美享受，稳住话剧市场，而且也能更好地发挥话剧影响人、教育人的社会功能。中国话剧发展的历史证明，诗化现实主义是中国话剧发展的主要路向，也可以说是一条康庄大道。只要与时俱进地吸收当代世界戏剧的先进养分并进行完善和创新，以切合不同时期中国人的审美需求，以诗人的理想情怀对现实生活展开描写，对不同历史时期的中国人民的思想精神、生命状态及命运历程予以诗化表现，直抵人物的灵魂，深入社会的骨髓，展现强烈的人文关怀与深邃的哲学沉思，中国话剧就一定能够得到更好的发展。

　　总之，话剧《狂人日记》充分显示了陆帕的创作特点和艺术努力，取得了一定的艺术成就，但总的接受效果并不理想。这表明，后现代话剧与中国受众的审美要求有距离。在艺术百花齐放的环境中，后现代话剧可以作为一种试验性工作进行尝试，但不应是中国话剧的发展正途。中国的话剧创作者应该与时俱进地坚守和发展诗化现实主义的道路，创作出民族化的话剧经典，为人民提供更加丰富的精神食粮。

　　本文系浙江省哲学社会科学规划 2009 年重大项目"越中现代知名作家系列研究"（编号：09JDYW01ZD）的阶段性成果之一，原载于《中国现代文学研究丛刊》2022 年第 9 期。

第四部分　戏剧影视评论

论动画《大禹治水》的多重复合表述

许哲煜①

国家广播电视总局宣传司扶持并指导、浙江广播电视集团出品,浙江卫视、浙江蓝巨星国际传媒公司承制的我国首部4K高清动画片《大禹治水》于2019年在央视综合频道和浙江卫视首播,获得了不俗的收视成绩及相关好评。该片是"中华优秀传统文化传承发展工程"子工程"中国经典民间故事动漫创作工程"的重点项目,于2019年获得中宣部"五个一工程"奖。《大禹治水》以中国上古传说"大禹治水"为蓝本,讲述了"鲧"的儿子"大禹"在天下水患肆虐,哀鸿遍野之际,临危受命,带领庚辰、伯益和众百姓,与水神共工艰难抗争,历经艰险最终化险为夷,治理了水患,平定了九州,在追梦中成长为英雄的故事。

一、中外元素糅合

作为我国首部采用4K技术制作的动画片,《大禹治水》在视觉模式上的营造带来强烈的逼真效果;同时在内容元素的处理中,借鉴了东西方传统美学风格与形式技法,最终形成中国故事结合外国技术、传统美学搭配现代叙事的融合之作,是一部场景绮丽、形象丰满、情节跌宕起伏的作品。东方美

---

① 许哲煜,1990年生,男,河南开封人,文学硕士,浙江越秀外国语学院中文学院讲师,研究方向为戏剧影视文学。

学元素体现在对片中人物的形象设计上，表现为片中神兽的拟人化塑造，如守护息壤的神兽虒、神通广大的耳鼠、被大禹拯救的应龙、阴险狡诈的浮游和无支祁、善于变幻的银狐、毒辣残暴的九头蛇相柳等。从影像语言的造型角度来看，动画《大禹治水》的创作者首先从《山海经》等上古奇志或民间故事中获得原型，采撷创作灵感，并尝试在人物塑造上将传统文本进行艺术个性的添加和创新思维的转化，以形成新奇丰满的视觉形象。如在片中大禹的师父耳鼠、镇守息壤的神兽虒等形象，均是从《山海经》中找到原型，再通过奇观化、个性化的视觉造型语言，营造出绮丽多姿的形象，形成"陌生化"的审美效果的。俄国文艺理论家维克托·什克洛夫斯基在《作为手法的艺术》中写道："艺术的特征，即它是专为使感受摆脱机械性而创造的，艺术中的视象是创造者有意为之的，它的'艺术的'创造，目的就是使感受在其身上延长，以尽可能地达到高度的力量和长度。"①所谓"陌生化"，就是将对象从其正常的感觉领域移出，通过施展创造性手段，重新构造对象的感觉，从而扩大认知的广度，不断给读者以新鲜感。尤其在动画创作领域里，营造奇特和新鲜的视觉观感成为第一要义。在美国梦工厂动画公司于2013年制作的3D动画《疯狂原始人》开头的追逐戏中出现的形形色色的动物，并不能在现实世界中找到对应，它们是由多种动物的身体部位组合而成的，造成似是而非的效果，给观者新奇的视觉愉悦，调动了观者内心的窥视本能，最终形成引力效应，营造出沉浸式的观影气氛。

《大禹治水》通过吸收和借鉴外国动画的经典场景，形成丰富绚丽的视听段落，从而增强了戏剧情境张力。在动画片第一集《大禹降生》中，大禹的父亲鲧为了堵住洪水，不惜冒险去偷盗息壤，遭遇镇守息壤的神兽虒的全力追击，凶险万分。这场追逐戏的段落设计和表达，与《疯狂原始人》开场部分咕噜一家人偷盗鸟蛋被动物追逐的过程有异曲同工之妙。在《疯狂原始人》中，追逐戏的背后蕴含着对现实生活场景的艺术加工，即以美式橄榄球运动场景为创意，将之移植为动画艺术中的情景再现。这种对生活的虚拟模仿，能够在联系当下的同时让观众粲然一笑。现实境遇与艺术体验的结合形成思

① 维克托·什克洛夫斯基等：《俄国形式主义文论选》，方珊等译，生活·读书·新知三联书店1989年版，第8页。

想上的默契，观者与艺术作品的距离由此被拉近，基于观剧体验的亲切感便油然而生。同时，经过变形、夸张的奇特的动画场景设计和演绎，也有助于迅速拉近观者与动画的距离，使其完全融入故事的情境之中。动画《大禹治水》通过类似的设计造型和视觉场景营造手法，在丰富立体的视听语言和紧张刺激的叙事张力中，把想象空间呈现在观众面前。其实，当我们在为国产动画作品取得这些进步而欣喜的同时，也面临着一个无法回避的课题，即如何运用本土文化在跨界关联中进行创新表达。在美国动画《疯狂原始人》中，可以看到作品中的大多内容素材多是对其本土文化的创造性转化与跨界移植。国产动画也相当须要在作品中融入更多的本土文化；不仅如此，还应该站在创造和创新的高地，从中国文化空间中去开发与重塑本土文化的另类表达。有学者分析认为，有相当一部分动画电影是"用别人的话讲自己的故事"。这种"国际化"只会妨碍我们"真正地展现自己"，只有"用自己话讲自己的故事"①，才能激发和孕育出独特的美学空间，从而开辟出一条文化表达路径，才能真正让中国作品走向国际。

二、三重关系架构

动画片《大禹治水》共分为十二集，故事整体叙事通过每一集的子标题层层递进，首尾呼应，讲述了大禹最终打败水神共工，平定九州水患一事。十二集都以特定的主题命名，依次是《大禹降生》《驯服应龙》《受命治水》《涂山娶妻》《降伏无支祁》《轩辕开山》《河伯献图》《金简天书》《消灭相柳》《重蹈覆辙》《决战共工》《涂山大会》。罗兰·巴特认为："神话是一种言说方式，传递并满足了一种普世性的情感。神话不只属于古人对世界的理解，也可以是现代媒体对现代和后现代世界的言语建构。"②在动画片《大禹治水》中，承上启下的叙事主题强化了大禹治水的艰难，形成较为强烈的戏剧性冲突，最终引发叙事高潮。这样的叙事结构章法依托于创作者对三重关系的架

---

① 陈廖宇：《用别人的话讲自己的故事——2012年度国产动画电影漫谈》，《北京电影学院学报》2013年第1期。
② 罗兰·巴特：《神话修辞术：批评与真实》，屠友祥、温晋仪译，上海人民出版社2009年版，第76页。

构，即人与自然、人与社会、人与家庭的关系。而这三重关系构成了《大禹治水》叙事的基本框架，主题内涵由此得到深化，展现出英雄情怀、家国情怀、史诗情怀。

在人与自然的关系处理中，创作者着重表现出大禹坚忍不拔的毅力与因势利导的科学精神。大禹的父亲受尧帝之命治理水患，为了解救万千百姓，他偷盗息壤堵住洪水，成为罪人，被天雷劈死，化作梼杌。大禹出生以后在都城长大成人，又受舜帝命为司空，前去治水。在第六集《轩辕开山》中，大禹手拿开山斧劈山碎石，带领庚辰、伯益等人决心治理洪水。在第七集《河伯献图》中，由于水神共工指使河伯奉上假图，众人虽千辛万苦、疲惫不堪，却治水失败。在第八集《金简天书》中，大禹终于悟出堵不如疏的道理，八年后终于平息了水患。不管是击败旱魃，还是消灭相柳，以及与共工最终的决战，大禹坚忍不拔、艰苦奋斗的精神都得到了充分体现。他悟出的堵不如疏的道理也鲜明体现出大禹开拓创新和因势利导的科学精神，它来源于人与自然的互动。从对抗自然中悟出顺应自然，从无知蒙昧达到理性智慧，大禹在艰难险阻中逐渐成熟，成为人民眼中的治水英雄，其个人精神品质被后人继承与强化。

在人与社会关系的处理中，创作者塑造了大禹忧国忧民、公而忘私的奉献精神。如第一集《大禹降生》中，鲧为堵住洪水、拯救苍生，不惜触犯天怒偷盗息壤，最终被天雷劈死。在第八集《金简天书》中，大禹见百姓受难，毅然去往宛委山除掉旱魃。在第九集《消灭相柳》中，大禹为使都城百姓免遭涂炭，带领众将士艰难击败相柳。在第十集《重蹈覆辙》中，大禹更是为了九州百姓，不惜牺牲自身生命去偷盗息壤堵住毒液。这些情节的设置环环相扣，让大禹忧国忧民、为民请命的精神不断地遭受更为严峻的考验，家国情怀在一个个惊险无比、感天动地的情节中被彰显和强化。

在人与家庭的关系处理中，创作者更是突出表达了大禹公而忘私、舍家为民的博爱情怀。大禹在涂山娶妻，不久后就要离开家，前去黄河治水。平定水患之后，大禹本要回到涂山与妻子女娇团聚，却在半路改道与旱魃斗争，为民除害。在无支祁水淹涂山、施咒于女娇之时，相柳前往都城祸害百姓，大禹面临两难抉择，最终决然赴都城保护百姓。在这里，大禹舍家为民的过程形成了双线交叉叙事，大禹忙于拯救百姓于水火之时，也是女娇坠入绝境心死之际。此时双线交叉叙事蒙太奇的应用，无疑拓展了影像表达空间，在对戏剧节奏的把控下推进事件进程，空间的快速剪辑切换紧紧抓住观众眼球，形成新奇事物的多重刺激表达，从而带给观众激越的观赏体验。

三、中国价值表达

动画片《大禹治水》所蕴含的中华优秀传统文化，是中华民族生生不息、永葆创新动力的精神力量。片子里塑造的大禹英雄形象，在宣扬和展现中华优秀传统文化的同时，也深入挖掘和生动诠释了远古神话传说的精神本质和当代价值。该片中的大禹形象不同于西方世界惯常宣扬的个人英雄，而是在治理水患、击败敌人的过程中充分彰显团结奋斗、万众一心的精神品质，这种具有东方英雄特征的形象刻画也充分展现了中国力量、中国精神和中国价值。

神话故事大禹治水中蕴含和凝结的忧国忧民、公而忘私的精神品质生动诠释了中华优秀传统文化的深刻内涵。今天，弘扬大禹精神、继承大禹文化是中华优秀传统文化的内在要求，也是中国文化发扬光大、健康发展的不竭动力。而挖掘传统文化的当代价值和现实意义，成为衡量优秀传统文化是否有效传播之标尺。就动画片《大禹治水》而言，创作者十分注重让古老的神话传说产生新时代意义，让久远的故事与新时代的表达之间产生联动效应，重新赋予其当代价值和现代面貌。该片创作态度严谨扎实，创作者在前期的准备中，先后前往陕西、安徽、河南、四川、山西、青海等六个省份进行调研，实地考察大禹治水遗迹，参考《尚书》《史记》《山海经》《淮南子》等众多古代典籍，积累了大量关于大禹治水和其他上古神话的素材和影像资料。《淮南子》记述道："舜之时，共工振滔洪水，以薄空桑，龙门未开，吕梁未发，江淮通流，四海溟涬。"[1]为了执行天帝惩罚人类的旨意，水神共工从西方掀起了滔滔的洪水，滚滚向东，一直淹到今山东境内的空桑。《山海经》说："共工之臣曰相柳氏，九首，以食于九山。相柳之所抵，厥为泽溪。禹杀相柳，其血腥，不可以树五谷种。禹厥之，三仞三沮，乃以为众帝之台，在

---

① 何宁撰：《淮南子集释》，中华书局1998年版，第1326页。

昆仑之北。"①共工的部下相柳是一个九头怪物，头伸到九座山上去找食物。它所接触到的地方都变成了沼泽。在此基础上，主创团队反复修改，几易其稿，才最终完成剧本创作，一是基本还原了大禹治水的故事情节，二是呈现出传统内涵和现代面貌。创作者首先对大禹传说的资料进行搜集和整理，再从众多素材中选择，去完成故事架构，吸取国内外动画制作经验，深入挖掘其中能够联结当下情怀的艺术元素和表达范式。为了让大禹故事在商业类型叙事中呈现主流意识形态，精准表达中国文化和中国价值，获得广泛的文化认同，创作者安排激烈的故事情节来推进叙事：大禹的父亲鲧为拯救苍生偷盗息壤，被天庭治罪化为梼杌。大禹受命治水，其间降伏无支祁，轩辕开山，遇河伯作祟献假图，导致第一次治水失败，陷于困境的大禹悟出堵不如疏的道理，并最终平定了水患。赶回涂山的过程中，大禹转道而行，巧斗残害百姓的旱魃并取得了胜利，随后又消灭相柳保全了都城百姓的生命，在与水神共工的终极斗争中击败对方，却不计前嫌释放了共工，使其改邪归正。在最后的涂山大会上，大禹劝导九州百姓放下武器，铸九鼎，开启和平盛世。从这里我们能看出，大禹治水历经艰辛困苦，与天、地、人、神斗，这样跌宕起伏的叙事情节可以营造强烈的戏剧张力，强化人物之间的戏剧冲突，增强视听段落的视觉冲击力，标榜主要人物的英伟形象。

动画片《大禹治水》不仅彰显了内在坚实的中国文化属性，也具有开放性的世界表达。中国传统神话题材作品其实具有广泛的"国际群众基础"。大禹治水不仅反映出神话所具有的浪漫主义特征，也蕴含人类社会共同的发展规律。大禹坚忍不拔、奋斗不息，最终治理了水患，凸显的也是人类在历史发展的进程中，通过持续不断地处理人与自然、人与社会、人与人之间的关系所获得的进步。所谓"得道者多助，失道者寡助"，可以从《大禹治水》中找到佐证：主管淮河的得力干将无支祁和主管黄河的河伯，最后都抛弃了掀起滔天洪水为害百姓的水神共工，尤其是河伯更是帮助大禹把毒液引向东海，避免生灵涂炭；反观大禹，伯益、庚辰、耳鼠、应龙是他的得力助手，妻子女娇全力支持丈夫治水，云华夫人在动画片中共出现四次，均在危难之际帮助大禹及众人祛除灾难，化险为夷。涂山百姓从最初对大禹抱有成见，到最

---

① 袁珂校注：《山海经校注》，巴蜀书社1993年版，第279—280页。

后齐心协力一起挖沟开渠，大禹在涂山大会倡导百姓弃武修文、共享九州太平盛世等情节，都充分体现了大禹精神的感召力。动画片通过大禹精神彰显出中国价值的世界意义，其中反映出的放之四海而皆准的和谐共生、和平共处的价值观念，使其具备了国际传播价值。

结　语

动画片《大禹治水》在着力刻画和塑造大禹的英雄形象，传播优秀传统文化的同时，也体现出创作者对内容元素、理念技法所进行的挖掘与创新。在这部动画片里，对价值观念的输出没有一味陷入说教的窠臼，大禹在治水中所彰显的公而忘私、忧国忧民的奉献精神，艰苦奋斗、坚忍不拔的创业精神和尊重自然、因势利导的科学精神，在一定程度上被隐藏并内化在类型叙事中。创作者尤其重视在跌宕起伏的故事和徘徊挣扎的人性中检验和磨砺珍贵的品质。诚然，当下大禹故事的演绎不应该停留在对过去的经验做法的简单描摹和复制粘贴上，更多的是要寻求大禹故事与大禹精神的创新演绎和现实意义。一方面，要力图创造当下观众与历史故事的精神链接，建立共同语境；另一方面，要通过中国传统美学的创新阐释、对中西方动画元素的糅合，以及多重关系架构起来的故事框架，来锚定大禹精神的珍贵内涵，通过讲述中国故事来传递中国价值观念。

"绍兴师爷"的艺术魅力初探

孟　坚

电视节目从诞生、发展、成熟到衰老，都有自身发展的规律，但是许多好的电视节目，生命周期很短暂，未"发展"便釜底抽薪，未"成熟"就"创新"变脸。而在绍兴，一档本土化的方言类电视新闻节目《师爷说新闻》连续十五年保持着旺盛的生命力，可谓电视节目中的"不老松"。这不仅与所有采编人员幕后辛勤的付出密切相关，也与台前的主持人亲切自然、幽默风趣、深入人心的形象密不可分。而与《师爷说新闻》节目一路走来的一位长者——郑关富，无疑是他们当中的佼佼者。可以说，电视平台成就了"郑师爷"，郑师爷也成就了《师爷说新闻》。即便是郑关富隐退之后，绍兴坊间关注他的热度依然不减，各种关切源源不断。一个电视主持的"门外汉"，一次退休之后的"余热"发挥，让一个年过花甲的长者"意外"收获了浙江地方电视媒介上难得一见的明星效应——"师爷现象"。究其原因，大致可以归纳为以下几个方面。

2005年初，绍兴电视台创办方言节目《师爷说新闻》，并物色主持人，经多方寻觅，刚刚退休在家的曲艺演员郑关富成为其中一个重要人选。郑关富之前没有触"电"的经历，也没有当过播音员、主持人，而且与那些年轻貌美的后生相比，郑关富似乎没有任何的优势可言。当时选择郑关富的唯一理由，就是他"会说地方曲艺，方言地道"！后来，恰恰是几十年地方曲艺"平湖调"的艺术滋养，让他在电视节目主持生涯中挥洒自如、游刃有余！

绍兴地方曲艺大多出现于清代中叶，流行较广，影响较大的有平湖调、词调、莲花落和宣卷。这些曲种的曲目、唱调、扮演等方面在吸收调腔、乱弹及其他民间艺术的基础上，经过艺人的不断加工提高，形成了鲜明的地方特色，为居民群众所喜闻乐见。[1]平湖调是类似苏州评弹的一种以自弹自唱为主要表演形式的曲艺，曲调高雅，唱腔优美，有绍兴文人雅乐之称。"平调之能唱者，必国文通顺，能诗词歌赋，则上口有致；即听者亦然。腹中未亨者，不足与谈平调也。"[2]平湖调"演唱者多有较高的文化修养"。"平湖调作为地方说唱艺术，其语言表征、文化内涵、表演形式、声腔特征等无不与绍兴的乡土文化和民间风俗存在千丝万缕的联系。"[3]郑关富于1961年在当时的绍兴曲艺训练班中拜前辈艺人胡绍祖、钱大可为师学习平湖调，同时对绍兴莲花落、绍兴大书、绍兴鸢歌班等传统曲艺门类也兼修旁通。其后几十年，郑关富在舞台艺术领域的实践，为他自由驾驭曲艺艺术的说、噱、弹、唱、演等打下了坚实的功底。因此，郑关富对地方方言的口头表达能力与他的说唱艺术创作的文化修为互为表里，相辅相成。他口齿清爽，条理分明，独有一功，在浙江省内外曲艺界同行中早有盛誉。

绍兴方言是吴方言地区重要的"非物质文化遗产"之一。绍兴方言幽默、风趣、俏皮，语言意境的多重性常常让人回味无穷，《师爷说新闻》给了绍兴方言一个很大的发挥空间。郑关富带着浓厚的绍兴民间生活气息，从舞台转到电视新闻的主播台前，用他自己的话说是"八十岁学跌打"。但是凭借着在舞台上积累起来的深厚功力，郑关富很快在方言电视新闻这块"处女地"上站稳了脚跟。他的形象温文尔雅、健康向上，语言亲切和善、精妙幽默，评说深浅得体、张弛有度。他擅长用象声词（如：湿哒哒、热络络）、语气词（如：喏格！这么！啊咦！嗬耶！）来表现新闻故事的起承转合，用民间的俚言俗语来表现新闻人物的喜怒哀乐……郑关富主持的《师爷说新闻》并没有因包装形式上的"传统"而被"现代人"抛弃，也没有因为主持人的年长而遭到年轻观众的排斥，反而因为郑关富风趣、诙谐、机敏的主持风格让人获得了精神上的愉悦而深受普通百姓的欢迎。《师爷说新闻》通过郑关富的主

---

① 绍兴市地方志编纂委员会编：《绍兴市志》卷36，浙江人民出版社1997年版，第2290页。
② 绍兴市地方志编纂委员会编：《绍兴市志》卷36，浙江人民出版社1997年版，第2291页。
③ 郭德慧：《关于绍兴文人雅乐——平湖调的相关思考》，《中国戏剧》2006年第6期。

持、解说，凸显了绍兴方言文化的地域特色，深化了绍兴"师爷"的文化内涵，强化了观众互动的共鸣效应。而且由"郑师爷"演绎的"绍兴师爷"的正面形象，儒雅、睿智、阳光，一扫在该节目创办之初人们对用"师爷"一词定名新闻节目可能带来酸腐文弱、工于心计之类负面评价的担忧。

艺术是相通的。许多改行的戏曲演员和在学校受过科班教育的主持人，在主持电视节目时往往带着"腕儿"的"火气"，一瞪眼、一开腔、一亮相，自觉不自觉地端着架子，拿腔拿调，矫揉造作；有的主持人没干几年，就自以为是"名角""名腕"了，过多地夸张表演，而失去了主持人的"本我"。电视主持人的职业虽有表演的成分，但不是新闻主角，而是新闻的旁观者。从某种意义上说，主持人的思想、行为、表情、言语，既是主持人反映其能力、修养的个体行为，也是主持人在新闻工作岗位上代表媒体立场的职业行为。作为曲艺舞台上退休下来的一名演员，郑关富对于"角儿"与舞台、"主持"与"节目"有着自己独到的理解。他虽然也有成功成名的渴望，但是相比于年轻的主持人，他更注重于当下工作中的点点滴滴，在主持节目时内敛稳健，不显山露水，努力舍弃程式化的"表演"，回归到生活中的"本我"中来，洗尽铅华，返璞归真，朴素平实中不失端庄大方，语言亲切，表情自然，感情真挚。"郑师爷"这种"是我""忘我"的主持风格更加可心可信，受人欢迎。

有人认为，用方言解说新闻是一件十分简单的事，大凡会说方言的人，都能胜任这份工作。对于郑关富这样有着几十年演艺经历的本土演员而言，或许更是张口会说、手到擒来的事。但是，主持节目一靠修养，二靠悟性。要把方言说好、说准确、说到位，而且精准地表达专属于方言的细微与精妙，是非要下一番苦功不可的。因为，许多方言出自俚言俗语、典籍古语，不能言传，只能意会，字面上很难找到准确的汉字加以表达，但是受众能从风趣的方言中理解话外之意、弦外之音。而作为一名经验丰富的老艺人，郑关富在主持方言新闻节目时始终以一个小学生的姿态对待日常工作。虽然每天出镜主持的时间是在下午，但是每天一大早，郑关富就早早地来到单位，把之前审定的稿件拿到手，细细琢磨，反复推敲，认认真真地开始备稿工作；每个细节都了然于胸，每个句子都入脑入心，锤炼再三；独自一人把所有的书面文字"翻译"成最贴切、最通俗、最上口的方言。郑关富说，每一段文字、每一个语句，平上去入，吐字归韵，抑扬顿挫，轻重缓急，都关系到新闻作品思想感情的表达，切不可小觑、不可懈怠！相比于那些张口就来、过目即忘的主持"台风"，郑关富这种"勤勉敬业"的精神更加难能可贵，可敬可佩！

"噱"，又称"噱头""包袱儿""外插花"，是曲艺表演中常用的表演手法。演员为增强内容的趣味性、娱乐性和表演的吸引力，通过语言、表情、动作增加表演的可看性，"噱"在整个叙事过程中起到上下转承、活跃气氛的作用。而电视新闻节目不同于曲艺的演绎与戏说，在相当程度上限制了那种一味耍贫、插科打诨、诙谐逗乐的表演样式。但是，郑关富较好地借鉴了曲艺艺术中传统章回小说的演绎方法，运用设问、制造悬念的手段，重新建构新闻的主体，从开篇、铺垫到转场、结束，环环紧扣，收放自如，灵动鲜活而不流于世故油滑，一笑一颦不仅得体，且引人入胜，大大增强了电视新闻的故事性和趣味性。

世事洞明皆学问，人情练达即文章。四十多年的演艺人生，让郑关富积淀了丰富的人生阅历。但是，他在结束舞台生涯、登上新闻主持的岗位之后才深刻地体会到：方言节目的主持人，不仅要有过硬的嘴上功夫，而且还要熟悉法律法规、通晓风土人情。带着对观众的情感读新闻，带着真诚说新闻，这样的新闻才有温度，这样的评说才有力度。《师爷说新闻》播报的大多是家长里短、细碎短小、鸡毛蒜皮的社会新闻。很多时候因为新闻采制的时间限制，新闻文稿中并没有对矛盾冲突、恩怨对错给出肯定或者否定的结论，但是，郑关富用自己的人生阅历来细读新闻，感知世间冷暖，就能对其中的是非曲直有一个基本的判断。他在具体的播报中调动自己的真情实感，对文稿中的未尽之意通过语气、表情、动作加以完善和延伸，使得新闻更加入情入理、爱憎分明。同样的一条新闻内容，同样的一段解说词，在郑关富的口中多了一份人情味和烟火气。很多观众即使看到了普通话版的新闻，第二天还是愿意翘首以盼，看完"郑师爷"版的新闻解读才呼过瘾。郑关富也正是通过这样的新闻解读方式，走进了观众的心里。人们甚至忘记了郑关富曾经是曲艺演员，更愿意亲切地称呼这位如自家叔伯、邻家大爷般温和友善的长者为"郑师爷"，更愿意让他们可信赖的电视主持人分享自己的喜怒哀乐……

事实上，在电视传播尚未发达、文化娱乐相对较少的时代，郑关富早已凭借自己的实力"唱"红一方。年过花甲、参与方言电视节目主持工作以后，他又以睿智正义、幽默风趣的形象在众多电视节目中技压群雄、独树一帜，以标志性的形象带动了方言电视节目的持续健康稳定发展。《师爷说新闻》节目长度也从原来的8分钟一再延长到40分钟，收视率稳定在12%左右，最高收视率18%。[①]"郑师爷"因此成了名副其实的"民星"，就连参加采编的年轻记者也被人亲切地称为"师爷记者"。特别值得一提的是，盛名之下，郑光富并没有忘乎所以，而是始终保持着谦和、低调、内敛、友善的品性，谦虚谨慎，品行端正；不嗜烟酒，不沾黄赌；勤奋工作，诚实为人。新闻主持人这种洁身自好、表里如一的品格修养，既是公众人物本身的人格魅力所在，也是成就方言类电视新闻节目常播常新、魅力不减的一个重要原因。

绍兴电视台创办三十多年来，荧屏上涌现过各种各样的电视主持人、播音员，可以说群星荟萃、代有才人。但是，说起给社会影响最广、"走红"时间最长的主持人，却不是那些相貌靓丽的"小鲜肉"，而是年过花甲的郑关富。从退休之年披挂上阵，到年逾古稀悄然退场，郑关富用了十多年的时间在电视荧屏上树立了可亲可爱的"绍兴师爷"标杆，也为电视节目主持的后来者提供了一个可学可鉴的范例。因此，在"郑师爷"名就身退之后，继续研究电视传播过程中"郑师爷"现象出现的原因，不仅是对郑关富的电视艺术实践的一种总结，而且对于提升电视主持人业务水平、改善电视节目的品牌化运营、增强地方电视媒体的核心竞争力，都有着很好的参考借鉴作用。

第四部分　戏剧影视评论

---

① 袁维坚：《从〈师爷说新闻〉的成功看主持人的个人魅力》，《视听纵横》2012年第5期。

当代越剧要走向更广阔的"平原"

——越剧发展前景之思考

卢　寻①

绍兴作为越剧故乡，最近几年新编的越剧作品如《越王勾践》《鉴水吟》《一钱太守》《屈原》《王阳明》等，无一不是遵循着传统审美规范的"高大上"古装戏，尽管获誉无数，但我遍询周围人，却得到了一个有些失望的答案：没有多少老百姓（特别是年轻人）真正关注过这些投入了大量人、财、物的作品，更遑论相关评论、分析这些越剧作品的理论文章。这些作品大多叫好不叫座。

最近我一直在思考，传统戏曲能否反映、服务现实？如果能，如何反映、服务现实，如何更贴近现实？进入21世纪以来，在官方"文艺繁荣""精品工程"的强势导向下，我们现在所能接触到的不是经典传统剧目，就是经典传统折子戏，离不开才子佳人的故事窠臼，即便是新编越剧，离现在老百姓（特别是年轻人）的生活也有点远。《牡丹亭》《西厢记》这样高雅的剧目，基本上只有专家能欣赏，老百姓只能敬而远之；而由历史传说或者野史评话改编的剧目，从《海瑞罢官》到《卧薪尝胆》，再到《贞观盛世》，以及绍兴本地的《越王勾践》《屈原》《王阳明》等帝王将相宫廷斗争的戏，也越来越不容易引起年轻人的兴趣。

不可否认，当前我们的戏曲市场由于尚未形成成熟的机制，公办院团剧

---

① 卢寻，本名董冬，1980年生，男，绍兴市诗联协会副主席，浙江省文艺评论家协会会员，现供职于宣传文化系统。

目的选择往往又被各类有官方背景的展赛和评奖方式牵制，评奖的标准有意无意地决定了作品类别的选择，而入选和获奖的剧目总是与老百姓的兴趣有一定的距离，导致阳春白雪层出不穷、下里巴人长期缺席。而广泛活跃于民间的草根戏班又因为专业能力的欠缺和经费保障的缺失，演出的质量又显得不高。类似创造了连演连满154场佳绩的姚水娟的《花落忆良人》，以及尹桂芳的《沙漠王子》和《浪荡子》，这样能够做到老少皆知、雅俗共赏的经典剧目已经不多了。现如今"精品工程"剧目中特别令人兴奋且能成为经典剧目的更是凤毛麟角。

越剧从起源、崛起到在上海成熟，成为一个有极大影响力的剧种，只用了很短的几十年时间。在那个特别需要被抚慰的抗战年代，在上海人的心还被战火的阴霾笼罩之时，越剧恰逢其时地进入了上海，用其柔软温婉、充溢着哀怨与悲情的音调与旋律，为孤岛中的上海人，特别是中下层市民（女性）带来了极大的精神慰藉。越剧在上海的迅速发展壮大，就是因为越剧与上海平民观众之间的无缝对接。切中世情民心的越剧，得到了上海市民阶层尤其是中下层女性们的追捧，很快形成了特有的观众群。逐渐染上了沪民特色的越剧，加上其源于绍兴嵊州山村的淳朴本质，又迅速容纳了同在上海的其他剧种的精髓，再逐渐适应迁移到上海来的各色民众的口味，便形成了独具特色的现代越剧风格。

那么回到当下，"什么才算是一部好戏（剧）"？目前我们所认为的"精品"和"经典"，艺术审美标准已经被拉得很高了：大历史、大题材、大名人、大剧种、大制作、大投入、大场景、大名角。从文艺史的发展来看，文艺作品其实并没有太明显的经典和通俗之分，无论是诗歌、书法、美术、音乐、舞蹈，还是戏剧、曲艺，无论是皇天贵胄享受的，还是市井里弄流传的，只要是贴近日常生活且平实易懂的，都在历史的沉淀里凝聚成了经典。"凡有井水饮处，即能歌柳词"便是此理。

"高雅"与"通俗"的分野始于经济大发展、文艺日渐繁荣的当代社会。此时，文艺理论迅速发展起来，并开始对艺术进行量化。尽管早期的评论（理论）家大多和艺术创造贴得很紧，与时俱进，在帮助各类艺术不断提高水准方面起了很大的作用，但专家们都很偏爱使用西方文艺理论来印证"高低"，往往"厚此薄彼"。"厚"的是题材宏大但观众不多、论文高产但演出很少的高大上作品;"薄"的是细碎烦琐却真正贴近老百姓生活的作品。神思者的《故宫的记忆》与邓丽君的《小城故事》都是经典,只是两个作品的表现方式有些不同而已;同理,新编越剧《屈原》《王阳明》讲的都是圣人的故事,而我们"身边的故事"却多交给绍兴莲花落《翠姐姐回娘家》或者方言类小品《大马小马与老婆》之类通俗的作品。久而久之,我们便形成了某种集体无意识,戏剧创作者们只看重便于旁征博引、纵横捭阖的黄钟大吕,而忽视家长里短、鸡毛蒜皮的清音小唱。事实上,现在多数观众更喜欢的是有小人物、小情节的故事。在国内引起巨大反响的电影《我不是药神》、奥斯卡金像奖影片《阿甘正传》、凡演必爆满的话剧《茶馆》、收视率高企的电视剧《平凡的世界》,无一不是展现底层小人物的人性光芒的佳作,无一不是口碑与经济效益双丰收的好作品。这也从侧面说明为什么现在"开心麻花"的系列作品如此受欢迎了。

著名剧作家阿瑟·米勒在其论文《悲剧与普通人》中写道:"我认为普通人与帝王同样适合于作为最高超的悲剧的题材……在我们没有帝王的时代,应当把历史的这一条光明的主线把握起来并沿着这条主线到达它所指引的唯一地点——普通人的内心与精神。"[1]而在我们的戏剧创作领域,很多的新创剧目还是停留在大人物、大情节的阶段,且评判精品和经典的标准也还不够宽泛。诚然,诸如越剧之类的戏曲表达形式有些"传统",但我们的剧作家们还是应该放下身段,眼光朝下,把普通人请到舞台中央,展现他们的喜怒哀乐,挖掘他们丰富的内心世界。才子未必要中状元,可以是状元身边的小书童;佳人未必就是大家闺秀,可以是人面桃花的都城南庄少女。《红楼梦》里除了具有现代精神的贾宝玉、林黛玉、王熙凤,还有丫鬟、仆妇、戏子、园丁、车夫;《屈原》里除了忧国忧民的三闾大夫,还有书童、渔父、农妇、婵娟;《王阳明》里除了纵横捭阖的心学大师,还有参将、士兵、马夫、粮倌。他们完全有可能,甚至更有希望成为下一部戏剧经典的主人公。

所以,我们与其花大力气策划一个个原创剧目,举办名目繁多的戏剧节评各种各样的奖,却因为得奖剧目的市场不大,加之剧团还要准备下一个新

---

① 罗伯特·阿·马丁编:《阿瑟·米勒论剧散文》,陈瑞兰、杨淮生选译,生活·读书·新知三联书店1987年版,第38—44页。

剧目继续评奖，不得不将已创作的剧目束之高阁，倒不如用政府支持的体制，大胆尝试创作符合普通老百姓的口味、讲述老百姓自己的故事、剖析小人物心路历程的作品。创新表现方式，大胆加入现代音乐元素，在不失传统旋律的基础上融合进流行音乐、民族音乐的基因。像绍兴戏歌就是一种非常好的尝试，而如今街头巷尾年轻人都在哼唱的歌曲《离人愁》《隔年桃花》，许多年前刘欢创作的电视剧主题曲《去者》《情怨》，都是带有强烈戏曲韵味的好作品。

剧本创作更接地气，表演方式更加通俗，衍生文创更加多样，倘能如此，越剧作品叫好又叫座应该不是问题，而戏剧市场必将呈现一番兴旺态势。

谈绍兴小百花越剧团创作戏剧
《王阳明》的点滴

谢玲玲①

　　2016年，是绍兴小百花越剧团成立三十周年。第三十一年该怎么走？正如剧团的经典剧——《屈原》的台词所言："路漫漫其修远兮，吾将上下而求索。"的确，任重而道远，从第三十一年起，绍兴小百花越剧团还要继续往前走。往前，意味着必须有新的探索，于是创排越剧《王阳明》的想法就此萌生了。

　　中国文化院院长，第九、第十届全国人大常委会副委员长许嘉璐在2016年10月首届"人类智慧与共同命运——中国阳明心学高峰论坛"上说："在中国，只有很少的人知道王阳明，连一个省级的研讨会都没有。"世人皆知王阳明是个大圣人，但是，王阳明的生平、学说和思想大家都不是很了解，有些老百姓连王阳明是何许人也不清楚。绍兴小百花越剧团经过深思熟虑后，决定创作《王阳明》，因为王阳明是绍兴人，他创造的"阳明心学"在于"心即理""知行合一""致良知"。创编团队清醒地认识到：要创造戏剧《王阳明》，首要的是修炼内心强大的自己，言行一致去奋斗、去拼搏，不畏艰难，不向困难低头。

　　他们请著名编剧孟华先生编写剧本。2017年3月，年过七旬的孟华先生亲自踏上了阳明故土，用双脚去丈量阳明足迹。王阳明倾其一生"为善去恶"，他为官做人、讨逆平叛、布道讲学、言传身教，最终达到"我心光明"

---

① 谢玲玲，1949年生，女，高级讲师，主要研究方向为戏曲声乐。

的境界。《王阳明》编剧想要传达的主题是"善恶""良知"与"光明"。

写人难，写圣人更难，写历史圣哲人物更是难上加难，用擅长表演才子佳人的越剧来表演圣哲，万分之难。当剧本写成，全团上下夜以继日，辛苦磨炼近一个月，将要彩排时，突然接到有关部门的指示，该剧停止行动，重新研讨。原来，编剧也未能跳出越剧原来的框框。越剧向来以"私订终身后花园，落难公子中状元"为剧情展开，绍兴人俗话道"越剧讨老婆，绍剧打天下"。该剧本起始第一场，就是王阳明反对父母的包办婚姻，在将要大婚之日出逃，与心仪的师妹幽会，两人互诉衷肠。当时研究王阳明的有关专家看了剧本以后，直接提出尖锐意见，就是王阳明一剧的主线应该是"心学"，心学就是"道"，王阳明一生为了"道"，孜孜不倦，被罢官、被追杀、被流放，几起几落，仍坚持以"心"释"道"，坚持办学，知行合一，最终成为被人颂扬的"圣人"，达到"我心光明"的境界。于是，在专家论证会上，创编团队统一思路，重理脉络，确定主线，编剧对剧本进行修改。两个多月以后，《王阳明》的剧本在志忑和期待中成形，后来在边排演边修改的过程中逐渐成熟。

著名导演杨小青老师是一位具有海阔天空般想象力的创造者，她诗意的舞台导演手法与"吾心即宇宙，宇宙即吾心"的思想相融合，在一波又一波的剧情起伏中，让观众心中渗入阳明心学的热量，知行合一最终成功。杨导演说："绍兴小百花越剧团团队是最有凝聚力的团队。"

在越剧舞台上的《王阳明》，出现的是大色调、大场面、大调度，特别是在阳明布道场景里，舞台三个架梯站满阳明学子，这是由全体演员和舞台装置人员，以及绍兴小百花越剧团工作人员组成的大队伍，别开生面地向观众展演阳明教学成果。阳明学子众多，他们手拿书卷，齐声高念"心外无物，知行合一"。

笔者在观摩前碰到几位舞美人员，他们笑着说："这个戏太深刻了，我们开始也是对人物不大懂，因为剧情突破了越剧的原来架构，我们也是在边排练边学习中慢慢适应的。"他们还说："谢老师，你等下留意一下，我们在舞台的哪里。"后来笔者在舞台上见到了穿着灰色道服、头戴灰色道冠的舞美人员。

《王阳明》整个剧的表演动员了全团成员，有人以一顶两、顶三，甚至顶四。有很多演员在舞台上既演男性又演女性，一人演好几个角色、换好几套服饰，如梅花奖获得者、演员张琳，在该剧中演了阳明学子、宁王府宦官、追杀王阳明的锦衣卫。"全国越女争锋"金奖获得者陈雯婷对我说："剧中所有的群众都是以符号的形式出现的，角色不定位，我既扮阳明书院的书生，也扮宁王府侍女，后来又扮演打仗的战士。"陈雯婷是《王阳明》剧目排演的导演助理，除了自身演出，天天还有做不完的事。而某些剧团的演员，自认为是国家级演员，不屑于跑龙套。相比之下，我们应当为《王明阳》剧组点赞。

《王阳明》是绍兴小百花越剧团的心力之作，也是全团上下学阳明心学的成果。习近平总书记说："一部好的作品……应该是把社会效益放在首位。"王阳明是名扬中外的圣人，阳明文化是中国的文化，中国的文化使人民有信仰、国家有力量、民族有希望。

绍兴小百花越剧团的创作团队里有"二度梅"获得者吴凤花这样的精英。她骨子里对戏剧创作的痴迷、对舞台表演的狂热，让她不断地想要突破自己，攀登一个又一个的艺术高峰。越剧《王阳明》的创排，使她又有了一次挑战的机会，这是继《屈原》以后她创作的又一个新形象。生活中的吴凤花总是尽量保持低调，避免他人的关注。由于油彩过敏，她面部的皮肤严重毁坏，从整个脸到头颈全呈铁青色，因此她的微信网名叫"墨墨乌的女人"。她曾和笔者谈起一个笑话。某天，她出门低头沿着墙边走，对面走来两个人，甲说："这个人好像吴凤花呢。"乙说："不可能。"甲说："我看很像。"乙说："你对七对八，这个人墨黑铁塔的，吴凤花会有嘎难看吗？"女人爱美，谁不希望青春靓丽，吴凤花舍弃了女人的美丽，"疯魔"于心仪的舞台，她不忘初心、牢记使命，热爱创作，献身舞台，是戏剧表演的楷模。

绍兴小百花越剧团的《王阳明》鼓舞人心，引导人们树立正确的历史观、民族观、国家观、文化观，是一部有品位、有格调、有责任的好戏。为呵护原创越剧《王阳明》这一朵"心学之花"，梅花奖获得者演员吴素英满腔热忱，全力以赴。吴素英也是绍兴小百花越剧团的"戏痴"，在排演《王阳明》的一个多月时间里，她和剧组的姐妹们朝九而非晚五，一直排演到深夜。身为副团长的吴素英还要担负培养青年演员的任务。她努力拼搏，继《王阳明》演出后，马上又投入越剧电影《李慧娘》的拍摄，又是一个多月的紧张劳累，使她体力透支，突发"耳中风"，眩晕呕吐，被急送至医院治疗，但是直到如今，她的右耳还是失聪的。人们只见到吴素英在舞台上的光鲜靓丽，却无法体会她内心的焦虑和急切，耳朵失去了听力，对一名演员来说是多么大的打击。她的好姐妹、浙江小百花越剧团原生代演员陈筱珍说："看到素英压力很大，情绪有点低沉，我们很心疼。"于是陈筱珍组织了一帮吴素英的粉丝一起郊游，陈筱珍说："为了让她轻松一些，我们一起疯魔，一起快乐。"

绍兴市柯桥区小百花越剧艺术传习中心主任陈锦高说："小百花第三十一年该怎么走？再继续原来的路，固然可以，但同一个坡能爬多久？要不就在这个坡的坡顶上再造一个坡爬。创排越剧《王阳明》的想法就是再爬一个高坡。"要创排《王阳明》，重要的是武装团队的思想。童年就进戏训班学艺的剧团演职员们，对王阳明并不熟悉。于是陈锦高主任请来了专家上课，带领大家踏上王阳明故地。在一系列的准备中，全团才慢慢地对王阳明有所认识。而陈主任天天"钉"在剧团里，他每天最早到团，最晚离开，每一场演出前，他都早早在观众中间听意见、收建议，这是他的习惯。他以团为家，他说："剧团是一个大家庭，领头的人不辛苦谁辛苦？"他上任十六年来，一直在完善自己的"梦"，就是把绍兴小百花越剧团建成一个一流的剧团。他说："阳明心学就是牢记使命，心有所诚、事有所成。"

绍兴小百花实验曲艺团的史大龙和笔者谈起陈锦高主任时说："陈团在团的十六年，是绍兴小百花越剧团辉煌的十六年，团里四人五朵梅花、吴素英、陈飞、张琳，加上吴凤花二度梅，排演了许多出效益、有影响的好戏。好戏培养出好人才，现在剧团的第五代、第六代演员已经脱颖而出，剧团拍摄了两部越剧戏曲电影《情探》和《李慧娘》。全团有铁的纪律，团结一心，凝聚力强，常年演出不断，我们的收入提高了许多，这是有目共睹的。虽然有时陈团有些严肃，有人背地里说他是管家婆，但是我觉得，现在绍兴市柯桥区小百花越剧艺术传习中心有两个团，一个越剧团，一个实验曲艺团，没有一些严肃性，能管理好吗？陈团长对绍兴小百花功不可没。"办公室的阮张敏对我说："陈团是有胆力、有能力、有魄力、不怕苦、爱团如家的人，而且他又很细心，他帮助人是真心的，从来不做声、勿提及。"

2019年6月，陈锦高退休了。笔者想约他谈谈，可是他认为往事已成历史，不想抛头露面。陈锦高曾经是绍兴小百花越剧团辉煌历史阶段的领头人之一，他很坚强，又有担当，他有强大的内心，谁能体会得到他在创造绍兴小百花越剧团辉煌的同时失去爱妻的伤痛？但是他回归了内心的平静，做成功的人，做成功的事，传递了正能量，开创了全国戏剧界先进单位绍兴小百花越剧团的成功，这就是他不一样的人生，这就是知行合一。

当前，学阳明心学的人很多，或流于心灵鸡汤，或归于成功学、心理学，或陷于言语哲学，更有甚者遁入佛门禅道。学道者多，明道者稀。有道是不识本心，学法无益，如能像王阳明龙场悟道，为天地立心，为生民立命，何愁事业不成？我想，绍兴小百花越剧团全体人员，从《王阳明》剧本排练到公演的过程中，阳明心学"心即理""知行合一""致良知"的核心理念有所体悟，修炼出强大的内心，传递正能量，今后定将创作出更多经得起人民评价、专家评价、市场检验的好作品。

本文为2019年12月绍兴市"以心释义，艺道合一——纪念王阳明逝世490周年"研讨会参会论文。

"十七年"喜剧电影空间塑造与女性形象构建

邵君立[①]　席可欣[②]

一、城市与"原罪"

"十七年"电影描述了1949年之后中国社会发生的本质变化。在这样一个背景下，喜剧电影探索了社会格局的新表述。社会形态的"新"在"十七年"喜剧电影中的视觉系统呈现突出表现在叙事空间的再书写上。

"'十七年'喜剧拒绝任何为'笑'而'笑'的噱头。"[③]其构建叙事空间，首先要解决喜剧电影当中"旧城市的原罪"。总的来说，城市空间是在人类经济社会从传统的农业经济向资本主义经济切换的时候加速发展的。人和土地的依附关系越强，越意味着社会是在农业结构当中展开社会生活整体逻辑的。资本主义经济模式对于传统的农业经济模式的替换，是基于有更多的劳动力摆脱了和土地之间紧密的依附关系，政治的对抗其背后终极的部分是经济模式的对抗。由于经济模式和经济逻辑在这个世界上并置，它们的话语权呈现出唯一性：无论是农业经济模式还是自由经济模式，都具有强烈的排

---

① 邵君立，1980年生，男，浙江越秀外国语学院中国语言文化学院副教授，绍兴市文艺评论家协会副秘书长，主要研究方向为影视理论与批评、电影创作。
② 席可欣，1990年生，女，北京电影学院管理学院助教，主要研究方向为影视创作与策划。
③ 郭沫杉：《1960年代以前中国喜剧电影的审美探索》，《电影文学》2021年第1期。

他性。政权性质的更迭其本质是生产方式和经济关系的迭代。

由于制作档期的特殊性，民国时期最后一部喜剧电影和新中国的第一部喜剧电影交会在《三毛流浪记》。该片成为"十七年"喜剧电影的起点，在这个起点中描述的城市的格局——旧上海的姿态——就成为"十七年"喜剧电影在城市空间的表达和构建上的反向标的。"十七年"喜剧电影要展现新社会新面貌，自然要有一个社会主义城市新图景以否定旧有图景，这个旧有图景就是在《三毛流浪记》里呈现的旧上海。

《三毛流浪记》向我们展示城市的原罪，它使用的策略是展示城市的物理存在层面的极度繁华。《三毛流浪记》很显然不是20世纪50年代中期的《新局长到来之前》——《三毛流浪记》有大量外景戏的拍摄，也有大量的奢华内景呈现。它向我们呈现上海外滩的马路是什么样子，百货商店是什么样子，黑社会老大住的房子是什么样子，以及上海里弄当中的旧上海市民关系又是如何的。而这些城市空间格局和人伦关系的呈现，都建构在一个大繁华的视觉系统当中。《三毛流浪记》展示了旧上海城市系统的原罪，展示了繁华的多样性，并不是只展示一个单空间。主人公三毛是一个游历式的人物，在多场景的上海街头流浪。在繁华的背后，是三毛和他的小伙伴们的大毁灭：少数人的生活是极端舒适的，而大量像三毛一样的流浪者生活在赤贫线边缘。

影片还展现了三毛在街头和一些黑恶势力展开对抗的情景，旧上海市民表现为一群冷漠的看客。物质层面的极大繁华和这个城市空间里人伦关系的极度冷漠，这两者之间的矛盾关系就确立了旧上海城市风貌里的原罪感。"十七年"喜剧电影要建构新城市面貌，一定要对《三毛流浪记》一片所确定的这个有原罪的城市空间进行批驳。

二、蓄意遮蔽的地域性

1956年的《新局长到来之前》描述的故事是在城市空间里面发生的，只不过编导们把这个空间具体地缩小成某个城市的某机关。"十七年"喜剧电影对于新城市的构建和《三毛流浪记》所确定的城市空间是完全不一样的：《三毛流浪记》准确地展现了上海的城市街头，以及在上海的空间逻辑之下出现的那些人伦的异化，从而批驳了一个旧的中国社会逻辑的不合理性。而到了

20世纪50年代中期的喜剧电影书写城市的时候，它的"去地域性"自然是有它的叙事考虑的。《新局长到来之前》讽刺和反对的官僚主义现象受到普遍性的否定。这意味着在20世纪50年代中期这些喜剧电影人对新社会、新生活展开思考和追求的时候，敏锐地发现在新兴的社会当中隐隐约约存在着一种城市性的隐忧：革命队伍里面的老同志们，一旦进入城市这个新空间，如何再革命？

中国共产党取得社会革命胜利的路径和苏联共产党展开革命的路径是截然相反的。苏联社会革命是从城市革命向城市革命，是以城市暴动实现对旧沙俄政权的暴力性推翻。中国共产党展开中国社会革命的路径最开始采取的也是苏联模式，经历多次失败之后，中国共产党重新思考中国社会革命路径的正确方向在哪里。毛泽东同志就提出了中国革命的道路是农村包围城市。

当整个中国革命取得决定性的胜利，共产党进入城市建立新政权的时候，其实意味着共产党人在革命道路上进入了第二个阶段：终结了农村包围城市之后，共产党人进城之后是否站得住？这是中国共产党要有效展开国家治理的时候面临的重大问题。在这个新战场上，原来那个坚定的革命战士，会不会成为被城市空间异化的生命？这就成为20世纪50年代中期一些喜剧电影讨论的重点。《新局长到来之前》一片当中蓄意的"去地域性"，其实就意味着对共产党人在城市里再革命的时候遇到的问题进行深刻的反思：这不是一个在长春城的机关干部会不会有官僚主义的问题，也不是在天津的领导干部会不会变质的问题，而是我们的党、我们的干部在每个城市、每个机关面临斗争的新形势、面临那些看不见的敌人，是否还能够坚定党性的问题。在革命当中，所谓看不见的敌人是什么？是每个党员面临人性的缺点时成为丧失自我改造能力的他者。

每个人人性当中小的瑕疵是必然存在的，但是这种小的瑕疵一旦成为社会组织和政治运转逻辑当中某个链条的时候，势必引起巨大的灾难。《新局长到来之前》对城市空间进行表达的时候，准确地"去地域化"，在一个抽离的空间，抽离了城市的物理现实，从而放大了共产党人进城之后再革命所面临的普遍性命题。不把它作为一个个案进行讨论，而把它作为一个"再革命"逻辑当中重大的、潜在的普遍问题加以警示，这成为今天我们再审视《新局长到来之前》这部影片的时候可以看到的深远的意义。

三、再现：城市的人民性改写

和《新局长到来之前》截然不同的是，1959年上映的《今天我休息》这部影片又准确地标志了电影当中的地域性。《今天我休息》和《三毛流浪记》形成了互文本，同样在地域性表达当中开拓喜剧空间的场景，《今天我休息》以《三毛流浪记》所确立的城市的原罪为基点，重构了上海城市的地域风貌。

在经历过新中国讽刺喜剧的批判风波之后，如何塑造新国家的人民形象以展示国家形象，在喜剧电影的创作中成为重要的议题，电影工作者们也在实践中进行了探索。[1]《今天我休息》一片当中有大量的场景和镜头几乎可以一一对应到《三毛流浪记》所展现的上海城市空间，只不过是逆向运动。《三毛流浪记》是从一个准夜景戏开始的：凌晨，垃圾工人开始整理垃圾箱时发现了睡在垃圾箱里的三毛。《今天我休息》也是从一个准夜景戏开始的：凌晨，民警马天民在上海街头骑着自行车，在他的辖区依次打开了警民联系箱，看看社区居民有什么问题，提出了什么样的意见。两部影片起始的部分在时间节点上高度类似，但是影片所展示的人物命运以及城市风貌有本质的不同。《三毛流浪记》展示了城市的恶和原罪：主人公居无定所，从垃圾箱里面爬出来。《今天我休息》中民警马天民也是一个游历者，但是他的行进轨迹是非常准确的。在这个准确的行进轨迹当中，马天民还遇到了下夜班的纺织女工人，他们展开了热切的交谈，在这个过程中，马天民准确地建立了自己的社会身份。在《今天我休息》一片中，"新上海"这个城市里人与人之间是有着密切的联系的。

"十七年"喜剧电影中新城市空间的构建使用地域再表达的时候，意味着要对有原罪的上海做本质性的改造。《三毛流浪记》里呈现的十里洋场和以外滩为代表的标志性建筑，在《今天我休息》里面被遮蔽，是因为展示人民的上海就要把旧上海改写为具有新面貌的人民的城市。

原罪系统里的大商场不被书写，转为新上海的工厂、自由市场和公私合

---

[1] 王萌：《新中国的笑声——国家理论视野下十七年时期的喜剧电影研究》，《电影文学》2020年第17期。

营的理发店等。这些细微空间里，被展示的各色人等之间有紧密的社区关系。虽然职业各不相同，但是每个空间里的人物展开行动都是在一个整体意志之下的。在马天民帮助进城农民的过程当中，工厂、自由市场里的这些人物都被卷入其中。大家和乡下来的老人没有任何血缘关系，甚至之前没有任何交集，但是所有人在"大跃进"这样一个背景里都展现出极大的热情。今天，我们都已经知道"大跃进"其实是一个失败的探索。历史的后来者可以反思"大跃进"，可是对历史的在场者而言，在那个瞬间他们感受到的是巨大的现实激情。

　　喜剧承认矛盾和斗争的存在，在社会主义社会这样正面的大环境下，依然存在一些消极部分，电影面向伟大时代的各个生活角落，围绕人与人之间的小摩擦小矛盾、生活和工作中态度的个体差异、夫妻之间相处以及同志之间的人情世故等，以生活化的视角来表现人物。①1962年的《大李小李和老李》更是准确地把经过社会主义改造的城市面貌锁定在一个具体的肉联厂里面。电影在更加细致的职业设定里，展现肉联厂当中人与人之间的紧密性。我们看到在肉联厂里不同工种、不同岗位的人有着明确的职业差异。但与职业差异抗衡的是血缘。肉联厂里的小李和老李虽然是父子，但很显然他们在利益选择上是不相同的。最终小李和老李这对父子矛盾的解决是靠对于社会意志的判断：体育锻炼有利于社会主义工业生产。他们基于这个大的共识解决掉了家庭内部的微观矛盾。此时新城市空间构建对于旧有血缘亲密性的大改写，已经完成城市空间中社会形态的新表达。

四、解构：新农村的空间塑造

　　如果说"十七年"喜剧电影中的城市空间表达策略是对有原罪的城市进行批驳的话，那么在农村空间的表达上所采取的策略则是一种大解构。"十七年"喜剧电影的乡村构建首先是对农村空间逻辑的根源展开批驳。农村空间是以农业文明为核心基础建立起的一整套社会逻辑，这一整套社会逻辑是在血缘宗亲这个基础上产生的。中国封建王朝展开的地理空间逻辑是以血缘的

---

① 杨金凤：《十七年时期喜剧题材电影的样式探索》，《电影文学》2018年第23期。

亲疏为秩序的。血缘的核心部分一定是在空间的某个中心位置，比如祖国西北的西安，中原地区的开封，华北的北京，江南的南京、杭州，等等。这些政治中心几度更迭，但是这些更迭当中有不变的部分——以血缘确立了中国社会的宗法制度。在宗法和血缘之下，派生出了中国的家庭逻辑关系，这一整套则是农村空间的基本政治逻辑和人伦秩序，这是乡村物理空间表达的根本性依据。审视"十七年"喜剧电影的农村空间呈现，可以发现对这一整套逻辑的大批驳。

以传统小农经济为核心主体产生的微观的家庭结构是中国农业社会的基本伦理。人与人的利益集团是以微观家庭为核心的。农村社会的内在逻辑首先是微观家庭中的宗法逻辑。而1962年上映的《李双双》向我们展示的是以李双双为代表的这些觉醒的农村女性反对原有的小农经济，积极地投入合作社运动：把所有的生产资料都拿出来参加集体劳动。李双双们反对的是个体经济，从而建构了社会主义新农村的人伦关系。在那个统一化的空间逻辑中，人与人之间的关系形成了新的面貌：全村家家户户打开门，你走出你家，我走出我家，我们在田间地头、在村委会共同商量应该如何展开生产。这就使农村社会从个体经济的空间、从宗法逻辑的社会组成实现了生产方式的本质性变革。在这之下产生的新型人伦关系是从血缘宗法当中解放出来，实现从"血缘人"到"公社人"的转变的。在这一点上，其和"十七年"喜剧电影的城市空间表达殊途同归：无论是在城市空间里面展开生命逻辑，还是在乡村空间展开生产组织，最后的结局都是各不相同的物理生命凝结出了一种共同的价值观，并且在这种共同价值观的指引之下，所有的个体行为最终都被上升为集体行为。

五、从蛇蝎女到革命的先行者："十七年"喜剧电影女性形象塑造演进

"十七年"喜剧电影第一个阶段的女性形象是蛇蝎美人。《三毛流浪记》展现出来的一系列的女性形象——无论是上海街头的看客，还是在黄包车上那些中产阶级家庭的职业太太，抑或是黑社会老大的姘头，以及大资本家的阔太太……这一系列的女性形象统统是负面形象。这些女性形象的整体负面性是和影片叙事空间呈现的那个有原罪的上海相关的。因为大空间是坏掉的，

所以在这个大空间里面存活的这些女性都各自丑恶。该片展现负面女性用了一个相对统一的策略，就是设定这些女性都统一穿旗袍。旗袍是近代中国女性的标志性服饰，更能展示东方女性肉身的美。对女性肉体的表达和书写被视为对性的暗示。如何写一个人是一个坏人？最有效的方法就是构建这个人的桃色新闻：用性书写来开刀。

而20世纪50年代中期的《新局长到来之前》设定的女性形象是革命女性。影片里正面人物小苏是机关里快人快语的女孩。她对于牛科长的那些官僚主义作风提出了尖锐的批评。这个时候女性形象已经发生了重大变化，从一个纯负面形象变成了一个纯正面形象。这个转变依靠的视觉策略是具有延续性的：负面的蛇蝎美人身着具有性暗示的旗袍，那么到了新社会，革命女性小苏所穿的衣服则是中山装和列宁装了，根本不展现她作为女性的性征，工作制服是遮蔽掉所有性征的，使男性和女性在整体的视觉逻辑中取得了近似。革命者一定是更少的个体性表达和更多的统一性意志的贯彻。小苏这个人物摆脱了蛇蝎美人的那些负面情绪，能够和那些官僚主义者展开坚决的斗争。在这个机关单位里，小苏只是普通的职员，她却敢于在职场当中去正面地批评她的领导。

在第三个阶段，女性形象被多元化表达，女性是一个新社会政治秩序的在场者。《今天我休息》里描述的女性既是母亲，又是革命伴侣。所长夫人十分关心作为孤儿的民警马天民。马天民虽为孤儿，却得到了具有母亲形象的所长夫人的关怀。马天民为什么有工作的动力？因为他虽然没有家庭的依托，但是在职场里获得了三毛所不能获得的家庭温暖。

另外，马天民的相亲对象——邮政局的工作人员刘萍的设定和《新局长到来之前》的小苏有类似性，但是刘萍的人物设定是邮政局的工作人员，则是具有隐喻意义的。《三毛流浪记》中女性作为负面形象没有社会职业身份，这些人通通是具有原罪的旧上海城市社会结构的附庸者。而新社会的女性则成为职场人：小苏还只是一个不懂得斗争策略但有正义感的职场新人；而到了《今天我休息》这部影片当中，女主刘萍不仅穿制服，而且和马天民一样是体制内的区先进工作者——女性在此刻获得了与男性相同的社会地位。

在20世纪60年代初期喜剧电影的表达里，女性形象已经成为社会运动的坚定的先行者。《李双双》一片选择了让男性缺席：李双双的丈夫负气出走进城搞个体经济，女主人公李双双则带着全村的妇女，彼此你拉我、我拉你团结起来去从事繁重的农业劳动，并且获得了农业上的大丰收。此时此刻的女性则已经不仅仅和男性地位平等了，男人不但不拥有社会话语权的主导地位，甚至作为新社会逻辑当中的后进者被女性引导和帮助。

结　语

对叙事空间的改造和相应的对女性形象的迭代，使"十七年"喜剧电影更好地完成了意识形态的表达。这个大方向最终也影响了之后中国喜剧电影创作的路径：从这个意义上说，2021年春节档电影《你好，李焕英》不仅是对20世纪80年代中国社会的怀念，甚至是对1949年以来70余年间中国社会改革和革命路径的整体反思。当进入21世纪，世界逻辑又发生新的风云突变的时候，《你好，李焕英》这样的喜剧电影选取的立场是：回到历史语境，重新积蓄再出发的力量。

本文原载于《电影文学》2021年第12期，系绍兴市哲学社会科学研究"十四五"规划2021年度重点课题（编号：145J015）研究成果之一，受四川省哲学社会科学重点研究基地彝族文化研究中心2020年重点科研项目（编号：YZWH2002）资助。

第五部分　青年评论

基于对人性命运的把握和传达，学会与主角光环和解
——关于《人生海海》

朱芳芳[①]

指导教师：李向吟

英雄最终都毁于日常，毁于无坚不摧。接受人性复杂，把握被劫持的生命状态，能够在绝对限制的幽暗环境中呈现凛然与坦然的模样，这便是麦家回归乡村小说写作想要传达给读者的。他借《人生海海》中"我"的视角和口吻来叙述围绕在上校身边的人物和发生在上校身上的事情，来塑造这唯一的主角、唯一的英雄。英雄失智、暮年生活回归平静便是与主角光环最大的和解。创作世俗文学也是麦家重返文学常道的象征。

一、在潮起潮落中翻滚：道德与现实的矛盾

"人生就像大海一样，什么都有，什么都创造得了，也什么都颠覆得了。我们在如海的人生里面，既要去欣赏一切，要去拯救一切，同时也会收获一切。"

蒋正南是村里一个奇特的人。作为行动元、故事的主人公，他身上发生的故事都具有传奇意味，都伴随着矛盾。有人叫他"上校"，有人则叫他"太监"；他从前睡过老保长的女人，可老保长对他还是好得不得了；他参加过国民党，是反革命分子，但群众一边斗争他，一边又巴结讨好他，谁家发生什

---

① 朱芳芳，2001年生，女，浙江越秀外国语学院中国语言文化学院学生。

么事，村里出什么乱子，都会去找他商量；他什么活儿都不做，天天在家里看报纸，嗑瓜子，可日子过得比谁家都舒坦……如许的矛盾将他交织在人们的话语里，他的命运在道德、灵魂的支撑下才得以延续，否则这恶劣的舆论与艰苦的世道定会将他淹没。

（一）主人公坚守秘密与众人想要揭开秘密的矛盾

小说中的其他人物如老保长、金一刀、老瞎子等是在父亲与爷爷的讲述中出现的，"我"亲眼见证他们想要挖掘上校的秘密且对上校加以揣测，后造谣进行二次虚假传播。次要人物在探索主角秘密这一过程中，不乏对主角的恶意猜测、狂妄讽刺，以及直接与间接的伤害等。

上校身上的秘密无非性功能是否完好，以及他在颠沛流离的一生中是如何在种种传奇经历期间生存与苟活的。围绕上校最大的秘密——性功能是否完好，众人更是给上校冠以"太监"这一绰号，这个绰号伴随了上校的一生。且后来发生的故事与出现的人物都与这一秘密有着极大的关联，也引发了众人对上校的二次伤害与诽谤。关于上校性功能是否完好的舆论一直伴随着他从小说开篇到结尾。

（二）爷爷执着于家族荣耀与父亲对朋友两肋插刀的矛盾

小说开篇就是爷爷讲关于上校的故事。紧接着父亲出现在读者视线内，父亲也开始讲上校的故事。他们一个讲完另一个讲，随着故事的展开，他们一个讲完一个吼，一个吼完一个骂，一直在吵架。

> 父亲讲："什么晦气，你是迷信，人家吃香喝辣的，日子过得比谁都好。"
> 爷爷讲："再好也是太监，裤裆里少家伙。"
> 父亲吼："你知道个屁！"
> 爷爷骂："你连屁都不知道！有道是'百善孝为先'，'不孝有三无后为大'，你知道吗？你整天跟一个断子绝孙的人搅在一起就不怕遭报应。"
> 父亲讲："那又怎么啦，难道还会传染我？"
> 爷爷讲："你怎么知道不会传染？"
> ……

爷爷和小瞎子听信谗言，见不得上校的生活过得滋润，但又想利用他的智慧，帮助自己解决人生中的疑难。因而，他们对上校可谓又爱又恨。而父亲和林阿姨出于内心的赏识，对上校更多的是同情。不光是对于上校本身，就连上校养的两只猫，爷爷和父亲也经常闹矛盾。"日复一日，爷爷忍无可忍，时常恨不得一脚踩死它们，用唾沫淹死它们，用铁锅蒸了它们。要不是父亲阻拦，我想两只猫一定早被爷爷弄死，喂狗吃了。"

（三）对道德的拷问和告密引发的怀疑和猜忌

被视作"民间思想家、哲学家和评论家"的爷爷，深谙各种人生哲理和世故人情。故而当爷爷以"体面"作为人生信条时，其言语行为也受到了伦理秩序的监督。在儿子被冠以"鸡奸犯"的污名时，爷爷那种因享誉而必守誉的传统道德禁锢思想被展现得淋漓尽致，"准许天塌下来，也不许鸡奸犯这污名进我家"。至此，污名构成了一种权力话语，凌驾于个体的生命之上，操纵并管控着生命秩序，个体也在不自觉中进行自我监督和约束。而反观"去污名"的整个过程，爷爷与认知暴力的关系又是极其暧昧的。一方面，他建构了中心话语，是认知暴力的实施者；另一方面，他又是权力话语旋涡中的牺牲者，是集体暴力裁决下的他者，其人生的困窘皆源于依附和盲从于看似权威的伦理道德。

二、绝望中诞生的幸运：被环境消磨后的英雄主义

（一）从"我"的视角打造英雄传奇

麦家以一个十岁不到的稚嫩孩童的视角叙述他眼中这位奇怪的上校，由此展开整篇小说的故事主线。初期，"我"还完全是从一个旁观者的视角跟随故事的发展的，父亲、爷爷都带着"我"一起进入了上校的故事。后来，从听别人讲述上校的故事变成"我"看到他的故事、参与他的故事，"我"对他的故事产生感想……从"我"对这位奇怪的上校满脑子都是疑惑，到这些疑惑一点点解开，上校的一生一点点过完。

（二）奇闻：心灵的归属，上校的猫

"因为养猫，喜欢猫，上校耽误过不少事，最大一件事是错过投诚良机。""当时国民党节节败退，解放军已准备杀出大别山，打响淮海战役，形势对解

放军很有利，他有点想留下来。但想到留下来他养的几只猫要吃苦头，要么饿死，要么沦落街头，他于心不忍，最终还是选择走。这一走，差点走进鬼门关。"爷爷、父亲和"我"都为上校感到不值，认为他为了两只猫而放弃大好前程实在是太傻了。在爷爷的心里，上校还极具个性，无法无天、不顾世俗眼光，并以上校的经历与选择来教育"我"，灌输他的传统道德思想。这两只猫一只黑色、一只白色，象征着这世界的黑与白，它们是上校的心灵慰藉，是一份寄托。在这个乡村，在偌大的江南，上校没有亲人，只有两只猫和他相依为命。它们很纯粹，上校给予它们最好的喂养条件，即使是在逃亡路上、在形势极其险峻的情况下，他也要回来看一看猫的安危。在当时的谍战背景下，上校坚守的那份个性就好像这两只猫的毛色与欲望一般单纯。

（三）传奇：翻滚后的技能，上校的手术刀

上校的魔幻形象塑造必然离不开他杀人如麻、救人无数的手术刀。战争中，由于枪法好，他杀人无数，而又躲过了无数的枪林弹雨。后来，他受了伤，在医院养伤期间，竟无师自通成了医生。他喜欢上了这个职业，从此专心当医生，专心救人，他精湛的医术赋予伤者所渴望的生命。哪怕脱下军服不再是军医，他仍然是一个医生——救死扶伤的医生。他救解放军的首长，救战场上被打断胳膊腿的伤兵，也救村庄中陷入绝望的小人物。不管是贫穷的还是富裕的，不管是当官的还是士兵，不管是我方的还是敌方阵营的，在上校的手术刀下，一律平等。

整部小说中，上校作为主角一直在给别人解决问题，影响了许多人的命运。而面对艰苦卓绝的大环境，无论为国还是为民，他都无私奉献，不惜牺牲自己的色相，甚至牺牲自己的生命。他虽把握着自己的命运，但是呈现给读者的印象是他一直在逃亡，最后没处去了，好像他被命运打败了，其实这也可以理解为医者无法自医，他向病魔妥协了。

（四）从其他人物的视角完善人物形象

小说的第三部分采用的是倒叙手法，第一视角的"我"彼时已是一个六十多岁的"过来人"，而讲述上校故事的人——老保长和爷爷已经去世。故事的主人公上校也已经疯了，"面色红润，双眸明亮，白白胖胖的，加上一头晶晶亮的白发，十足像一个鹤发童颜的洋娃娃"。"洋娃娃"一词体现了一种形象上的反差：一个从战场上摸爬滚打下来的英雄，老年时却变成了这般模样，怎么不令人唏嘘！

林阿姨作为整个故事中的一个次要人物，将曾经的战事展现在读者面前。一些从"我"的视角看不到的，读者在上帝视角都未能感知到的，都在林阿姨的讲述中揭开帷幕。而上校小腹上精心设计的"文身画"是一直被人们谣传和诟病的，也是上校这一生最想守护住的秘密。他在失智的时候也牢牢瞒住林阿姨，就连林阿姨也是偷偷探寻才得知其所在。作者借着林阿姨这个角色，给上校曲折且耻辱的一生做了一个修正，给读者牢牢树立了上校倔强不服输的形象，也给出了其对人性伦理的看法：要坚持善良。

三、另立山头：心灵的回归，与主角光环和解

（一）主角的结局：欧·亨利式结局，失智后的坦荡

上校这一英雄人物形象的塑造虽然是成功的，但是纵观其一生，从其意志和英雄象征来说，这一人物对命运的把握显然是失败的。背负着难以启齿的秘密的上校，归乡后独自承受孤独与磨难，"硬骨头"的上校终究抵不过命运，生命的难堪和悲悯跃然纸上。

是否主角就应该拥有主角所固有的结局，或者说，是否喜剧就应该有喜剧的结局、悲剧就应该有悲剧的结局？这类问题是有待研究的。喜剧界中存在着一种说法："喜剧的内核是悲剧。"这是否意味着传统喜剧升华就应该挖掘故事背后的悲剧现象，而悲剧史诗就应该给予主人公无尽的黑暗而不给其一丝喘息的机会呢？显然，并不全然是这样的。交融式的故事才是生活本身，才是世俗意义上的文学。欧·亨利式结局的出乎意料却又在情理之中，在这本书里体现得淋漓尽致。上校在特殊的环境里不断地碰触人性的自私与命运的悲凉，在孤独与无助中，英雄的命运只能是悲情的。但是麦家并没有抹去他笔下这一主角的希望，虽然给予了他失智的结局，但也让他的晚年远离喧嚣，远离那个深处暴力情境的江南乡村。比较有趣的是，麦家给予主人公的寿命是比较长的。"'九点四十三分，他走了。'上校生于民国七年即一九一八年，差不多活了一个世纪，寿高到几乎超出所有活人的想象和死者的等待；战友、亲人、朋友、敌人，有多少死者在地下等他！这些年我每次来看他们，林阿姨总对我说一句话：'他真能活啊。'"正如小说文末所写的那样："报纸

上说，没有完美的人生，不完美才是人生。"

上校在《人生海海》中的形象是一名归乡的英雄，在特殊的战争年代，他脱离了谍战密码，获得了似乎本不该属于英雄的结局，但这一结局对于普通的主角来说却又再平常不过了。颠沛流离一生，最终回归平静生活，这不仅能给读者以心灵慰藉，更是小说主人公最朴实的告别。

（二）回归：人的回归与文学的回归

上校这个英雄角色从离乡开始一直处于暴力情境中，更是一直处于那个江南乡村的舆论中心。麦家写作生涯的头二十年，一直在试图逃离乡村和童年，最后却发现每个人都不可能真正逃离。后来随着年龄与阅历的增长，逃离的感觉少了，麦家想装下故乡。他不停地回望自己、打开内心，曾经一直想要摆脱的故乡，被文学一点点地放回心里。童年所经受的苦难、伤害、仇恨，在如今的麦家的回忆中都成了财富，使他能够一步步走到今天，这便是麦家的回归。用世俗文学打破世俗，便是麦家笔下文学的回归。

澎湃的浪潮需要蓄势，需要密密麻麻、深深浅浅的刀割，在自我主宰的世界里，主角光环也显得不那么重要。结局都是死亡，落幕时刻的精彩与否也无足轻重。舞台上光彩绚丽就好，落下的帷幕和揭开的序幕都有同样的褶皱。掌声会有的，唏嘘也会有的，帷幕落下后终将回归平静，生存的规则不过是我们的选择。人生海海，我们是沙粒，亦是黑洞，我们有感知，亦是无知……

雷锋精神一直是进行时

——观《离开雷锋的日子》

钱姿瑞[1]

指导教师：邵君立

1962 年 8 月 15 日，只因一根晾衣杆的意外倒地，雷锋永远留在了 22 岁。此后，一尊尊雷锋雕像在各个城市中矗立起来，在经历了数十年岁月后依然光洁如新。

雷锋是全国人民都熟悉的一个伟大英雄人物，雷锋精神家喻户晓，但仅是知道、牢记雷锋精神是不够的，得贯彻、得弘扬、得传承。1996 年，由雷献禾、康宁导演的电影《离开雷锋的日子》是以雷锋战友乔安山的视角展开故事的，虽然影片中雷锋只出现了十几分钟，但雷锋精神无处不在。影片将雷锋精神的呈现方式、传承形式和现实意义，以隐喻、场景布置等方式展现在观众面前。

一、雷锋事件中的关键人物——乔安山

（一）乔安山在影片中的意义

电影聚焦于雷锋牺牲后他的战友乔安山的所作所为。片名《离开雷锋的日子》似乎表明雷锋是主要人物，但从影片内容来看，乔安山才是主要人物。乔安山是雷锋最亲密的战友，也是间接导致雷锋牺牲的人。他的车撞倒了晾衣杆，而这根晾衣杆意外撞在雷锋的太阳穴上，导致雷锋牺牲。在此之后，

---

① 钱姿瑞，2000 年生，女，浙江越秀外国语学院戏剧影视文学 1902 班本科生。

雷锋的人物形象就再没有在影片中出现了，推动电影剧情发展的是乔安山心中的雷锋，也就是雷锋精神在推动后续剧情发展。

乔安山在影片中承载的是名为雷锋精神的宏大意识，由此可以得知，《离开雷锋的日子》里的主要人物还是一开始只出现了十几分钟的雷锋。与传统的人物塑造方式不同，雷献禾、康宁导演使用了"非在场"的非传统人物塑造方式。

影片由乔安山的独白拉开序幕，他独自一人在雷锋墓地前扫墓，独自诉说他和雷锋之间的故事。他通过简单的语言建构了"形而上"的价值体系，将我们带回到雷锋存在的时代。当镜头从现在转到过去，周遭环境的氛围从寂寥变为热情奔放，雷锋所处的时代被打上了高光。从气氛转换的一瞬，我们就感受到了这是一个非同凡响的时代。

（二）隐含在乔安山身上的宏大意识

在雷锋牺牲之初，乔安山的情绪极不稳定。被关禁闭的时候，乔安山拿出了雷锋生前交给他的来自母亲的家书。因为乔安山的学问不高，所以他请战友帮他读家书。战友在刚刚拿到信的时候还是很"冷酷"的，但是随着信中乔母真挚的文字流淌进战友和乔安山的耳中，乔安山已然掩面泣不成声，战友也在压抑思念中哽咽。当一个不知道雷锋已经牺牲的人在尽情畅想有他的未来，而这些期待又被其他已经知晓雷锋牺牲的人看到，他们的心情会是怎样？应该只能像乔安山和他的战友一样，将雷锋仅存的精神牢记在心底。

这封家书中饱含的对雷锋的感激之情从乔母的嘴里传递到代写人的笔下，又从代写人的笔下传递到乔安山战友的口中，最后到了乔安山的耳中。一封普通的家书，在一层一层的传递中变得沉重，这样的沉重令刚经历雷锋牺牲的乔安山背负上长达一生的愧疚。家书里轻描淡写而又震撼人心的语言，将雷锋精神呈现得淋漓尽致。

雷锋在乔安山心中长久地住了下来。多年来，乔安山怀抱着对班长的愧疚与思念、对自己的责备与懊悔，默默无闻地做着他力所能及的事情。直到导演将乔安山的故事拍成电影后，大家才知道，原来真的有人能用几十年的实际行动去怀念一个人，原来乔安山就是雷锋生命的延续！

二、雷锋精神在《离开雷锋的日子》里的传承形式

(一) 一对一的传承形式——车厢

这里所说的一对一，指的是雷锋在车厢里和乔安山的一对一谈话。从拍摄角度和场景布置不难看出，导演将车厢塑造成了一个"神殿"般的场所。导演以"不正常"的俯拍角度拍摄车厢，将车厢塑造得异常高大，就像"神殿"；此外，俯拍角度还出现在雷锋同乔安山的对话中，这也明示雷锋处在乔安山的上位。

在车厢里，雷锋与乔安山进行了一场表面上看来非常普通，实际上蕴含着深刻的雷锋价值观的对话。导演在场景灯光的布置上也下足了功夫。当镜头拍摄到雷锋的时候，雷锋一侧的车窗外是看不清的；而拍摄到乔安山时，从他那一侧的车窗是可以很明显地看到窗外的景色的。这是导演的处理，导演刻意模糊雷锋那一侧的物理现实，是为了呈现出车厢这个环境已经变成了雷锋与乔安山灵魂交流的一个场所，外面的物理现象都不重要，重要的是当时处于车厢中的雷锋与乔安山的交流内容。

在对话的过程中，雷锋发现乔安山嘴上说着要戒烟，实际上却还在私藏烟草。对此，雷锋如是说道："我们要说得到也要做得到！"在雷锋的教导下，乔安山拿出了偷偷藏起来的烟草，但此时他很明显不满意班长的话，直接将这包烟扔出了车窗。从他的肢体语言可以看出他的不满，但接下来雷锋的行动可谓点睛之笔。他将被扔在地上的烟捡起来放在了车轱辘底下，让乔安山亲自开车，自我摘除了"欲望"。有趣的是，就像我们常说的"打一个巴掌给一个甜枣"，雷锋严厉地教导乔安山后，又给了乔安山一包红薯片，告诉他如果想抽烟就吃红薯片，虽然不能完全抑制抽烟的欲望，但也能让他慢慢地戒掉烟。

从这一件小事可以看出，雷锋不用强权去逼迫别人做一件事，而是晓之以理、动之以情，不是解决一时的问题，而是授人以渔。这也体现了雷锋精神。

(二) 一对多的传承形式——课堂

一对多则是指对青少年的一对多教导。在影片中，青少年的形象只出现

了三次。第一次是雷锋给学生做课外辅导，第二次是乔安山在小学演讲，第三次是在影片结尾，赵校长带着戴小红帽的同学来帮乔安山父子脱离困境。

前两次出现的青少年都是倾听者的角色，第一次是听雷锋的指导，第二次是听乔安山的指导。而第三次出现的青少年则给前两次打下的铺垫收了尾，他们成了雷锋精神的继承者。在乔安山父子的车陷于荒野的时候，他们看见一个个头戴小红帽的志愿者向他们赶来。原来是学生时代曾受过雷锋指导的赵校长找来了戴志愿者帽的学生来帮助乔安山。这时，夕阳的余晖照映在"小红帽们"的身上，人性的光辉照耀在乔安山心中，比太阳还要炽热的温度温暖了祖国大地。

赵校长将雷锋的教导牢牢记在了心底。乔安山这时才发觉原来不只自己在秉持着雷锋精神做事，还有许许多多的人和他一样，通过自己微小的力量，将一滴滴小水珠凝聚成汪洋大海。雷锋精神也存在于赵校长的身上，赵校长又将雷锋精神在课堂里传递给下一代青少年。而这些青少年就是我们国家的未来与希望。

三、"离开雷锋的日子"

（一）雷锋精神在当时社会的存在意义

雷锋离开的日子是1962年8月15日。在20世纪60年代初期的中国，摆脱困境、调整经济是整个社会的主题。而浇灌和哺育这个精神家园的，正是为人民服务的信念。[1]雷锋毋庸置疑是雷锋精神的中心，而雷锋精神的内核就是"为人民服务"。毛主席在写下"向雷锋同志学习"的题词后，对秘书说："学雷锋不是学他哪一两件先进事迹，也不只是学他的某一方面的优点，而是要学他的好思想、好作风、好品德……学习他一切从人民的利益出发，全心全意为人民服务的精神。"[2]

回望20世纪60年代的中国，雷锋不仅是一个名字，也是一句响亮的口

---

① 徐海鹰：《我们的队伍向太阳》，中国民主法制出版社2007年版，第398页。
② 赵士发主编、何萍总校订：《列宁、毛泽东与马克思主义中国化》，人民出版社2021年版，第300页。

号，成千上万人自发地去响应雷锋精神。对于当时的中国共产党人来说，雷锋的追求"生为人民生，死为人民死"就是他们的追求，雷锋的精神就是中华传统美德的最好体现。无数文人受到雷锋事迹和雷锋精神的感染，为雷锋创作文艺作品：1963年生茂、吴洪源用几小时创作了经典名曲《学习雷锋好榜样》；1963年贺敬之创作了著名抒情长诗《雷锋之歌》；1965年陆柱国写下故事片《雷锋》……这些文艺作品的创作与传播，使得雷锋精神在那个通信还不太便利的年代传遍了中国大江南北，这对于在当时营造良好的党风和社会风尚起到了重要的推进作用。

那一年的雷锋永远停在了年轻的22岁，但他的形象却日渐高大。

（二）雷锋精神在现今社会的存在意义

在现今社会背景下，国家依旧在强调雷锋精神，而雷锋精神最核心的内涵就是为人民服务的奉献精神。在现今社会，传统的"远亲不如近邻"的邻里守望情景，渐渐被司空见惯的"比邻素不相识"的现象取代，人们甚至还陷入了"老人跌倒扶不扶"的道德困境。[①]这就更显出宣扬雷锋精神的重要性。

1996年的电影里，乔安山扶起倒地老人反被讹；2006年"南京彭宇案"成了社会"道德滑坡"的"典型事件"；2014年春晚小品《扶不扶》用搞笑的口吻和讽刺的方式让这个社会热点问题再次被人记起。虽然问题是丑恶的，但在丑恶事件中闪耀出的雷锋精神则显得更为耀眼。当雷锋精神一次次地被提及，也就意味着雷锋精神一次次地被记住，在每一次丑恶事件的背后，总是伴随着弘扬以雷锋精神为代表的中华传统美德的声音。

1996年《离开雷锋的日子》中乔安山的话让人们知道了雷锋精神；2014年小品《扶不扶》探讨"老人摔倒扶不扶、帮不帮"的社会话题，意在提醒群众，雷锋精神仍坚挺着。世界上的善意永远大于恶意，哪怕善意暂时被恶意掩盖，哪怕善意还很微小，但星星之火，可以燎原，总有一天善意可以盖过恶意，传遍神州大地，挣脱时间的束缚，让更多人听见它的声音。

雷锋牺牲后从未离开过我们，乔安山是"雷锋"，赵校长是"雷锋"，不

① 罗慧玲、吴厚庆：《雷锋精神融入城市精神的内容和路径探析》，《湖湘论坛》2016年第29卷第4期。

管从前、现在还是未来，千千万万的志愿者也都是"雷锋"。他们都有着同一种精神，那就是雷锋精神；他们也都有着同一个名字——雷锋。

结　言

雷锋精神是简单的，"做一颗永不生锈的螺丝钉"；雷锋精神是铿锵有力的，"要把有限的生命，投入到无限的为人民服务之中去"；雷锋精神是永恒的，社会不断进步，时代不断更迭，时至今日，弘扬雷锋精神对社会主义精神文明建设依然极其重要。①

---

① 王兴东：《追寻雷锋的足迹——〈离开雷锋的日子〉的创作经过与感想》，《前线》1997年第6期。

女人的房间与女性的战争
——读林白《一个人的战争》和《说吧，房间》

雷白雪[①]

指导教师：钱虹

　　林白是20世纪90年代"个人化写作"与"女性写作"的代表人物之一，她于1994年发表的《一个人的战争》以独特的女性话语和大胆的身体描写引起了文学界的轰动，书中通过"我"的成长经历和林多米的遭遇，刻画了女性对肉体的感觉与迷恋，营造出热烈而坦荡的个人经验世界。《说吧，房间》则是其小说中最具女性主义色彩的一部，书中呈现的是20世纪90年代中国社会中以林多米和南红为代表的女性的生存困境。

一

　　林白作为一位女性作家，其作品有着鲜明的时代特点。她笔下的女性多是生活在社会中下层的普通人，刚刚摆脱封建观念对于女性生理与思想的束缚，又陷入城市生活中金钱与权力的陷阱，想要自由又缺乏勇气，期盼独立但不得不在男权社会中委曲求全。林多米就是这类女性的典型，房间是她在生活重压下唯一能放松的地方，也是作者为自己、为所有有着同样困境的女性建立的一个独立于男权社会外的"自由之地"。

　　小说《一个人的战争》中有许多关于阴暗狭窄的房间的描述。最开始是幼儿园的小床，"我"在挂着蚊帐的小床上抚摸自己的身体，"蚊帐落下，床

---

① 雷白雪，2000年生，女，浙江越秀外国语学院汉语言文学专业2019级本科生。

就是有屋顶有门的小屋子,谁也不会来。灯一黑,墙就变得厚厚的,谁都看不见了"。由床与蚊帐组成的房间隔开了老师与同学们的视线,与其说它是一间实体的房间,不如说这更像一间由意识搭建的屋子。孩童时期的多米形成了自我意识,抚摸自己行为的背后是"我"心里深深的孤独感。小说中提到有段时间"我"每晚都想象死亡,先是亲人死去,再是自己死亡,其背后的家庭原因是"我"父亲早亡,母亲常不在家,即使是生病发烧,也只有自己喝水吃药。童年时期父母长辈的陪伴对孩子性格的形成是十分重要的。因为家长陪伴的缺失和过早产生的性别意识,"我"很小的时候就对婚姻很排斥,在一个人成长的途中逐渐形成了自我保护意识。

林多米的性别意识应该来源于一个在幽暗地板上堆满了人体生殖器模型、挂图的阁楼,那是"我"童年时常流连的地方。由于没有长辈的引导,阁楼上的模型成了最早的性教育工具。书中无不透露出"我"对缺少母亲的陪伴与关心的失望,以及作者对当时畸态的社会的批判。

长大后的多米心里有着独特的想法,她选择一个人闯荡社会。但一个人的旅途是充满伤痛的。在船上,林多米偶遇船员矢村,却被诱拐失去了初夜。真实的男女之间的性体验打破了她曾经美好的幻想,"天完全黑了下来,没有开灯,房间就像真正的洞穴或深渊一样黑暗"。此处对房间的描述中所带的情感色彩已经与之前的完全不同。之前,多米所处的房间大都是由她本身的女性意识主导而形成的独立空间,带着少女独有的纯挚情感。但在和矢村所处的这间房中,男性强硬地夺取了多米的主导权,让她真切地体会到,在男性主导的社会中处于弱势地位的女性是多么无助,想要发声求救是多么困难。同时也印证了上述所说的房间不是实体的空间,而是随着多米的成长不断变化的意识空间。

书中的房间是女性自我意识建构而成的空间。但在20世纪90年代的社会背景下,大部分女性还是习惯性地屈从于男权,成为男性的附庸,只有小部分觉醒的女性艰难地建立她们的自闭空间,因而背离社会常态的她们所感受到的孤独感也就更加深刻。家中父亲的缺失和母亲不常在身边教导陪伴的经历让林多米内心产生了自卑,她缺乏很多社会经验,其中很重要的一项就是不知该如何与男子相处。这就导致单纯的多米被船上偶遇的男人夺走了初夜;而她迷恋的青年导演N不仅不负责任地让她怀孕,还把她的创作成果占为己有，最后又在多米怀孕时出轨。多米在男性社会中一次次地跌倒，每当她想要为自己的生活和事业努力时，孤军奋战的她却在男权社会中被欺骗失身、遭到背叛。

在与男性的交往中受到多次创伤的多米逐渐将注意力转向同性，相同的身体构造和丰沛的情感体验缔造出了多米在感情中的另一面。与同性相交的多米更加大胆活泼，如她曾偷窥自己崇拜的偶像的裸体，"我的内心充满了渴望，这渴望包括两层，一是想抚摸这美妙绝伦的身体，就像面对一朵花，或一颗珍珠，再一就是希望自己也长成这样"。林多米对同性也经历了一个感情转变的过程，从幼时和"莉莉"相互抚摸的大胆好奇、对姚琼火热的崇拜，转变到和南丹同睡时做不可描述的梦时的恐惧与逃避，这一度让多米认为自己对同性产生了不一样的感情。但在看到南丹寄来的信后，她又惧怕自己是个同性恋者，认为同性恋者是为正常人群所不能接受的，表现出对现实中同性之爱的排斥和恐惧。她对南丹的爱的逃避体现出同性之爱的不可靠，女性和女性之间的帮扶关系断裂，多米游离在同性之外，只能孤独地继续在男权社会中踽踽独行。

二

作为一部女性主义的小说，林白《一个人的战争》以女性的视角在感官和肉体感觉的基础上认识自己，从而抒发女性的生存之痛，这也就是我们所说的女性"身体写作"。身体写作多从女性的欲望出发，首先就是情欲。林多米和丈夫闵文起的婚姻生活没有甜蜜，看起来枯燥乏味，即使在夫妻性生活上，她也感觉不到一丝乐趣，"我从来没有过青春年少水乳交融的婚姻性生活，我不知道如果有，情况是不是好得多。与闵文起越到后来越像一种刑罚而不是什么'做爱'"。从她的感受不难看出，林多米的性体验是绝望痛苦的，她与丈夫的性生活不是出于"情欲"，只是为了尽妻子的"责任与义务"，甚至有时候只是为了让丈夫暴躁的情绪平稳下来而进行的敷衍性安抚。很明显，在书中，女性在婚姻关系里处于弱势，表现在林多米的肉体感受上，"这时候我身体的各种感觉就会分离，肌肉承受着重量的冲撞和挤压，眼睛却在卧室的四处漫游"。这是对女性"灵与肉"分离的生动刻画，"我"的肉体在丈夫的身体压迫下进行毫无快感可言的夫妻生活，眼睛代替灵魂在房间各处游走观察。这可看作是女性在压抑的婚姻中自我独立意识的挣扎，即使肉体被镇压，但灵魂却不受约束；从另一层面这也可以解读为林多米守住了女性精神上的独立，没有被男权思想俘虏、同化，建构出了一间属于她自己的房间。

婚姻中挤压女性自我空间的不仅仅是男性，还有孩子。母爱是世上最伟大的感情，有了女儿扣扣的林多米，生活更加忙碌，工作之余便是围着孩子打转，她迷恋孩子身上纯稚的气味，惊喜于女儿的第一颗牙蕾的萌生。大多数母亲都想把自己所拥有的最好的东西给孩子，包括身体、精力、时间，也不吝于名为"自我"的房间。房间一下变得拥挤，充满着孩子的身影，并且随着时间的流逝，连缝隙都被奶粉、学费填满。

最后女性在婚姻中自我消解了。"婚姻中的男性家里我们所嗅到的女性气息总比独居的男人的房间里的少。"结婚前，女性的身体掌握权在她们自己手上，就像子君所说的"我是我自己的"。但婚姻中的女性一不小心就会失去主动权，在男权思想的影响下将自己分散在家里的每个角落，伺候丈夫、带孩子、做家务，减少了自己的私有空间。属于女性"自我"的房间被压缩，直至随着女性自我意识的消失而被完全解构。

三

职场的生存法则对于那个年代的女性来说更加残酷。林多米在丈夫闵文起的帮助下找到了一份记者工作。在工作中她常常要忍受上司的刁难，和同事的关系也很疏离，开大会时她总是缩在角落里，不积极发言，用现在的话说就是"上班摸鱼"。能力不出众的林多米成了一个"不上进"的员工，在职场中很难生存下来。

离婚后不久，女主人公林多米成了单位里最没有背景的人，没过多久就被开除。离婚和解聘成了她生活中的悲剧性转折点，一个离了婚带着孩子的女性，没有工作的收入很难在社会上生存，她要面临的不仅仅是物质上的日渐短缺，还有精神上的压力，这更容易让一个成年人感到疲劳。穷途末路的多米终于还是走向了世俗：从灰扑扑的"老鼠"形象变成了一个戴着水钻、穿着白色风衣、梳着短发的都市女性。表面上看这是个积极的转变，林多米在经历社会的残酷后看清了职场的一个现象：漂亮的女人总比毫不起眼的人更受优待。林多米做出改变后果然受到了和从前不一样的待遇，连之前冷漠的同事许森也对她产生了欲望，向她抛出了橄榄枝。可实际上，她是在向命运妥协，原本连丈夫都不愿迎合的女人为了生存和孩子，甘愿自主进入男性主导建构的社会中，把自己变成符合男性审美的模样。

从多米的身上，我们看到了职场女性的弱势地位和尴尬处境，面对刁难时她们反抗无用，往往只能接受职场的不公平待遇。唯一有效解决职场难题的办法就是拥有背景和人脉，职场的阶级划分异常鲜明，谁的背景更强大，谁就能混得更好。通过林多米的上司"大弯"平时对待她的态度和他为了自己升职而解雇多米就能看出，在男性主导建构的社会中，男性往往通过牺牲女性来达到目标。而普通女性想要在职场中稳定发展，付出的远要比男性多更多，其中不仅涉及职场中的人际交往，还牵涉到社会不同阶层的矛盾冲突，所以女性想要获得与男性一样的平等的工作机会与工作环境，是相当困难的。

四

孟繁华曾在评论《说吧，房间》时指出："在男性话语期待的视野里，一方面女性放大了对自身的想象；一方面则遮蔽了她们受到的真实性压抑。"[1]表面上传统社会对女性的迫害已经结束，但这并不意味着男女真正平等。虽然人们早在20世纪90年代以前就已经宣传"解放思想""妇女解放"，但正如穆勒在《妇女的屈从地位》中所指出的，男性对女性的统治已被当作一种自然"秩序"被人们普遍接受了下来。所以，人们还是没有真正使女性与男性平等起来，女性的性别身份依然处于被忽视、受歧视的状态。

林白笔下的多米是一个沉默、阴沉、不起眼的普通女性，她经历了流产、结婚、生子、离婚、失业的波折，对未来不知何去何从。在婚姻中，她常年压抑自己的真实感受，最后不得不选择离婚，打破束缚自我的牢笼，这对于

---

[1] 孟繁华：《弱势性别：与现实的艰难对话——评林白的长篇小说〈说吧，房间〉》，《南方文坛》1998年第1期，第49—50页。

婚姻中的她来说是最好的解脱。但离婚后各种困难纷至沓来，让多米喘不过气来，一度使她刚建立起来的房间坍塌破碎。她再次求职失败后，走到了许森家门口，打算用肉体交换一份工作，却被拒之门外，这无异于一个重大的打击。女性为获得更好的生活做出了努力，打破了固有的壁垒，但在壁垒后面，是因女性的性别弱势而形成的重重深渊。

林多米活着继续找寻生存的出路，可南红却因为宫外孕死去了，谁的命运更悲惨？究其悲惨命运的根源，是她们缺乏自我独立性，对女性身份没有充足的认识，反而将全部身家都投押在了男人身上。她们靠着男性在社会上立足，这是具有不稳定性的，因为男人只是需要一个"床伴"，而女人想要的是稳定的依靠，二者的目的不同。造成这种不稳定的深层原因在于社会思想，人们早已习惯于男权社会时期男女性别的关系，将女性视为弱势群体，甚至是附庸，就像《第二性》里写的那样："不，女人不是我们的兄弟；她除了性器官以外，没有别的武器……不管她是热爱还是憎恨，都不是坦率的伙伴。"①

女性的身份被忽视、被贬低，传统男权思想的枷锁还束缚在大多数人身上。在男性建构的社会里，女性往往像金钱一样，是男性表明身份地位的符号化形象。要打破这种枷锁，就要强调女性的性别身份，将"女性"二字从男性中脱离出来。首先，女性须要建构一间自我意识的房间，从内部破坏传统的自然"秩序"。在父权社会中，男性是有力量的、阳刚的，而女性则是阴柔的、柔弱的。女性既然要追求性别独立，就要赋予自己"阳刚之气"，扩大自我意识的房间，追求自我解放。其次，女性也要跳出局限性的房间。如果说男权社会是一个范围广阔、墙壁坚固的房屋，那女性自我建构的房间也不能限制在固定范围里，它应是没有边界、没有形状的，但可以通过各种载体体现出来。就像作者林白写的这两部小说，不也是她自我意识建构出来的房间载体吗？

林多米和南红的经历代表着20世纪90年代大部分女性的生存状态，没有自我，只能依靠男性，结局不是死亡，就是如同死了一般活着。林白的小说

---

① 西蒙娜·德·波伏娃：《第二性》第2卷，郑克鲁译，上海译文出版社2018年版，第583页。

用女主人公悲惨的命运结局告诉我们有一间独属于女性自己的房间的重要性。现代女性虽然大多已独立自主，有能力在社会上生存，但有了伴侣以后同样要保持自己独立思考的空间。作者虽然某种程度上夸大了男女二元世界的对立，将女性的困境归咎于男性，但他们也不是全然无辜的，像文中的老歪、老C、闵文起、许森等人，他们或直接或间接地对女性造成了种种创伤。这表明"妇女解放""男女平等"的口号并未真正解除女性在当代社会中的困境。

女性裙钗下的男权意识

——析《妻妾成群》《红粉》中的女性形象

陈晓慧[①]

指导教师：钱虹

自20世纪80年代女性主义兴起，女性的生存处境和命运抉择就逐渐引起了人们的关注。作为"中国当代最会写女人的男性作家"，苏童用细腻的笔触塑造了丰满的女性形象，刻画了复杂的女性心理。莫言曾评价："苏童作品中对女性的把握，我觉得好像是天生的，所以有的作家真的需要天分。对女性微妙的情感把握准确，是我望尘莫及的。"

—

从女性心理入手，通过书写女性形象中较为丑恶的一面，揭露人性，这是苏童小说的特点。苏童小说中的女性往往被局限在较为单一的环境中，她们的悲剧命运离不开生活环境和自主选择。苏童曾说："我真正有能力关注的，还是人的问题。"他关注到了女性的命运处境，但作为男性作家，他却难以真正观照到女性的个体意识和情感需求，其作品中一些有意或无意的男权意识的流露，也让一些女权主义者质疑其作品中的女性形象。

苏童的女性人物形象描写，多以中性的视角关注女性人物的生存状态和命运走向。一方面，苏童笔下的女性人物形象是处于男性凝视之下的，难以摆脱传统女性形象的束缚；另一方面，苏童作为男性作家，他对女性人物形

---

① 陈晓慧，2001年生，女，浙江越秀外国语学院汉语言文学专业2019级本科生。

象和主体意识的刻画虽然与一般男性作家的有所不同，但仍然难逃女性人物形象类型化、片面化的桎梏。

不同于女性作家对女性人物形象生动化、立体化的描写，苏童的女性人物形象往往是美丽的、柔弱的，是"被看"的。《妻妾成群》中的颂莲因年轻漂亮而获得老爷陈佐千的宠爱，而她也将年轻貌美作为争宠的资本，更加顺从、依附权力中心。《红粉》中的小萼在改造营织不完麻袋且备受欺凌，于是她想方设法寻找可以"保护"她的男人来依附。女性"美、弱"形象的本质，实际上是对男性"有权、强大"形象的认同。王干在《苏童意象》中概括了苏童笔下女性形象的常态："苏童笔下的红粉女子几乎全是来自江南古城那些美丽而腐朽的角落，她们是在一种被压抑、被控制、被奴役、被改造的状态下施展自己的才能，她们的抗争方式并不一致，但她们几乎无不首先把锋芒和阴谋实施到自己姐妹身上，而对男人基本上采取一种妥协、迁就、讨好的方式。"①这无疑是菲勒斯中心主义下女性形象的普遍特点。女性在依附、讨好男性的同时，其实也是在暴露她们对男权体制下女性角色定位的认同。颂莲原是经受过高等教育的女学生，但她并没有充分接受五四新思想的洗礼。在面对做工还是嫁人的选择时，她毫不犹豫地选择了依附男人生活，她毅然踏进陈府的大门，在一方深宅中钩心斗角，为争夺老爷陈佐千的宠爱而不择手段，最终成为封建牢笼中的牺牲品。小萼即便经过了新社会的劳动改造，也仍然无法摆脱依附男人的思想观念，哪怕到了小说的最后，依旧在找寻翠云坊的牌楼。

这是传统男权社会下女性思想较为普遍的状态。女性在被男性物化的同时，也在维护和认同男权社会赋予她们的角色。她们被传统束缚，又有意无意地认同男权至上的地位。这就是苏童塑造的女性形象的突出特点：她们往往处于社会边缘，在被奴化的同时也在自我奴化，被压榨的同时怀着比别人高出一头的希望。苏童笔下的女性这种顺从、美丽、娇弱的形象特点，恰恰表现了男权中心体系下对女性性别角色的期望。正如一些女权主义文学批评所指出的那样，以男性为中心的社会中的文学，所有的女性类型都表现了男

---

① 王干：《苏童意象》，汪政、何平编：《苏童研究资料》，天津人民出版社2007年版，第325页。

人对女人的评价，直接服务于男性中心文化的"性权术"。①作者在塑造女性人物形象的时候，总是不自觉地向封建社会的传统女性标准形象靠拢。

二

苏童笔下的女性人物形象，往往伴随着"丑、恶"的人物心理。苏童的小说中不乏对黑暗人性的披露。小说中的女性人物为什么要依附男权，自甘堕落？多是为了满足一己的欲望。这是女性形象的特点，也是人性的弱点。在以男性为权力中心的社会体系里，女性对金钱、权力的追求，事实上是一种希望提高自己话语权的体现。她们迎合男性、讨好男性，都是为了能跳出原有的逼仄生活。《妻妾成群》中的颂莲、卓云是为了提高自己在陈府的地位；《红粉》中的小萼是为了不在玻璃厂继续干重活，不再受欺凌。表面看来她们钩心斗角、好逸恶劳，实际上这不仅是女性当时的生存状态，更反映了人性的恶毒与贪婪。《红粉》中写道："秋仪无法想象小萼将来的生活，女人一旦没有钱财就只能依赖男人，但是男人却不是可靠的。"②可见女性依附心理的根源实则是对钱和权的欲望，只有金钱和权力得到保障，女性才有可能提高话语权，改变原有的生活。苏童虽然善于揭示人性的阴暗面，但与同时代的女性作家相比，却难以真正深入女性的内心世界。女性作家的底层书写往往是平视的，是入乎其内的"同是天涯沦落人"的底层叙事，是母性烛照下的女性叙事。她们在肆意任性中有韧劲、彰个性、显执着，她们的写作是"从内心出发"，听从自己"内心的声音"，开创"我"的独特创作。而苏童的书写更像是以一种贴近女性视角的角度揭示女性的生存状态和心理状况，按一种既定的路线规划女性命运。这在情感态度上难免是一种女性自主生命意识失落的表现。苏童也忽视了女性内心深处的母性情怀。同性间的自相残杀、对自己孩子的利用和抛弃，对种种"丑、恶"的心理的描写，使苏童笔下的女性角色走向了恶魔化，也表现了男性作家在描写女性形象时的意识局限。过度地描绘女性形象中邪恶的一面，虽然能让人看见女性人物自身的问题，

---

① 康正果：《女权主义文学批评述评》，《文学评论》1988年第1期。
② 苏童：《红粉》，浙江文艺出版社2016年版，第88页。

但也容易影响读者的主观判断，从而影响对女性人物生命的真实观照。"丑、恶"的消极的女性形象，也隐隐流露出作家主观上的男权意识。

其实，苏童难以体察到女性的自主生命意识，对女性的生理、情感和内心的精神追求缺乏入乎其内的观照。苏童试图以女性视角来描写世态，尝试解构男性传统的宏大叙事结构，将底层女性的生存状况和命运选择展现在读者眼前。但从苏童作品中对女性的阴暗化、消极化的描写中，不难发现他不自觉地流露出的男权中心文化的遗留。

三

苏童的小说中不乏对性的描写。在以男权为中心的社会中，对性的支配能力代表着男性的权力和地位。女性主义文学中最有讽刺力量的叙事策略之一是写男性生理上的性无能。王德威评价《妻妾成群》中的男性生命力的苍白时说："苏童写阳痿的恐惧，阉割的威胁，俨然成为世纪末性意识的病态表白。"①老爷陈佐千拥有四房太太，却最终无法在身体上承受，而其子也生来就怕女人。性能力的弱化，是苏童对男性话语权的解构，他笔下的男性人物不再具备阳刚的英雄气概，男性颓败的形象也使小说充斥着衰败的气息。此时，作为权力中心的男性人物的性支配能力与女性人物难以满足的情欲产生了强烈对比。然而，作者在关注"性的问题"的时候，难以真正关注到其背后的"人的问题"。男性生命力的沦落，事实上是男性权力与欲望过度膨胀的结果，作者把男性的悲剧归因于环境，归因于权力体系，归因于女性的丑恶心理，却难以正视男性本身的无能。同时，苏童作为男性作家，其对性的阴暗化、消极化的描写，事实上就是对女性"第二性"的默认。刘慧英就对苏童这种消极化的性描写做出了批评："苏童在刻画性爱的淫秽方面真可谓登峰造极，而在他的笔下明快、愉悦、轻松的性爱故事却难寻踪影。为什么我们的文学给予不了读者对性的美好称颂和描绘，而只能是一种丑陋和罪恶的展

第五部分　青年评论

---

① 转引自姜子华：《女性主义与现代文学的性别主体性叙事》，博士学位论文，东北师范大学，2010年，第259页。

示和批判呢?"①在陈府这个封建大家庭的强压下,颂莲发出哀叹:"女人到底是个什么东西,女人到底算个什么东西,就像狗、像猫、像金鱼、像老鼠,什么都像,就是不像人。"②她终究只停留在了疑惑、承受性压迫后的阴暗情绪及对性的恐惧上,再没有深刻的思考。作者将所有人物都置于封闭晦暗的陈家大院里,将性描绘成造成女性走向悲剧的洪水猛兽,这正体现了对女性自主生命意识观照的缺失。

同时,苏童笔下女性自主生命意识的失落还表现在既定的故事程式中。《妻妾成群》和《红粉》都难以真正走出传统的诱奸故事程式,难以突破传统的精神桎梏。《妻妾成群》中颂莲的身份虽然是女大学生,但她的思想却未受到新思想的洗礼。不同于传统诱奸故事程式的是,颂莲的悲剧始于自己做出的选择,这也正是作者想要表达的:女性命运的悲剧离不开女性自身的原因。但在颂莲禁不住金钱、权力的诱惑选择嫁入陈家之后,故事就开始步入传统诱奸故事程式的窠臼:陈家大院的女人为了得到陈佐千的宠爱,只能依靠性资本和手段,凭借自己的贞洁、美貌及顺从,取悦作为权力中心的男性。此时的女性已然成为男性的玩物和附属,男性满足了自己的欲望,而女性的命运则走向悲剧。这也正符合了诱奸故事程式中人物的命运写照——一步错,步步错。颂莲从踏入陈府的那一刻起,就注定了她悲剧性的结局。《红粉》中秋仪和小萼是妓女出身,她们沉湎于出卖色相的生活,将性视为依附男人的手段,她们自甘沦为玩物,将男人的宠爱视作生活的全部。小萼曾说:"我从小爹不疼娘不爱,只有靠男人了,你要是对我不好,我只有死给你看。"③最终,她也难逃家庭支离破碎的悲剧性结局。这样的传统故事程式或许能让人对女性的处境感到同情,却难以真正表现出女性自主的个体意识和生命价值,难以关注到女性内心的精神追求。或者说,这种故事程式满足的是男权社会对女性的价值要求,也是对传统"性权术"的自觉遵守。

---

① 刘慧英:《走出男权传统的樊篱:文学中男权意识的批判》,生活·读书·新知三联书店1995年版,第127页。
② 苏童:《妻妾成群》,花城出版社2020年版,第30页。
③ 苏童:《红粉》,浙江文艺出版社2016年版,第111页。

结　语

　　除了探索和质疑苏童笔下女性形象背后流露出的男权意识，我们更应该关注的是这些文本和意识带给我们的现代思考。伍尔夫认为，任何写作者，都必须成为男性化的女人或女性化的男人。即破除男性创作与女性创作的壁垒，感受另一性别的思维。只有消除了性别的偏见和界限，让两种性别意识相交融，才能使创作得到升华和永恒。五四时期的女作家庐隐曾说过："我对于今后妇女的出路，就是打破家庭的藩篱到社会上去，逃出傀儡家庭，去过人类应过的生活，不仅仅做个女人，还要做人，这就是我唯一的口号了。"①从女人到人，需要的不仅是女性自身的努力，还有作为人类另一半的男性的关注和支持。苏童作为男性作家中描写女性人物、刻画女性心理的佼佼者，其笔下的女性人物形象背后蕴含的男权意识带给人们的深切思考，恰恰是"如何才能真正走出男权传统的藩篱"。就中国女性文学的现状而言，要走这样的"出路"似乎还很艰难——男权文化对女性根深蒂固的偏见渗透于各种缝隙之间，男权文化的巨大网络依然无处不在地束缚着人们的手脚乃至大脑，所谓"女性特征"更处于有待解构、重建和完善的阶段。苏童小说中女性裙钗下的男权意识，仍具有女性主义文学批评的价值；同时，他对女性人物形象的塑造和男权意识的流露，也带给我们关于女性主义的深刻思考，其意义和作用是超越文本内容本身的。

---

① 庐隐著，肖凤、孙可编：《庐隐选集》，百花文艺出版社1983年版，第445页。

呼吸的主体及其隐喻
——论钟求是的长篇小说《等待呼吸》

朱宏洁[①]　李向吟[②]

2020年4月，钟求是出版了一部长篇小说，名为《等待呼吸》。这是一个很有张力的小说标题。呼吸是指生物体与外界进行气体交换，几乎所有的生物体都需要呼吸。对于每一个生物体而言，呼吸是自然而然的事，无须等待，也不能等待。小说标题是《等待呼吸》，意在指出呼吸的主体已处于呼吸不畅乃至缺氧的状态，其可预见的结果是窒息乃至死亡。那么，到底是谁在等待呼吸，即呼吸的主体是什么？为什么不主动呼吸而是被动等待？呼吸不畅的原因又是什么？是呼吸主体的自身功能出了问题，还是呼吸主体遭到了外在力量的干扰与破坏？带着破译密码的念头去阅读小说并找到想要的答案，显然是一个愉快的阅读体验。

歌德曾说："世间万物，皆是隐喻。"美国著名学者乔治·莱考夫和马克·约翰逊则认为："不论是在语言上还是思想和行动中，日常生活中隐喻无所不在，我们的思想和行为所依据的概念系统本身是以隐喻为基础。"[③]《等待呼吸》也是一个充满隐喻的文本，因为等待呼吸的不仅仅是生命，还有思想和爱情。本文拟以小说的隐喻性为切入点，着力探析《等待呼吸》中呼吸

---

① 朱宏洁，1999年生，男，浙江越秀外国语学院汉语言文学专业2021届毕业生。

② 李向吟，1973年生，文学博士，绍兴市文献学与数字文化研究中心主任、教授，主要从事中国现当代文学研究。

③ 乔治·莱考夫、马克·约翰逊：《我们赖以生存的隐喻》，何文忠译，浙江大学出版社2015年版，第1页。

的主体及其隐喻。

一、生命：在有氧气的地方呼吸

在大时代的洪流中人总是脆弱无力的，甚至连生命都无法左右。小说第一部分的标题叫《莫斯科的子弹》，子弹出膛意味着杀戮的开始。莫斯科的子弹为什么会飞？谁又将成为不幸的亡魂？带着朝圣情结自费来莫斯科学习的夏小松只是想用相机记录莫斯科骚乱，为这个特殊时刻保留一份历史影像，不想却中了飞弹并因此殒命，或许这就是夏小松的宿命。

夏小松在大四的时候考了托福，并已拿到美国一个大学的半额奖学金，恰巧那一年中苏关系解冻，读了马克斯、恩格斯著作又读了哈耶克著作的他想到莫斯科寻找有关经济学争论的现场感。受益于中苏关系正常化的大气候，夏小松成了中苏关系解冻后莫斯科大学经济系的第一个中国自费研究生。毫无疑问，夏小松赶上的是一个特殊年代。20世纪80年代中期，戈尔巴乔夫上台后，恶化多年的中苏关系开始解冻。1989年5月戈尔巴乔夫访华，中苏关系实现了正常化。然而好景不长，1991年，苏联发生了"八一九事件"，然后轰然解体。信仰马克思主义的夏小松在莫斯科目睹了"苏联政变"，并在此事件中被流弹击中，实在是造化弄人。夏小松是一个不仅在思想里而且在身体里都进驻了马克思的人："他的前胸文着一位大胡子头像，是马克思。没错，他的胸膛上进驻了马克思！"[1]中弹的夏小松躺在恋人怀里还不忘调侃："那破枪，一不小心射中了马克思。"[2]这里的"马克思"是隐喻化的：一是指他前胸文着的马克思头像；二是指附着于身体的精神。对夏小松而言，马克思就是他呼吸的氧气，他想让马克思感受他的心跳。所以，在周围许多人躲开马克思的时候，夏小松却想努力证明马克思是一位伟大的学者，一个不应当被误解的政治标志。

一个不容忽视的事实是，夏小松并没有当场殒命，两天后他便迈过危险

---

① 钟求是：《等待呼吸》，北京十月文艺出版社2020年版，第47页。
② 钟求是：《等待呼吸》，北京十月文艺出版社2020年版，第75页。

期转到了住院病房，"精神正在恢复，食欲也回来了不少"①。莫斯科这家私立医院的医疗设备和住院病房都不错，手术也没有任何差错，继续休养下去，身体应该可以慢慢康复。然而夏小松却在出院之后决定立即回国，杜怡明知夏小松此刻最需要休息，却还是在两天后买了回国的火车票。与其说夏小松回国是因为想家，毋宁说是因为对苏联"八一九事件"的失望。在他的身子挨了子弹的那一刻，他脑子里跳出的即是一个回家的念头。在他躺在病床上时，坏消息更是接踵而至，不仅克里姆林宫失去了权力，还有一位内心崩溃的部长开枪自杀了。而令夏小松感到更为苦涩的则是死在莫斯科广场的三个人被授予了苏联英雄称号，他说："苏联英雄……谁是谁的英雄？那天夜里在街上的人可不是为了保住苏联，而恰恰是相反。"②这些都不是被视为"中国眼镜"的夏小松所乐见的结果，他在为马克思感到难过的同时，也在为苏联这个国家的命运感到悲观。因此，回国实际上是他对苏联局势感到失望后而主动选择的逃离之举，也是精神上的一次换氧之举，毕竟，当时的中国仍是马克思未曾受到激烈质疑的国家。

夏小松没有想到回国竟然是条不归路。上车不久，他便出现肺部感染症状，病情迅速恶化，六天后抵达北京时已经奄奄一息。"术后巩固治疗不够，营养也未跟上，出院后又长途奔劳，这些不当容易造成病菌反扑，特别是重新感染后，又在列车上拖了不短的时间。"③夏小松的脑部开始缺氧，将学习马克思视为补氧的他逐渐丧失了补氧的机体功能。在苏联已经稀烂得扶不住的时候，他再也没有醒来。莫斯科的子弹终结的不仅仅是世界上最大的社会主义国家，还有来自中国的这个极为信奉马克思及其意识形态的个体生命。当然，被终结的个体生命不仅仅是夏小松，还有杜怡。

对杜怡而言，退掉返程机票便暗示着回去的路已经断了。为了偿还为夏小松治病而背上的巨债，原本保守得连亲密恋人都不让越界的杜怡将自己送上了前卫艺术的展台，冰清玉洁的身体也在此过程中一再被辱。当她放弃告发性侵她的书法家而拿走用身体交换来的钞票的时候，她明白此刻的自己已

① 钟求是：《等待呼吸》，北京十月文艺出版社2020年版，第77页。
② 钟求是：《等待呼吸》，北京十月文艺出版社2020年版，第78页。
③ 钟求是：《等待呼吸》，北京十月文艺出版社2020年版，第91页。

成为自己最不齿的人。从艺术展上的问号模特，到红膛脸如先生的书法模特，再到戴宏中的生理疾病治疗良方，迷茫与无助一再侵蚀杜怡，最终她在被捉奸后掉进了黑社会的包围圈。没有了夏小松引导的杜怡只剩下身体的躯壳，呼吸不到精神氧气的她在迷茫中一次次落入生活的陷阱。留学美国的想法一度给了她新的希望与方向，而她所付出的代价则是遭受生活给她的羞辱以及身体的残缺。正如小说第二部分的标题《北京的问号》所揭示的，在杜怡此后的回忆中，北京的这一段生活始终是一个问号。

"信仰系统的肉体死了，却迟迟等不到它的符号性死亡。夏小松的肉体死了，同样等不来自己的符号性死亡，他只能身镶着一整套信仰系统，作为幽灵，一再返回到杜怡以及钟求是这代人的世界。"①十多年后，夏小松作为一个幽灵以另一种方式重返杜怡身边。杜怡与章朗的相遇只是身体的相遇，几无思想的沟通与交融。"不过我和杜姐都明白，两个人更愿意做的是身体交流。不少个夜晚，我们关上店门后，就在长桌上铺好专门准备的被褥，然后播放碟片，然后两只身子抱在一起，然后让缺氧的感觉淹没我们。"对章朗而言，"快活过后，是一种说不清楚的虚空"。对杜怡而言，释放的也只是欲望，"可退潮之后，她又是那么的失神，失神中还掺杂着沮丧"②。缺氧的性爱交换的只是空洞的皮囊，没有共同思想认知的两人不会有触及灵魂的沟通，也不会有真正的能感受到爱的快乐，更不会希冀爱的结晶。对于夏小纪的突然出现，章朗并没有任何思想准备，他很快就选择放弃父亲的身份与责任。这也让杜怡瞬间明白他们之间互不相爱。经济学教授给予女儿的遗书是另一种氧气，杜怡从中获得了思想的启迪，她打算将孩子生下来，作为自己与夏小松的孩子抚养，为孩子取名夏小纪，意在纪念夏小松。夏小纪的出现意味着夏小松生命的重生与延续，这种延续同时也是精神上的，杜怡每天对着肚子聊天或朗读俄语版《资本论》即是明证。孩子尚未出生，杜怡已经在畅想十年后孩子去俄罗斯瞧瞧莫斯科的变化，以及二十年后去美国留学跟父亲夏小松对话的情景。杜怡最终将夏小纪带到离夏小松最近的地方抚养，并将所开的民宿命名为"氧气者驿站"，其目的不仅是寻找有氧的地方，也意在使自己

---

① 翟业军：《论钟求是的〈等待呼吸〉》，《南方文坛》2021年第2期，第139—140页。
② 钟求是：《等待呼吸》，北京十月文艺出版社2020年版，第294—295页。

成为一面有氧的旗帜。这既是杜怡的理想与愿望，也是作家钟求是的理想与愿望。哪儿是有氧的地方？那自然是一个能为他人提供思想资源或者能让自己思想丰足的地方。即将临盆的杜怡毅然从杭州赶赴晋城，只因这个城市与夏小松有关。

二、思想：选择合适的氧气呼吸

杜怡与夏小松之间有一段有趣的对话："杜怡说：'上天才不是虚构的呢，只是暂时有点远而已。哪一天我信了佛，上天就是佛，我信了基督，上天就是上帝。'夏小松说：'要这么说，上天更可能是马克思。'"[1]毫无疑问，夏小松是马克思的坚定追随者。为了与马克思同呼吸共命运，夏小松将马克思的头像文在了胸前。然而，也正如夏小松所言："氧气，有时候是个孤独的词儿。"[2]夏小松的身边更多的是对西方抱有好感的人，在这些人的眼中，能够使苏联摆脱危机的方法只有接受西方社会的思想，而哈耶克主张的经济彻底自由化则是苏联唯一的出路。"听夏小松说，他们经济系教授们早已分化为几个理论派系，包括经济新自由主义、民主社会主义、经济修补主义等。学生们相随其后，形成了不同的思想阵营。"[3]新思想不断涌现，坚持马克思思想的只有夏小松一个人。夏小松当然是希望马克思获得胜利的，他甚至想与政见不同者约战决斗。阅读过不同经济学家著作的夏小松能够站在马克思的立场上看待当时苏联所存在的问题。他喜欢与人争论经济学观点，其目的是为马克思正名。

令夏小松遗憾的是，马克思已经离世一百零八年，而他的对手哈耶克还活着。夏小松的书包里放着《资本论》和《通往奴役之路》，他打算写一篇论文《当代苏联语境中的马克思和哈耶克论点比较》。在夏小松看来，哈耶克的经济思想来源于马克思，而马克思则不会认同哈耶克的经济思想。戈尔巴乔夫的经济自由主张，走的就是哈耶克的理论路数。夏小松认为，哈耶克可以

---

① 钟求是：《等待呼吸》，北京十月文艺出版社2020年版，第31页。
② 钟求是：《等待呼吸》，北京十月文艺出版社2020年版，第60页。
③ 钟求是：《等待呼吸》，北京十月文艺出版社2020年版，第44—45页。

在苏联找到一部分胜利，但也会证明一部分失败。夏小松的判断预言了苏联的命运，但并没有获得周边人的认同。作为一位孤独的思想斗士，他喜欢斗争，愿意在斗争中磨炼自己的思想。他不缺对手，缺的是与他一同成长的同伴。夏小松以马克思为天，杜怡则以夏小松为天。书中虽然能够看出杜怡对夏小松思想的追随，但这对亲密爱人之间的思想差距却也十分明显。夏小松有他的理想主义，有他的坚定立场，但他也是有认知局限的，对于苏联存在的问题，他是很难找到答案的。钟求是想要解决的并非简单的判断题，而是复杂的选择题，其背后深入考量的是关于苏联或中国应该走什么样的道路这一宏大的时代命题。

毋庸置疑，1991年在莫斯科爆发的"八一九事件"本质上是一场马克思主义与西方资本主义的殊死搏斗。走什么样的路，穿什么样的鞋子，什么鞋子才是适合自己的？小说中"两只不同颜色的鞋"反复出现四次，可以视为作家有意设置的特殊意象，寓意明显。

第一次出现，是杜怡和夏小松在地铁上发现对面的大胡子男人穿着两只不同颜色的鞋子。夏小松顿生疑窦，问杜怡为什么会这样。杜怡给了一个最简单的理由——穿错了。但夏小松认为一个中年男人像没事似的穿着两只不同颜色的鞋子，得有深度解释。杜怡再一思考，说那可能是该男子在追求时尚、追求不对称的美，夏小松则说可能是夫妻吵架心情不好丢了注意力。杜怡说也可能是一只鞋子被老鼠咬坏了，夏小松则说也可能是患了强迫症觉得穿一样的鞋子不痛快。杜怡说也可能是购物的时候寄错了，夏小松则说这两只鞋子有时候就是一个颜色，只不过穿鞋的人是色盲。两人对于两只不同颜色鞋子的玩笑式的无穷尽猜想，反映出的问题是：一双脚上穿两只不同颜色的鞋子，无论是由什么原因造成的，都会让人觉得不正常。

第二次出现是过了几天，杜怡去拜访同学张汝娟时提到一个梦，她梦见自己坐在地铁里，对面的一个人穿着两只不同颜色的鞋，定睛一看，那人却是夏小松。这里值得注意的一个细节是，在杜怡讲述这个梦之前，张汝娟刚跟杜怡提过夏小松和苏联同学为马克思和哈耶克发生争论差点儿打架的事。在讲完这个梦之后，杜怡去找夏小松，发现他的书桌上有一只小相框，前后各有一张照片，一面是严肃的马克思，另一面是同样严肃的尖鼻子先生哈耶克。至于夏小松为什么将两个人放在一起，他的室友解释说：这两个人一个创立了社会主义，一个反对社会主义，夏小松喜欢看着他们两个斗来斗去，这是夏小松的爱好之一。杜怡认为夏小松肯定会站在马克思这边。小说在这里有意识地将不同颜色的鞋和不同的思想做了勾连。

第三次出现是在两人恋爱后，两人一起去河边感受"莫斯科郊外的晚上"的浪漫时，杜怡告诉夏小松，她梦见夏小松穿着两只不同颜色的鞋。夏小松说这个梦属于抄袭，没有想象力。杜怡则说这个梦鼓励了她，让她去莫斯科大学找夏小松。此处意在暗示夏小松不想也不会让自己成为承载两种不同思想的人，而杜怡的寻找则表明了她对夏小松的追随和支持。

第四次出现则是在夏小松死了之后，杜怡在北京乘地铁时发现对面一个一脸络腮胡子的中年艺术男，脚上穿着一棕一黑两只皮鞋。杜怡盯着对方的鞋子，脑子有点恍惚。这个中年男人感受到了被注视，其神情仿佛在问：姑娘，猜猜看，我为啥穿两只不同色的鞋子？这几乎是一个灵魂的拷问，没有了夏小松的参与，杜怡只得独自思考这个问题，而她对这一问题的思考则延续了许多年。

从十多年后杜怡听教授的经济学讲座记的笔记可知，哈耶克提出的资本主义自由市场理论和马克思提出的政治经济学理论其实是亚当·斯密《国富论》的一体两面，哈耶克要解决的是财富增长的问题，而马克思要解决的则是分配公平的问题，两个人的比武并不在一个擂台上。所以，在这个意义上，将亚当·斯密的《国富论》视为鞋子原型，将马克思的《资本论》视为褐色鞋子，将哈耶克的《通往奴役之路》视为黑色鞋子，应该是作者钟求是独具匠心的隐喻设计。在中国当代文学史上，如此大篇幅地抄写《资本论》或对经济制度做深入分析的作家，除了张贤亮，大概只有钟求是了。当然，钟求是的目的并非简单论述马克思或哈耶克经济主张的对错，而是试图说明：就像选择合适的氧气才能保证健康的呼吸一样，选择合适的制度才能保证国家的平稳发展。

20世纪90年代初，中国也曾面临两种社会制度孰优孰劣的论争问题。小说第二部分《北京的问号》，写的正是中国从计划经济向市场经济转型过程中的种种乱象，能力几乎通天的胡姐背后是混乱的秩序和败坏的纲纪。《等待呼吸》在此处体现了鲜明的现实指向。苏联解体对中国的影响巨大，1992年初邓小平在南方谈话中指出："计划经济不等于社会主义，资本主义也有计划；

市场经济不等于资本主义，社会主义也有市场。"①邓小平的讲话从根本上解除了把计划经济和市场经济看作属于社会基本制度范畴的思想束缚。苏联的毁灭源自对社会制度的不自信和内部思想的深刻分歧。而邓小平则一锤定音，不仅解决了中国所谓姓"社"还是姓"资"的问题，还提出："社会主义要赢得与资本主义相比较的优势，就必须大胆吸收和借鉴人类社会创造的一切文明成果，吸收和借鉴当今世界各国包括资本主义发达国家的一切反映现代社会化生产规律的先进经营方式、管理方法。"②原来白猫黑猫不是非此即彼的二元对立，哈耶克和马克思也并非水火不容，关键在于思想认识和行动的统一。1992年10月，中共十四大明确提出：中国经济体制的改革目标是建立社会主义市场经济体制。中国的改革开放由此进入快车道。

三、爱情：等待同频共振的呼吸

"小说中另一个充当隐喻的'虚构物'是指贝加尔湖，杜怡和夏小松曾经畅想着去贝加尔湖游玩，但一直没有成行。贝加尔湖是一种约定，是他们爱情的象征。"③贝加尔湖也是小说中的一个重要意象，小说中曾多次出现贝加尔湖的身影。第一次是在杜怡与夏小松从莫斯科返回北京的路上，归途中正好经过贝加尔湖，两人虽然想去看看，但由于夏小松的身体状况太差只能作罢，两人约定以后再一同到这儿来。第二次是在夏小松死后，杜怡为了偿还给夏小松治病的债务去翻译社找工作，之后接到了翻译社委托的翻译贝加尔湖数据资料的工作。第三次是杜怡带着夏小纪前往贝加尔湖、莫斯科等地，而章朗则在夏小松的墓前放起歌手李健的曲子《贝加尔湖畔》。

杜怡与贝加尔湖的初次"相遇"是带着遗憾的，从距离上看，她已经离贝加尔湖非常近，而且手中还握有爱情。而这一次与贝加尔湖失之交臂后，两人的约定也化为了一团泡影。如果夏小松没有离世，那贝加尔湖对于杜怡的意义就不会那么大。杜怡是一个很纯粹的人，她将自己的精力都注入了爱

① 邓小平：《邓小平文选》第3卷，人民出版社1993年版，第373页。
② 邓小平：《邓小平文选》第3卷，人民出版社1993年版，第373页。
③ 贺江：《作为事件的爱情——论钟求是的小说〈等待呼吸〉》，《鸭绿江》2021年第4期，第139页。

情，所以，她失去的不是去贝加尔湖的机会，而是履行约定的机会；也因此，贝加尔湖在杜怡眼中的重要性被无限抬升，她不容许自己的爱情圣地被无聊的数据资料解构，她要坚守爱情的神秘性。杜怡与夏小松的爱情是"一见钟情"式的恋爱，这种爱情就如那贝加尔湖的湖水，"一眼望去，阔大的湖水碧蓝透明，像是把整块天空装了进去，美得有点不真实"①。过于美好的爱情，结局往往是不幸的，夏小松没有躲过死神的索命，他在离贝加尔湖不远的地方倒下了。夏小松离去后，杜怡的爱情之火并未就此熄灭，这给她带来了无尽的苦痛，这种痛苦既是尚未结晶的爱情之痛，也是白玉染尘的灵魂之痛。

章朗与杜怡的爱情，看似是一个巧合，却也存在着必然性。两人因碟片《氧气》结缘，更因断指而强化了彼此的关联，相同的伤痕令章朗对杜怡产生了浓厚的兴趣。杜怡虽然一直小心地封锁着自己的内心，但在章朗持续不断的追问之下终于开口诉说。章朗逐渐了解了杜怡的过去，两人开始了肉体交欢，并孕育了孩子。章朗虽然与杜怡一起生活，但他并不了解杜怡。章朗认为杜怡不愿再爱，是因为杜怡将全部的爱都给了夏小松。而他自己则不肯去弄懂爱，他的愿望是继续当一个孩子，幼稚而单纯。杜怡接受章朗，在很大程度上是为了与过去和解。北京的惨痛经历和消逝的十年时间，令杜怡不断地封闭自我，而章朗的闯入则使她一步步地迈出了心牢。诉说过去，是杜怡直面过去的开始，夏小纪的诞生令她胆气陡升，开始自主规划未来。没有爱情的生活，连坚实的保障都没有的生活，何谈诗意与欢乐？章朗并非值得托付之人，杜怡决意悄然离他而去。

离开的杜怡与夏小纪成了章朗生命中的疑问，他们为何要走，现在又身处何地，而自己又该怎样生活？机缘巧合之下，章朗找到了杜怡的行踪。在夏小松的故乡，章朗摆脱了迷茫，就像杜怡带着夏小纪追随夏小松一样，章朗终于认同了这个只在杜怡口中出现过的男人。章朗最终的选择实际上和杜怡一样，认同差异并接受对方的一切，而这必须以对杜怡和夏小纪的爱为前提。杜怡与章朗因为《氧气》这首歌结缘。分手后的两人，一人在杭州开了名为"氧气碟吧"的音像店，另一人则在晋城开了家名为"氧气者驿站"的民宿。章朗意在守望杜怡的回归，杜怡则想通过驿站为旅客提供新鲜的氧气，

---

① 钟求是：《等待呼吸》，北京十月文艺出版社2020年版，第87页。

让他们自由地呼吸、自由地休息。两个"氧气"虽然意味不同，却也清晰地表明了两人的共同记忆和相似期许。小说的结尾，杜怡带着夏小纪前往贝加尔湖，以这种方式完成了她与夏小松的约定。夏小松是夏小纪的精神之父。杜怡让孩子在精神之父的故乡长大，带孩子去莫斯科，都是希望能得到夏小松的精神感召。她的目标就是将夏小纪养成夏小松那样的人。当杜怡指导章朗去看看夏小松，并不再隐瞒自己的行踪时，一家三口的破镜重圆有了可能，章朗和杜怡同频共振的爱情也不再遥遥无期。钟求是终究给了读者一个温馨可待的结局，作为夏小松、杜怡的同龄人，钟求是通过此举礼赞了他们那个时代的理想和爱情。

生命、思想和爱情，是等待呼吸的三大主体，构成了解读小说的三个维度。生命的不同阶段以及生者对逝者的精神追随诠释了生命的意义与价值。马克思与哈耶克之争体现的是《国富论》的一体两面，没有对错之分，只看合适与否。倘若精神上能同频共振，即便没有肉体之欢，情感也不会消失。丰富的隐喻化特征，使得《等待呼吸》的主旨得到了升华与深化。

本文原载于《中文学刊》2021年第5期。